Lucie Thomas

Mercenaire

Édition : BoD – Books on Demand,
12/14 rond-point des Champs-Élysées, 75008 Paris
Impression : BoD - Books on Demand, Norderstedt, Allemagne
ISBN: 9782322399123
Dépôt légal : Avril 2022
Texte © 2020, Lucie Thomas
Illustration couverture © 2020, Ben M Walid
Relecteurs attitrés © Maribel, Patrick, Anne-Sophie,
André, Christiane
TOUS DROITS RESERVES
REPRODUCTION INTERDITE

Première impression 10/12/2020
Imprimé le 02/04/2022
Troisième impression

Chapitre 1

Le soleil, haut dans le ciel à cette heure-ci, reflétait ses multiples rayons sur le sable couleur brique des petites allées du village de San Pedro de Sonora, perdu au milieu du désert du Mexique. On entendait les habitants parler entre eux, les commerçants crier pour attirer la clientèle, les enfants courir au milieu des maisons. Ces voix, les seules qu'on percevait à des kilomètres à la ronde, se mêlaient aux sifflements aigus du vent. Son souffle chaud faisait claquer les vêtements de seconde main pendus à un fil grossièrement attaché entre deux maisons, dont les murs de la même couleur que le sol s'écroulaient à moitié, créait de petits tourbillons de poussière, ou encore essayait d'arracher un voile qui pendait sur la tête d'une jeune femme.

San Pedro n'était pas le seul village du désert de Sonora. D'autres comme lui, parfois plus grands ou plus petits, plus peuplés ou au contraire moins animés, l'entouraient. Il y en avait une petite dizaine, de différentes tailles mais qui ne comptaient jamais bien plus de deux ou trois mille habitants. Assez éloignés les uns des autres, quelques voies traversant les reliefs de sable et de roches les reliaient entre eux. Elles étaient peu empruntées, excepté par un marchand de temps à autre.

La petite rue principale de San Pedro était la plus animée de toutes. Les commerçants avaient sorti leurs étals devant leur maison tandis que les passants regardaient les marchandises artisanales exposées. Des femmes achetaient des provisions pour nourrir leur famille, tout en se couvrant la tête à l'aide de foulards pour se protéger de la chaleur assommante du soleil et en les tenant fermement lorsqu'ils s'envolaient. Des hommes échangeaient de vives poignées de main, avant de discuter et d'inviter leurs compagnons à aller boire un verre dans le bar du coin. Des mendiants se baladaient au milieu de l'allée, fouillant le sol dans l'espoir de trouver une pièce de monnaie égarée, ou attendant désespérément que quelqu'un fasse preuve de charité. Mais ils savaient que c'était peine perdue.

La charité n'avait pas sa place à San Pedro de Sonora. Ni dans les villages alentour. Pas plus de quelques centaines d'habitants du désert vivaient dans de bonnes conditions, capables de se payer une petite maison ou un appartement modeste. Et seulement quelques personnes par village pouvaient être qualifiées de vraiment aisées. Ces gens appartenaient tous aux quelques familles riches du désert de Sonora, de véritables puissances qui se partageaient toutes les richesses et dirigeaient entièrement l'économie locale. Ils ne cessaient leurs guerres et passaient leur temps à tenter de détrôner les autres clans. Les tensions entre les villages continuaient jour après jour. Tout cela au détriment du reste de la population, qui, pour les moins modestes, avaient réussi à trouver un travail leur permettant de vivre sous un toit et de manger deux repas par jour. D'ailleurs, la plupart des gens n'avaient pas de maison, car les constructions pour héberger les habitants manquaient et les loyers pouvaient monter à des prix exorbitants. Ils dormaient dans de petites cabanes construites à l'aide de cagettes de bois volées dans les commerces du coin, sous la devanture d'un magasin, ou encore dans les impasses où s'entassaient les déchets et les vieux meubles cassés.

Mais ce qui faisait de San Pedro un lieu si insécurisant et peu chaleureux pour les habitants n'était pas uniquement le risque de mourir de faim ou de voir sa maison s'écrouler. Non, le véritable danger qui risquait de détruire complètement le village, c'était les permanents conflits et tensions qui planaient au-dessus de la population. Les clans des villages du désert ne se préoccupaient pas des habitants qui souffraient de leurs actes. On ne comptait plus les infractions commises dans le seul but de s'enrichir un peu plus, de gagner en pouvoir, ou tout simplement de satisfaire une petite vengeance. Parfois, ça allait jusqu'au meurtre. Bien sûr, la plupart de ces actes commis en toute illégalité n'étaient pas sanctionnés. La police de la ville ne punissait jamais les membres de cette élite privilégiée. Tout était histoire de menaces ou de corruption. À San Pedro, l'argent contrôlait la vie des habitants. Lorsque les quelques policiers, assez fous pour faire ce métier dans un tel endroit, étaient témoins d'un de ces crimes, on s'occupait souvent de les faire taire.

Et puis, les clans ne se chargeaient pas du sale boulot. Pourquoi se salir les mains alors qu'on avait assez d'argent pour le confier à d'autres ?

Ils embauchaient des mercenaires. Ceux-ci étaient pour la plupart très pauvres, ils n'avaient souvent pas beaucoup de choix, ou du moins ne le faisaient pas par plaisir. Ils pouvaient être débutants, jeunes, et connaissaient pour la plupart une fin tragique : leur manque d'expérience leur coûtait beaucoup, et il arrivait même que ceux qui les avaient engagés s'en débarrassent une fois le travail effectué, afin que l'affaire ne risque pas de s'ébruiter ou de ne pas avoir à les payer. Mais il y en avait quelques-uns, avec plus d'expérience, qui arrivaient à bien gagner leur vie grâce à ce métier.

Les mercenaires pouvaient être n'importe qui : ils se cachaient partout au milieu de la population et savaient très bien masquer leur identité. Il suffisait de se procurer une arme, sans permis bien sûr, et savoir où se rendre pour trouver une mission. La police du village ne cessait de les arrêter lorsqu'ils tuaient, blessaient, kidnappaient d'autres personnes, ou encore lorsqu'ils étaient impliqués dans l'un des innombrables trafics de drogue.

Mais bien sûr, leurs patrons riches et puissants n'en souffraient jamais. C'était très injuste, mais il fallait l'accepter si on voulait rester en vie. L'argent ici était l'unique loi.

Les mercenaires tuaient sans aucun scrupule et ils n'avaient pas peur des risques de leur métier. S'il fallait prendre ces risques pour pouvoir manger, il valait la peine de les prendre. Dans le désert de Sonora, les habitants, les artisans et tous les gens bons et innocents redoutaient ces malfrats, qui agissaient dans l'ombre au service de personnes encore plus malintentionnées qu'eux. Ils redoutaient d'être par hasard leur victime. Et plus que tout, ils redoutaient la nuit tombée, où, dans le village de San Pedro, la mort et la douleur régnaient en maître.

Les rayons du soleil, encore assez haut dans le ciel, illuminaient les villageois et les rues de San Pedro. Les marchands commençaient cependant à ranger leurs présentoirs, et les passants se disaient au revoir et rentraient chez eux. On pliait les tables, préparait à manger pour le dîner, fermait les volets et on s'enfermait chez soi. On se dépêchait de rentrer, craignant le crépuscule et la tombée de la nuit.

En effet, la nuit à San Pedro de Sonora n'était pas un moment à traîner dans les rues, à l'exception peut-être de quelques quartiers plus aisés, qu'on reconnaissait à des maisons moins abîmées, à des habitants plus richement vêtus et à des voix enthousiastes qui s'échappaient des bars, des restaurants ou des boîtes de nuit. Mais dans le reste du village, la nuit était le moment où les pillards, les voleurs, ou pire, les mercenaires, sortaient pour chercher de l'argent ou des outils qu'on aurait oublié de ranger, ou chasser leurs proies, souvent des personnes qui avaient des dettes à payer et qu'on venait chercher pour leur rappeler qui contrôlait la ville.

Au coin d'une petite ruelle sombre de San Pedro, la poudre rougeâtre du sol se soulevait au contact des pieds nus de quelques gamins passant par-là, se hâtant de rentrer chez eux. Le coucher de soleil illuminait d'une couleur orangée les murs de briques délabrés de la sombre allée. Le tableau qu'offrait la rue colorée par les rayons du soleil mourant faisait froid dans le dos, bien qu'il fût d'une grande beauté. Les couleurs s'accordaient parfaitement entre elles. Le sable au sol, exposé aux rayons lumineux, semblait onduler dans de légères vagues. On entendait au loin des voix s'évanouir. Des bruits de pas disparaissaient précipitamment. Quelques portes claquaient, enfermant avec elles les habitants de San Pedro. Le vent soufflait légèrement et semblait murmurer aux pierres, au sable, aux briques, que la nuit allait commencer son cycle. Cachez-vous, disparaissez, disait la brise, dans un faible murmure. Et les pierres, le sable, les briques, dans leur immobilité, étaient comme recroquevillés et redoutaient le moment où les dernières lueurs du crépuscule mourraient à l'horizon du désert.

Le soleil, cependant, n'avait pas encore totalement disparu. Le vent continuait lui aussi son chemin à travers les ruelles du village. Au son de son souffle s'ajoutait un petit bruit, régulier. Quelqu'un qui croquait une pomme, à plusieurs reprises. On vit bientôt un trognon tomber sur le sol, de la poussière rouge orangé se soulevant à son contact. Curieux, le vent partit virevolter autour du trognon de pomme, puis remonta le long du mur de brique à demi effondré, faisant voleter au passage quelques mèches blondes légèrement ondulées. Un blond foncé, qu'on aurait pu comparer à celui de l'or s'il n'avait pas été terni pas la poussière du désert. Le vent tournoya autour de la jeune fille, assise au sommet du mur, qui contemplait avec indifférence le soleil se faire de plus en plus petit au loin. Il émit un petit sifflement, comme pour la prévenir de rentrer chez elle, de se mettre à l'abri. Mais la jeune fille ne sembla pas y prêter attention et continua de fixer l'étendue du désert s'endormir sous le ciel orangé. Fatigué et découragé de ses vains efforts, il se fit plus léger et repartit dans l'ombre des rues du village.

Enfin, on vit le dernier rayon du soleil disparaître totalement. Le village de San Pedro de Sonora devint soudain sombre et froid, illuminé uniquement par la lumière laiteuse de la lune qui dominait le ciel étoilé. La jeune fille, toujours assise sur le bord du muret, eut un léger frisson. On avait beau être au milieu du désert, les nuits étaient fraîches. Ses cheveux mi-longs avaient cessé de voltiger autour de sa tête et retombaient lourdement dans son dos. Sa peau halée parsemée de poussière noire et rouge, avec quelques griffures et quelques bleus çà et là, semblait soudain, éclairée par la lune, pâle et blême. On ne voyait pas ses yeux, cachés par l'ombre de ses cheveux. Elle tendit l'oreille, à l'affut. Puis, d'un mouvement léger et souple, elle sauta du muret, retombant sans aucun bruit. Elle avança pour sortir de la petite ruelle. Au moment où elle tournait au coin de la rue, on put voir son visage, exposé enfin à la lumière de la lune. Elle devait avoir dans les seize ans, bien qu'il fût difficile d'être précis. Ses yeux bleu clair étaient entourés de petits cernes et sa bouche, fine et claire, était desséchée et parsemée de crevasses. Son visage émacié laissait paraître une légère inquiétude, et elle semblait se méfier de tout ce qui l'entourait. Elle portait des vêtements déchirés à certains endroits, sales. Un jean troué au niveau des genoux et avec une jambe plus courte que l'autre, qui semblait avoir été arrachée, et un T-shirt blanc, très usé, dont on ne distinguait même plus le motif représenté au centre. On voyait par-ci par-là des traces de sang séché. Elle était assez maigre, mais elle avait les épaules carrées et semblait agile et forte. Elle avançait d'un pas sûr et se tenait bien droite. On voyait sur ses bras et ses jambes de fines cicatrices. Celle qui attirait le plus l'attention ne faisait pas plus de deux centimètres. Elle se trouvait sur son sourcil gauche, le séparant en deux et le déformant légèrement.

On entendit au loin un grand fracas et un cri, qui s'étouffa un bref instant après. La jeune fille hâta le pas. Elle semblait connaître son chemin, tournant par des coins de rues étroits, ou passant sous de petites arches creusées dans les murs. Alors qu'elle s'apprêtait de nouveau à prendre un virage, elle s'arrêta net et fit un pas en arrière. Elle se plaqua contre le mur, puis fit dépasser son visage du coin de l'immeuble en terre, juste assez pour pouvoir observer ce qui avait bougé dans la rue. Elle vit une silhouette habillée de noir, ranger ce qui semblait être un couteau dans sa poche. Puis la silhouette du mercenaire disparut rapidement derrière la maison délabrée de l'homme à qui il avait ôté la vie et qui gisait à terre, dans une mare de sang. La jeune fille se redressa, soulagée. Les mercenaires ne lui faisaient pas peur. Les pillards non plus d'ailleurs, elle n'avait rien qu'ils puissent convoiter.

Elle continua son chemin, rassurée. Elle arriva bientôt dans une ruelle éclairée par la lumière chaude qui sortait des portes ouvertes d'un bar. On entendait des voix d'hommes, des chants, des cris. Elle prit une grande inspiration, puis avança rapidement la tête baissée. C'était un coin qu'on pouvait qualifier de peu fréquentable. Voilà pourquoi, contrairement au reste du village, il était encore animé durant la nuit. Ses pas se hâtèrent, tandis qu'elle passait devant l'établissement. Elle le dépassa et continua son chemin le long de la ruelle. Des bruits de pas incertains se firent entendre derrière elle. Elle accéléra encore, même lorsque l'homme ivre qui la suivait l'interpella.

– Eh, qu'est-ce que tu fous à te balader toute seule par ici la nuit ?

Le visage impassible, elle continua son chemin, mais l'homme ne se découragea guère.

– Fais pas ta timide, j'vais pas te manger.

Sa voix rauque et hésitante était parfois coupée d'un hoquet.

– Oh, je t'ai causé !

Elle ne s'en préoccupa pas non plus et tourna au coin de la rue, débouchant sur une petite place totalement vide. Elle scruta rapidement l'obscurité qui l'entourait pour s'assurer qu'elle était seule. Derrière elle, l'homme se rapprocha encore.

– Tu pourrais répondre quand j'te parle ! dit-il, tendant sa main pour lui attraper le bras.

La jeune fille fit volte-face, dégainant quelque chose d'une poche dissimulée dans les plis de ses vêtements. L'homme, qui tanguait légèrement sous les effets de l'alcool, eut un sourire qui découvrit ses dents jaunes et tordues.

– Oh là, doucement ma belle, s'exclama-t-il devant la lame de couteau pointée sur son cou. J'ai compris, je vais reculer.

La jeune fille ne bougea pas d'un pouce, et l'expression neutre de son visage ne changea pas. Elle releva juste le menton, se redressant pour se donner plus de contenance.

– Eh, calme-toi, reprit l'homme de sa voix rauque. J'ai aucune dette à payer, OK ? Alors j'sais pas qui t'paye, mais j'ai rien à voir avec tout ça.

Le visage de la jeune fille s'assombrit face aux paroles de l'homme. Elle baissa son couteau et le rangea dans sa poche.

– J'préfère ça. Mais dis, un couteau c'est bien minable pour une tueuse dans ton genre.

Il tendit un doigt osseux et tremblant vers un pli du T-shirt de l'adolescente, au niveau de sa taille.

– J'devine que tu caches autre chose ici.

Elle s'arrêta de nouveau, comprenant qu'il ne la laisserait pas tranquille. Elle soupira et amena lentement sa main vers l'endroit désigné par l'homme, tapotant un objet qui s'y trouvait, avec un regard menaçant. Son interlocuteur parut comprendre qu'il ne s'était pas trompé et qu'il ferait mieux de partir.

– Ça va, j'ai compris.

– Tu sais qui je suis, alors tu sais de quoi je suis capable. Dégage de là, lui lança la fille, d'une voix étonnamment grave et forte, prenant la parole pour la première fois.

– J'cherche pas les problèmes avec les gens dans ton genre.

Et il disparut en titubant, laissant la jeune fille au visage dénué de toute émotion reprendre son chemin à travers les rues sombres du village. Elle vérifia que personne ne l'avait vue et se dépêcha vers un petit passage étroit entre deux bâtisses.

Elle n'avait peur de personne, mais les ivrognes comme celui qu'elle venait de croiser l'embêtaient. Ils étaient souvent assez ivres pour oser lui parler et la provoquer, sans avoir peur, mais pas assez pour oublier son visage. Et ils faisaient un brouhaha pas possible.

Les gens comme elle préféraient ne pas se montrer devant les autres. Les mercenaires craignaient toujours de se faire arrêter, et il n'était pas bon que les habitants se doutent de leur véritable identité, car ces mêmes habitants pouvaient devenir un jour leur cible. La discrétion valait mieux que tout.

Chapitre 2

– Athalia !

Le cri provenait de la ruelle dans laquelle la jeune fille venait de s'aventurer. La dénommée Athalia eut un semblant de sourire, qui ressemblait plus à un rictus au coin des lèvres, et s'avança vers l'endroit d'où sortait la voix. C'était un petit cabanon en bois, fait avec de vieilles planches, et à peine assez grand pour se tenir debout. Des vieux tissus de tout genre le recouvraient, servant d'isolant. Un autre tissu, plus grand et moins déchiré, était accroché devant l'entrée. Athalia le repoussa d'une main et pénétra dans le petit repaire. Deux bras frêles s'enroulèrent aussitôt autour de son cou, dans une forte étreinte. Elle eut d'abord l'air surpris, puis elle laissa échapper un faible rire et repoussa le garçon qui venait de lui sauter au cou. Fatiguée, elle s'affala sur le vieux matelas duquel s'échappaient quelques plumes et un vieux ressort.

La cabane était peu spacieuse, mais assez pour contenir une petite table basse, deux coussins qui servaient de sièges, une vieille gazinière, un matelas où s'entassaient des couvertures et un tas d'ustensiles et d'outils en tout genre. À l'évidence, tout sortait plus ou moins de débarras ou de poubelles. Les seules choses qui semblaient assez neuves étaient les armes qu'on pouvait distinguer cachées derrière des planches assemblées entre elles pour former des étagères où reposaient d'autres outils. La jeune fille désigna les différents pistolets mal dissimulés d'un bref signe de tête.

– Ed, je t'ai déjà dit de mieux les planquer.

Le garçon se leva pour les cacher sous une couverture, puis il se dirigea vers la petite gazinière et entreprit de faire chauffer des pâtes dans une casserole cabossée.

Il était un peu plus grand qu'Athalia, mais ne semblait pas beaucoup plus âgé. Mince, il avait l'air cependant plus fragile et plus timide. Son visage était légèrement rond et ses joues rosées étaient moins sales et meurtries que celles de la jeune fille. Une touffe épaisse de cheveux noirs en bataille lui couvrait la tête, et une mèche venait souvent le taquiner devant ses grands yeux d'un vert délavé. Son regard fixait attentivement ses mains qui remuaient le contenu de la casserole devant lui.

– Alors, ton boulot ? demanda Athalia. Tu bossais pour qui déjà ?

– Pour les Rodríguez. Ils sont blindés de thunes, ils payent bien même pour des trucs minables. Ils m'ont envoyé espionner quelqu'un. Pas trop dur pour ce que j'ai gagné.

Il désigna d'un signe de tête ravi une enveloppe posée près des étagères de fortune.

– De quoi racheter des bouteilles de gaz, continua-t-il en fixant d'un air mécontent la gazinière qui lâchait de petites étincelles. Sérieux, ça doit faire la troisième fois ce mois-ci qu'on a frôlé la pénurie.

Il prit deux fourchettes et amena la casserole sur la table. Ils commencèrent à manger, picorant chacun à leur tour.

— Et tout s'est bien passé ? demanda à nouveau la jeune fille.

Il avala ce qu'il avait dans la bouche et remonta son jogging délavé pour montrer à Athalia une éraflure sur le côté de la jambe.

— Le type m'a vu. Il a voulu me tirer dans la jambe, mais j'ai réussi à dégager. Il a juste réussi à me frôler.

— Fais voir.

— T'inquiète, c'est rien.

— Fais voir, j'te dis.

Elle tira une boite de mouchoirs d'une étagère et s'approcha de la jambe du garçon.

— Vraiment, j'ai pas mal je t'assure...

— Eduardo Gonzales, tu te tais et tu me laisses regarder.

Il se tut, visiblement convaincu par le ton qu'elle venait d'employer. Elle s'accroupit et effleura du bout des doigts les quelques gouttes de sang qui s'échappaient de la blessure.

— C'est superficiel, commenta-t-elle, mais il vaut mieux être prudent. Si jamais ça s'infecte...

Elle pressa pendant un petit instant la coupure avec le mouchoir, puis, lorsque le saignement cessa complètement, elle se retira et retourna s'asseoir. Elle laissa Eduardo finir les pâtes et elle se laissa tomber en arrière pour rester immobile, allongée, perdue dans ses pensées.

— Je me suis inquiété tout à l'heure.

Athalia ferma les yeux, en signe d'exaspération. Elle les rouvrit lentement, toujours allongée, à attendre les réprimandes de son ami.

– J'aime pas que tu traînes le soir.
– Ed… on craint rien la nuit.
– Si, tu le sais.
– D'accord, mais il y a très peu de risque qu'il m'arrive quelque chose. Les gens comme nous…

Elle se tut. Un silence pesant s'installa. On entendait uniquement quelques mouches voler.

– Tu n'as croisé personne ? reprit Eduardo, quelques instants plus tard.

Athalia se redressa, garda le silence un petit moment, puis répondit :

– Non, personne.
– Bien. Mais la prochaine fois, tu réponds à mes messages.

La jeune mercenaire sortit de sa poche un vieux téléphone dont la vitre était tellement cassée qu'on peinait à voir ce que l'écran affichait. Elle essuya les saletés de la paume de la main et plissa les yeux pour regarder le message qu'Eduardo lui avait envoyé.

– Je viens juste de le recevoir.
– Bien sûr…
– J'te jure ! C'est pas parce que j'ai volé ce téléphone à un riche qu'il marche bien. Ça fait au moins quatre ans que je l'ai pris et il était déjà en mauvais état.

Elle le rangea puis se releva en s'appuyant sur ses bras et, tandis qu'elle remettait de l'ordre dans les couvertures, annonça :

– Demain j'irai chercher du boulot chez les Alvarado. On raconte qu'ils ont besoin de beaucoup de gens en ce moment.

Satisfaite du lit improvisé qu'elle venait de leur faire, elle se jeta dessus et ferma les yeux, bien décidée à passer une bonne nuit de sommeil. Elle sentit Eduardo venir s'allonger à côté d'elle, et tandis que dehors on entendait les bruits habituels de la nuit à San Pedro, le vent, les voix, les fracas, ils s'endormirent tous les deux, reprenant des forces pour le lendemain.

Athalia fronça les sourcils lorsqu'un rayon de soleil se faufila entre les plis du rideau qui servait de porte et vint illuminer son visage. Elle se redressa en baillant et s'étira. Elle posa un pied sur le sable rougeâtre du sol et écarta le rideau de l'entrée. La ruelle était emplie des rayons matinaux et on voyait déjà au loin des passants commencer leur routine. Eduardo était levé, assis dehors contre le mur, croquant à pleines dents une miche de pain. La bouche remplie, il lança un « 'lut » et tendit le bout de pain vers elle. Elle l'accepta et commença à manger tandis qu'elle retournait dans la cabane. Elle fouilla dans un tas de vieux vêtements et dénicha sa « tenue de travail ». Sans doute les habits les plus neufs de tous ceux qu'on voyait, ils étaient entièrement noirs, sans exception. Elle les enfila machinalement, commençant par un jean souple, puis un débardeur qu'elle recouvrit d'un sweat assez fin à capuche et d'une veste en cuir, noire également. Elle s'empara ensuite d'une grosse ceinture munie de housses en forme d'armes. Elle l'accrocha fermement autour de sa taille, puis, enfin, mit de longues bottes qui lui montaient jusqu'en dessous des genoux. Elle se dirigea vers la cachette aux armes et commença également à fouiller dedans. Eduardo pénétra dans leur repaire et eut un sourire en la voyant.

– Eh bien, je vois qu'on s'est préparée ! Tu es sûre que tout ça est nécessaire ?

– À part que je crève de chaud sous cette tenue, je préfère être prête à me défendre à n'importe quel moment. Je m'habille presque tout le temps comme ça pour travailler. Et puis, j'espère trouver un boulot un peu mieux payé que voler quelques babioles à un commerçant.

Le sourire du garçon s'effaça, mais il ne dit rien et s'avança vers elle. Elle dénicha d'innombrables armes blanches ou à feu et les mit dans les multiples poches dissimulées dans sa tenue, qu'elle avait elle-même fabriquée. Il y en avait une bonne dizaine, si bien cachées qu'on ne pouvait même pas deviner la présence d'une seule. Elle accrocha à sa ceinture un pistolet et une fine lame longue comme son avant-bras. Elle rabattit les pans de sa veste pour les cacher, puis elle s'attaqua au reste. Elle mit d'abord deux revolvers dans des poches intérieures situées au niveau de sa taille, puis deux petits couteaux dans ses manches et un autre dans une poche intérieure de son pantalon. Elle prit ensuite un tout petit pistolet à peine plus gros que sa main et qui devait contenir une seule balle, en cas d'urgence, qu'elle accrocha à l'intérieur de sa botte droite, dans un tissu qui y avait été cousu exprès, et dans la botte gauche elle rangea également dans des poches sur mesure une série de petites lames en forme d'étoile. Elle se releva enfin et eut un petit sursaut en tombant nez à nez avec le visage maussade d'Eduardo.

– Ed, écoute, je sais que tu n'aimes pas ça, mais on a presque épuisé notre stock de nourriture. Je sais qu'on a largement de quoi ne pas mourir de faim, mais quelques économies ne nous feraient pas de mal. Et puis il faut bien prendre des risques. Si je me prépare comme ça c'est justement pour montrer aux

Alvarado que je suis prête à accepter une mission dangereuse. Tu sais bien comment ils sont, ils nous confient des tâches qu'ils préfèrent garder secrètes, il serait mal avisé pour eux de choisir des débutants qui risquent de céder sous les menaces des clans adverses et de tout dévoiler. Je ne veux pas me montrer à eux comme une débutante, je veux faire quelque chose qui rapportera assez pour la fin de la saison. J'ai déjà accompli des missions dangereuses, il ne m'est rien arrivé !

Elle fixa son ami en attendant une réponse, une approbation de sa part, mais il garda le silence.

– Tu vas me dire que ces missions sont dangereuses mais je suis entraînée et je peux me débrouiller. Si je gagne assez, peut-être que je pourrais même acheter un téléphone qui marche vraiment, comme ça tu n'auras plus à t'inquiéter et…

– Athalia.

– Quoi ? Je te préviens, j'ai plus aucun argument, mais je ne changerai pas d'avis.

– Je voulais juste te dire que tu as oublié les deux poignards que tu caches dans ton dos.

– Oh…

Elle eut un petit sourire et se laissa faire lorsqu'il saisit les armes et les glissa dans des rabats de sa veste, un derrière chaque épaule.

– Bon courage.

– Merci.

Elle ne tarda pas plus et sortit de la cabane. Elle avança jusqu'au bout de la ruelle déserte où ils avaient élu domicile, elle prit une grande inspiration, étira ses bras dans un léger sourire qu'elle s'accordait uniquement en ce lieu, préférant cacher ses émotions, vérifia qu'aucune arme ne faisait de bosse sous sa tenue, puis releva la tête et s'engagea d'un pas déterminé dans les allées de San Pedro.

Ce n'était pas la première fois qu'Eduardo réagissait comme ça, il ne s'y habituerait sûrement jamais. Chaque jour la même peur : ne pas revenir. C'était un travail dangereux, mais un travail quand même, qui rapportait de l'argent. Comme elle disait toujours : il faut bien manger.

Son visage légèrement jovial et expressif se transforma lorsqu'elle se mélangea à la population, pour devenir vierge, neutre, presque froid. Elle venait de mettre un masque de pierre. Plus aucune émotion ne transparaissait dans ses yeux. Passer inaperçue, c'était la seule règle.

Ses yeux impassibles dévièrent cependant vers un étal qu'un commerçant était en train de sortir et où il commençait à exposer quelques belles pommes fraîches. Elle jeta un bref regard autour d'elle, puis se rapprocha de la devanture de la maison du marchand. Elle s'appuya contre le mur, l'air de rien, et attendit que l'homme ait la tête tournée, occupé à trier ses cageots de fruits divers. Après une dernière vérification du côté des quelques passants et des deux hommes de police qui marchaient au loin, elle se releva et, tout en longeant les étals, faisant mine d'admirer les produits, elle glissa lentement sa main dans une caisse et saisit une pomme qui disparut aussitôt sous sa veste. Un petit sourire aux lèvres et une lueur gourmande dans les yeux, elle continua d'avancer, sortant quelques pas plus loin son trésor, qu'elle croqua, savourant le goût acide et frais du fruit.

La jeune fille se promena dans les rues, observant les habitants qui vaquaient à leurs occupations. Elle s'écarta, exaspérée, pour laisser passer deux gamins qui la doublèrent en courant, jouant et criant. Elle n'aimait pas les enfants, ils étaient trop bruyants et inconscients. Elle s'arrêta enfin devant un établissement, un grand bar dont la porte ouverte laissait entrevoir l'intérieur : une grande pièce plongée dans le noir avec comme source de lumière les faisceaux de couleurs qui balayaient la salle au rythme d'une musique endiablée. Des gens dansaient, criaient, s'asseyaient au bar pour boire un verre. Athalia s'y engagea, passant sous le grand écriteau qui annonçait « Discoteca Alvarado ». Elle se faufila lentement entre des jeunes de vingt à trente ans qui sautaient dans tous les sens, des gouttes de sueur dégoulinant le long de leurs torses nus. La chaleur régnait, le bruit était assourdissant et on avait du mal à voir devant soi, à cause de la fumée qui se déversait sur les danseurs et des lumières multicolores qui s'y reflétaient.

La jeune fille avança doucement, petit à petit, jusqu'à trouver le comptoir. Elle prit place sur un tabouret et s'accouda sur le bar. Elle regardait les gens présents, le visage toujours neutre. Elle avait bien fait de s'habiller plus proprement que la veille. Cet établissement était une discothèque appartenant aux Alvarado, un des plus riches clans de la ville, et il restait ouvert de jour comme de nuit, aux personnes aisées qui n'avaient souvent pas besoin de travailler pour vivre.

En fait, les Alvarado n'étaient pas un des clans les plus riches. C'était LE plus riche, le plus important. Chaque village était en quelque sorte dominé par un clan, et les Alvarado était celui de San Pedro. Il surpassait de loin tous les autres. Et bien que le village était l'un des plus petits du désert de Sonora, les Alvarado disputaient le titre de plus grande puissance économique de l'ensemble des villages du désert avec le clan dominant de Santa María de Sonora. Et ces deux familles ne s'appréciaient pas.

Dans cet établissement, même avec ses vêtements noirs et simples, Athalia faisait tache. Mais ce n'était pas forcément mauvais. Elle savait parfaitement comment s'y prendre. Le but était de se faire repérer des Alvarado, mais de rester assez discrète pour ne pas paraître comme une intruse aux yeux de tous. De toute façon, ils étaient tous bien trop occupés à s'amuser pour remarquer sa présence.

– Qu'est-ce que tu bois ?

Athalia se retourna vers le barman, un homme grand, costaud, le crâne chauve, avec une barbe et une petite moustache noire, dont elle connaissait bien le visage. Elle pivota sur son tabouret et demanda une bière. L'homme la fixa un petit moment, puis finalement, avec un soupir se retourna vers ses innombrables étagères pleines à craquer de toute sorte de bouteilles et en décapsula une. Il lui apporta et lui demanda :

– Quatre-vingt pesos, s'vous plaît.

La jeune fille haussa un sourcil. C'était bien plus que le prix normal pour une bière. Le serveur eut un sourire mauvais.

– Disons que c'est un petit supplément. Il ne me semble pas que tu sois majeure.

Athalia lui lança un regard noir. Comme si elle était la seule mineure à boire ici ! Mais elle sortit tout de même de sa poche de quoi payer et s'empara de la bouteille. Elle appuya un coude sur le comptoir, but une gorgée et dit :

– C'est bien vous, Felipe Alvarado ?

Le barman cessa aussitôt de sécher le verre qu'il tenait dans la main. Il le posa sur le bar, mis la serviette sur son épaule et revint vers la jeune fille, qui continuait d'observer les danseurs.

– C'est bien moi.

Il observa de haut en bas la mercenaire, avant de relever la tête sur laquelle apparaissait un petit sourire, lorsqu'il sembla comprendre.

– Suis-moi. Domenico ! cria-t-il à l'intention d'un autre serveur, tandis qu'il tapotait le clavier de son téléphone. Je reviens dans une vingtaine de minutes, occupe-toi du bar un moment.

Elle sauta du tabouret, but cul-sec la fin de la bouteille et la reposa sur le comptoir, avant de suivre Felipe jusqu'à une petite porte, située derrière le bar. Il sortit une clé de sa poche, ouvrit et fit entrer Athalia. Celle-ci posa imperceptiblement une main sur le manche du pistolet accroché à sa ceinture, prête à dégainer si la moindre menace se présentait. Il fallait toujours prendre des précautions quand on se trouvait dans le repaire de renards tels que les Alvarado. Ils pouvaient vous surprendre au moment où vous vous y attendiez le moins.

Après avoir traversé plusieurs couloirs, Felipe la fit enfin pénétrer dans une salle où plusieurs personnes l'attendaient. La pièce n'était pas très spacieuse et elle était assez sombre. Une grande table se trouvait au milieu. Des gardes, armés, appartenant à la famille ou aux proches des Alvarado, la fixaient sans ciller, les bras croisés et la tête haute, ou la main sur leurs gros fusils. De l'autre côté de la table, sur un imposant fauteuil, qu'on pouvait presque qualifier de trône, était assise, l'air calme et un sourire confiant sur les lèvres, une femme d'une soixantaine d'années. Elle en avait peut-être plus, mais son allure altière la rajeunissait. Ses cheveux courts étaient teints en bordeaux, des rides lui parcouraient le visage et la rendaient encore plus redoutable. Son sourire était sans doute ce qui renforçait le plus son air dominant. Un sourire mauvais. Il semblait ancré sur son visage, s'accordait avec ses rides et ses traits fins, comme si elle l'avait toujours eu. Agacia Alvarado, la cheffe du clan Alvarado, lui fit un signe de la main vers une chaise vide de l'autre côté de la table. Athalia y prit place lentement, totalement sereine face aux armes de ses hôtes. La règle à suivre pour ne pas paraître faible, vulnérable, dans ce genre de situation était de ne laisser paraître aucune émotion, aucun sentiment. Offrir aux autres un visage inexpressif était comme dresser entre eux et soi-même une barrière invisible. Et Athalia maîtrisait cet art comme personne.

Felipe alla se placer aux côtés d'Agacia, lui chuchota quelques mots à l'oreille, puis, enfin, la femme releva la tête et dit d'une voix forte et grave :

– Bonjour, Athalia Figueroa. Cela fait bien longtemps qu'on ne t'avait pas vue dans les parages. Mon fils, Felipe, a failli ne pas te reconnaître.

Athalia continua de la fixer, l'air totalement impassible. Felipe se pencha vers Agacia pour lui souffler de nouveau quelques mots inaudibles. Cela dura plus longtemps que la première fois.

– Nous avons une mission pour toi, reprit la femme.

Elle tendit à la jeune fille un bout de papier déchiré où étaient indiqués une adresse et un nom.

– Cet homme nous a trompés, dit soudain la mère Alvarado d'un ton plus dur, tout sourire disparu, et les lèvres crispées dans un rictus. Il nous doit une grosse somme. J'aimerais que tu ailles lui donner, disons, un petit avertissement. Mais ne sois pas trop aimable. Les gens retiennent plus souvent la douleur que les mots, ajouta-t-elle, son sourire de nouveau présent.

– Tu as trois jours, pas plus, dit Felipe de sa voix rauque.

Le silence se fit, comme si l'affaire était close, mais Athalia ne bougea pas. Elle lança un regard insistant aux Alvarado, et Agacia se redressa en disant :

– Bien sûr. N'oublions pas le plus important. Felipe, s'il te plaît.

L'interpellé se baissa pour ramasser quelque chose qu'il posa sur la table : une grosse mallette couleur métal. Il décrocha les attaches et l'ouvrit. Dedans étaient empilées des liasses de billets de toute sorte. Agacia en prit une grosse poignée, les compta rapidement, en enleva quelques-unes, les posa devant elle et releva les yeux vers Athalia. Celle-ci parut réfléchir un moment.

– J'en veux dix de plus.

– Cinq.

– Huit, et pas moins.

Elles se toisèrent un moment, comme dans un combat de regards silencieux, puis Agacia fit un petit mouvement de tête sans lâcher la jeune fille des yeux, et Felipe sortit de mauvaise grâce d'autres billets qu'il déposa sur la table.

– Tu seras payée une fois la mission accomplie.

– J'en veux la moitié en garantie avant.

– La moitié ? hurla soudain Felipe, en frappant la table de son poing. Et puis quoi encore ?

– Du calme, Felipe, dit Agacia avec son habituel sourire, posant une main calme sur le bras de son fils. Je suis sûre que notre chère amie sera raisonnable. Elle sait ce dont on est capable si elle essaye de s'enfuir.

Son regard féroce et son sourire mauvais ne laissaient aucun doute quant à ce dont « ils étaient capables ».

– Bien entendu.

Chapitre 3

Athalia longeait le bord d'une ruelle, traversée uniquement par quelques villageois à pied. Elle tapota instinctivement sa veste, vérifiant que la grosse enveloppe pleine de billets était toujours là. Elle bifurqua au coin d'un mur qui débouchait sur son repaire et celui d'Eduardo. Elle se baissa pour passer le rideau du cabanon désert et se dirigea vers le fond. Plusieurs épaisseurs de tissu servaient de mur et elle les souleva tant bien que mal, découvrant le mur de pierre du bâtiment auquel son refuge était adossé. Un petit trou dans la surface avait été creusé, abritant une grosse mallette grise. Elle l'ouvrit et y déposa les liasses, en les triant. Elle recompta au passage le contenu de la boîte et soupira d'un air satisfait. Elle se dégagea et s'appliqua à dissimuler la cachette. Elle alluma ensuite son téléphone, tapota la vitre du bout de son ongle pour qu'il s'allume et tenta d'appeler Eduardo. Un *bip* résonna doucement, puis un deuxième, puis un troisième. Puis rien. L'air plus rembruni, elle rangea le téléphone dans sa poche et sortit. Les rayons de soleil accentuaient la couleur or et les légères ondulations de ses cheveux qui tombaient, lourds et sales, le long de son dos, couverts de la poussière qui s'accumulait depuis de nombreux jours. Elle les attacha machinalement en un chignon d'où s'échappaient quelques mèches et repartit dans les rues de San Pedro.

Déjà midi. Elle remit pour la énième fois, et en soupirant encore plus fort que les précédentes, son téléphone dans sa poche. Son estomac creux commençait à se manifester. Et elle devait désespérément attendre le soir pour agir. Le visage de plus en plus morne à l'idée de ne rien faire de toute l'après-midi, elle se mit en quête d'un endroit où manger. Ou de quelque chose à voler. Mais elle savait que c'était difficile : les marchands se laissaient rarement berner par ici et, à moins de croiser quelqu'un qui dans la même situation qu'elle aurait par miracle trouvé quelque chose, et de le déposséder de son butin, c'était sans espoir. Il restait sûrement quelques provisions dans son cabanon, mais il fallait les garder pour le soir. Elle serpenta dans les allées colorées de San Pedro, au milieu des habitants qui arboraient un sourire, ou des enfants qui riaient aux éclats. Tache sombre et triste parmi les personnes joyeuses du village, elle avançait, la tête haute et le regard fixé devant elle, qui ne tremblait pas d'un poil, insensible face aux exclamations autour d'elle.

Elle tourna rapidement la tête vers la droite, croyant entendre du bruit. Il provenait d'une petite allée plus sombre et déserte. Athalia entrevit cependant au bout de celle-ci un angle, d'où semblaient provenir des voix. Elle jeta un petit coup d'œil autour d'elle et se faufila discrètement dans la ruelle. Elle marchait à pas de loup, rampant contre le mur, la pointe de ses bottes effleurant sans un bruit le sol de sable. Arrivée à quelques mètres à peine du tournant, elle s'arrêta et tendit l'oreille.

– S'il vous plaît… gémit quelqu'un.

– Ferme-la et donne-moi ça, grogna un autre.

– S'il vous plaît, répéta le premier, je n'ai pas d'argent, je n'ai rien mangé depuis deux jours… s'il vous plaît, s'il vous…

– Ferme-la, j'te dis ! File-moi ce sac et dégage !

– S'il vous plaît…

Athalia entendit un bruit de frottement qu'elle reconnaissait bien. L'homme était en train de dégainer une arme, prêt à tirer. Elle inspira un grand coup, rabattit la capuche de son sweat et jaillit d'un bond derrière l'homme, un pistolet pointé sur sa jambe. La balle partit en un éclair. Il gémit et s'effondra au sol. Un vieillard, dont on voyait les os à travers les plis de sa peau, assis au sol dans une position défensive, sursauta, les yeux grands ouverts dans une expression horrifiée qui se transforma vite en soulagement. L'homme gémissant au sol, tendit sa main tremblante pour récupérer son arme tombée par terre, mais la jeune fille ne lui en laissa pas le temps et lui asséna un grand coup de botte sur le nez. Il s'évanouit aussitôt, le sang coulant à flot de ses deux blessures.

– M-Merci… bredouilla le vieil homme, à côté duquel était posé un petit sac en tissu, probablement volé, et qui était rempli de quelques fruits et de morceaux de pain. Merci beaucoup, je…

Il se tut et leva d'un coup les bras, tremblant, devant le pistolet braqué sur son front. Il ne dit rien, mais on vit une larme couler le long de sa joue osseuse. Il semblait murmurer sans s'arrêter de vaines supplications. Athalia garda le bras tendu, le doigt pressé sur la gâchette. On ne distinguait que sa bouche, ses yeux cachés par le rabat de sa capuche que l'on devinait sévères, insensibles, froids et vides. Elle fit un petit mouvement de son pistolet en direction du sac avant de le repointer vers l'homme. Continuant ses lamentations, le visage mouillé de larmes et les yeux rouges, il poussa lentement son trésor, entre deux sanglots jusqu'aux pieds d'Athalia, immobile. Le butin n'était pas très gros, mais il suffirait pour un repas. Elle l'attrapa d'une main tout en gardant son pistolet dans l'autre et recula lentement, laissant le vieil homme allongé sur le sol. Il continuait de gémir de plus en plus fort. Athalia, inquiète, jeta un coup d'œil vers la grosse rue qu'on distinguait à l'autre bout de l'allée et elle vit les passants tourner la tête dans sa direction, inquiétés par le bruit. Certains s'arrêtaient même pour jeter un coup d'œil, mais reprenaient vite leur chemin, tête baissée, lorsqu'ils voyaient l'arme à feu, fuyant la jeune mercenaire.

— Eh merde, grogna celle-ci.
— S'il vous plaît, s'il vous plaît… continuait l'homme.
— Tais-toi, bordel !
— S'il vous plaît….

De plus en plus inquiète de ne pas arriver à le faire taire, comprenant qu'il n'avait pas toute sa tête et qu'il ne s'arrêterait pas face à son arme, elle se résolut à lui jeter une vieille pomme et un morceau de pain, qu'il attrapa, rampant par terre. Elle serra plus fort le pistolet et, en haussant un peu la voix, proféra :

— Maintenant tu la fermes.

Ses couinements devinrent plus faibles et il ouvrit une bouche qui découvrait trois dents abîmées, pour tenter de déchiqueter le morceau de pain. La jeune fille tourna la tête vers les quelques passants arrêtés en face de l'impasse qui murmuraient en commentant la scène entre eux. Elle baissa la tête, remit sa capuche correctement et, tenant fermement le sac, marcha d'un pas rapide pour échapper à cette situation qui la mettait en danger. À la sortie, elle bouscula deux villageois qui s'écartèrent, horrifiés.

Ils avaient l'habitude de tels événements et ils savaient qu'ils ne craignaient pas d'être tués. Les mercenaires préféraient la discrétion. Mais les habitants ne pouvaient s'empêcher de craindre que l'un des mercenaires, plus malveillant et dangereux que les autres, ne décide de passer à l'acte.

Athalia donnait des coups de coude autour d'elle, se créant un chemin pour s'enfuir. Elle gardait la tête baissée, de peur qu'on la reconnaisse. Vérifiant derrière elle que personne ne risquait de la suivre, comme un policier, elle accéléra son pas, jusqu'à courir. Elle zigzagua entre les chemins, s'enfonçant dans des rues désertes, où elle savait qu'elle ne risquerait pas d'être vue.

Essoufflée, elle s'arrêta enfin, relâcha les épaules et laissa tomber sa tête contre le mur devant lequel elle se trouvait. Les yeux fermés, haletante, une goutte de sueur roulant le long de sa tempe, elle tentait de retrouver une respiration normale. Elle se retourna, s'adossant à la surface en terre, et se laissa tomber jusqu'à sentir ses fesses toucher le sol. Elle cala sa tête entre ses jambes et prit un instant pour réfléchir.

Elle n'avait été que très peu confrontée à ce genre de situation, car elle parvenait presque toujours à rester discrète et elle arrivait facilement à faire taire les gens. Dans des cas comme celui-ci, elle ne savait pas comment réagir, et parfois la panique venait. Un sentiment qu'elle détestait, qui poussait à des actions stupides et qui empêchait de réfléchir.

    Elle cria en donnant un coup de poing dans le sol. Elle ne pouvait pas nier cette peur que quelqu'un l'ait vue. Que quelqu'un, lorsqu'elle ressortirait le lendemain matin, la pointe du doigt, la dénonce. Qu'elle doive fuir, se cacher. Qu'on la veuille morte. Elle n'avait pas fait tous ces efforts pour survivre, depuis sa naissance, pour en arriver là. Elle savait que ça arriverait un jour ou l'autre, elle n'était pas dupe. Mais elle espérait repousser ce jour d'encore quelques années.

    Elle bascula la tête en arrière, puis elle attrapa une miche de pain. Elle en arracha un morceau avant de le fourrer dans sa bouche. Avoir l'estomac vide n'était pas bon pour rendre ses idées plus claires. Elle termina rapidement son repas, et un peu de satisfaction revint quand elle eut le ventre plein, ce qui n'arrivait pas très souvent. Au moins, ses efforts avaient été récompensés.

    Elle alluma son téléphone, le tapa du plat de la main lorsqu'il refusa de s'allumer, le déverrouilla enfin et répondit au message qu'Ed lui avait envoyé quelques minutes auparavant. Il disait avoir trouvé du bon boulot dans un autre village et risquait de ne pas rentrer avant plusieurs jours.

    Athalia reposa l'appareil à côté d'elle et tout en attrapant une pomme, elle réfléchit à son boulot. Elle avait été d'abord déçue lorsqu'Agacia Alvarado lui avait proposé ce job. Il avait beau être important et dangereux, c'était souvent assez mal payé pour le risque qu'on prenait. Elle s'attendait à trouver mieux en allant à la Discoteca. Elle avait même failli refuser, mais elle avait quand même attendu qu'ils lui proposent un chiffre et de voir jusqu'où elle pourrait le faire monter. Elle avait été très surprise qu'ils acceptent de payer une telle somme et en plus de lui laisser une garantie. Certes, c'est elle qui l'avait réclamée, ce qu'elle faisait tout le temps, mais elle ne pensait pas qu'ils la lui accorderaient. L'idée qu'ils manigançaient autre chose lui avait traversé l'esprit, mais elle se dit plutôt que leur étrange attitude avait une autre raison. Elle en avait conclu qu'ils avaient sûrement « oublié » un détail par rapport à l'homme, sûrement qu'il était riche, ou protégé, voire bien armé et qu'il s'attendait à se faire attaquer. Ils avaient, pensa-t-elle, accepté de payer sachant qu'elle risquait de ne pas revenir.

Elle sourit en pensant qu'ils s'attendaient sûrement à ce qu'elle meure après avoir détourné l'attention de l'homme en question afin de pouvoir eux-mêmes lui régler son compte et, au passage, à récupérer l'argent qu'ils lui avaient avancé. Mais ce qu'ils ne savaient pas, c'est qu'elle ne faisait pas comme les autres mercenaires, qui préféraient garder leur argent sur eux. Le sien était assez bien caché, son repaire était bien trop reculé et personne ne savait où elle vivait.

Elle avala la dernière bouchée que la pomme pouvait lui offrir, jeta le trognon, s'appuya sur ses jambes et se redressa, ramassant au passage son téléphone. Elle repartit sillonner les rues de San Pedro, sous la chaleur du soleil, priant pour que personne ne la reconnaisse. Les villageois, habitués à de tels événements, ne prêtaient guère plus attention à elle que d'habitude. La jeune fille continua donc son chemin, passant l'après-midi à se promener et à faire une des choses qu'elle préférait, après les pommes bien sûr : observer les gens. Mémoriser leurs visages s'ils étaient inconnus, essayer de se souvenir où elle les avait déjà vus pour d'autres, tenter d'en savoir plus sur chacun d'eux, ne serait-ce qu'un détail. Voir ces visages souriants, reluisants sous la chaleur étouffante, les sourcils froncés lorsqu'ils étaient concentrés ou travaillaient dur, mais qui, même avec leurs rides, la fatigue et l'épuisement, tentaient de garder avec eux une lueur d'espoir et de joie. Ces visages qui affrontaient la vie comme elle se présentait. Comme une vie à San Pedro de Sonora.

Le ciel commençait à rougeoyer tandis que le soleil descendait de plus en plus bas à l'horizon. Quelques souffles de vent commençaient même à faire leur apparition et les villageois se préparaient à rentrer chez eux.

Athalia sortit de sa poche le petit bout de papier que lui avait donné Agacia Alvarado et le déplia. Elle lut l'adresse, réfléchit un court instant et entama une marche rapide, sachant exactement où elle devait aller. Après avoir serpenté dans les rues de plus en plus sombres, elle ralentit son pas et s'appuya contre un mur, tête baissée, observant discrètement autour d'elle tandis qu'elle attendait que la rue devienne déserte et que le soleil finisse de se cacher. Elle rabattit sa capuche sur la tête et remonta sur son nez une sorte de tissu noir qu'elle avait accroché autour de son cou, afin de dissimuler une bonne partie de sa tête.

Elle se redressa et marcha lentement dans la rue, fit quelques allers-retours, scrutant le moindre recoin des yeux, pour être sûre que rien d'anormal ne s'y trouvait et que personne ne l'observait. Étant donné l'étrange comportement des Alvarado et le prix qu'ils avaient payé, elle était encore plus méfiante que d'habitude et redoublait de précautions. Après avoir entièrement inspecté la zone, elle changea soudain d'attitude et fila comme une flèche vers une porte de maison. C'était un quartier assez peuplé, et l'homme était sur ses gardes, il était plus prudent de ne faire aucun bruit. Elle sortit un de ses pistolets qui était armé d'un silencieux et visa la serrure. On entendit un tout petit *crac* mais rien de plus. Athalia appuya sur la poignée de la porte, réjouie qu'elle s'ouvre du premier coup. Elle n'avait pas l'habitude de procéder de cette façon, elle préférait défoncer les portes d'un coup de pied.

Elle pénétra doucement dans le petit salon, retenant presque sa respiration. Elle marchait à pas de loup, un pistolet dans la main et son doigt prêt à appuyer sur la détente. On ne voyait pas grand-chose mais elle avait plutôt une bonne vue et arrivait assez bien à distinguer la forme des meubles. Elle continua son avancée, étonnée que personne ne l'attende. Elle entendait son pouls battre un peu plus vite à chaque seconde et, malgré la fraîcheur de la pièce, une goutte de sueur se mit à ruisseler sur son front. Elle ferma les yeux de surprise lorsqu'une planche sous son pied craqua. Elle jura silencieusement et retint son souffle, guettant le moindre bruit. Elle se mordit la lèvre d'énervement en entendant quelqu'un, visiblement à l'étage, se lever d'un lit.

– Qui est là ? bredouilla une voix terrifiée.

Quelques pas se firent entendre. Athalia se plaqua derrière une armoire, puis se pencha lentement, gardant un œil sur le bas de l'escalier à l'autre bout de la pièce. Elle leva son pistolet dans cette direction, le cala et plissa les yeux, prête à tirer.

Les pas se firent entendre de nouveau, ils descendaient une à une les marches, lentement. Athalia vit une lumière apparaître au bas de l'escalier. L'homme tenait de toute évidence une lampe torche. Alors que la lueur semblait au plus près, elle cessa aussitôt sa progression. La jeune fille tendit l'oreille et il lui sembla entendre un bruit, quasiment imperceptible, qu'elle reconnaîtrait entre tous : un fusil qu'on chargeait. Avalant difficilement sa salive, elle se recula un peu plus derrière sa cachette et attendit. Les secondes semblaient durer des heures. Un silence absolu régnait. Le temps s'était figé. Ses battements de cœur résonnant dans tout son corps, Athalia enfonça un peu plus son doigt et…

D'un coup, l'homme surgit, mais au moment où il s'apprêtait à tirer, Athalia appuya sur la détente avant de se jeter au sol pour éviter la balle qu'elle sentit frôler ses cheveux. Elle ne perdit pas de temps, comprenant que l'homme avait également évité son attaque et, tout en glissant sur le sol, elle croisa les bras et dégaina ses deux poignards cachés dans son dos. Elle se releva et en jeta un de toutes ses forces au niveau de l'épaule de l'homme, qui poussa un cri déchirant. Elle prit son élan et sauta par-dessus le canapé avant de retomber à quelques centimètres du blessé et de lui appuyer son poignard sur le cou. Il tenta d'atténuer ses gémissements de douleur, tout en appuyant sur sa blessure avec son autre main. La mercenaire se plaça derrière lui, lui releva la tête et appuya un peu plus son poignard. Elle se pencha vers son oreille et lui souffla :

– Les Alvarado voudraient te transmettre un message.

– La… lâchez moi…

– Alors je te conseille, continua-t-elle sans prêter attention aux paroles de l'homme, de vite régler votre histoire…

Elle appuya encore plus sa lame, jusqu'à sentir le pouls dans ses veines la faire vibrer.

– … ou ça risque de te coûter bien plus que quelques gouttes de sang.

Elle se redressa aussitôt, lorsqu'elle entendit plusieurs personnes courir vers la maison. Une voix d'homme cria :
– Police ! Ne bougez plus !
– Fait chier ! lâcha-t-elle.

Elle tourna le regard vers sa victime et lui asséna une grosse entaille dans les côtes sous ses hurlements. Elle se leva et lui mit un coup de pied, frappant son visage avec le talon de sa botte, avant de le laisser retomber, inconscient. Au moment même où la porte s'ouvrit dans un grand fracas, plusieurs policiers pénétrèrent à l'intérieur en brandissant leurs armes et elle disparut dans l'escalier.

Elle grimpa quatre à quatre les marches, tout en percevant derrière elle les hommes qui la suivaient. Rapide comme une flèche, elle pénétra dans la chambre, jeta un vif coup d'œil autour d'elle. Elle ne voyait nulle part où se cacher, jusqu'à ce que son regard se tourne vers la fenêtre. Elle n'avait pas le choix. Elle se précipita pour l'ouvrir et vit avec satisfaction qu'aucun policier n'était resté surveiller l'entrée de la maison. Ils étaient tous à ses trousses. Elle inspira un grand coup, priant pour rester en vie, et s'élança par-dessus le rebord de la fenêtre.

L'air claqua sur son visage comme une gifle. Le temps qu'elle passa suspendue par son élan au-dessus du sol sembla ne jamais s'arrêter. Puis elle sentit tout son poids l'attirer vers le bas. Ses cheveux se dressèrent à la verticale. Elle ressentait comme une sensation de vide, à la fois légère et pesante. Elle revint vite à la réalité lorsque ses pieds s'écrasèrent sur le sol et qu'elle dut amortir la chute du mieux qu'elle put. Elle remercia intérieurement l'homme qu'elle avait attaqué d'avoir une maison avec un étage assez bas.

Elle ne perdit pas de temps et se releva, lâchant un petit couinement lorsqu'elle s'appuya sur sa cheville droite, douloureuse. Elle serra fort les dents et s'élança, boitant légèrement et évitant les coups de feu des policiers derrière elle. Ils lâchaient sur elle une rafale de balles, qui en s'écrasant sur le sol provoquaient un tourbillon de poussière. Mais même avec une jambe endolorie, Athalia restait extrêmement rapide et agile. Une balle vint lui effleurer le genou, ne réussissant qu'à percer son jean noir, et elle disparut au coin de la rue. Se doutant que les policiers allaient la suivre, elle ne s'arrêta pas et continua sa course effrénée. Elle connaissait les rues de San Pedro par cœur et emprunta les chemins les plus étroits et les plus durs d'accès afin de les perdre. Elle ne se rendit pas toute de suite dans son repaire, il ne fallait surtout pas les attirer là-bas. Elle s'autorisa une petite pause et appuya ses mains sur ses genoux, à bout de souffle. Elle regarda derrière elle et ne distingua rien. Par précaution, elle escalada un petit mur tout proche et s'allongea dessus. Elle était ainsi quasiment invisible, avec sa tenue entièrement noire au milieu de la nuit. Elle resta là de longues minutes, sans bouger et soufflant un bon coup. Sa cheville ne lui faisait presque plus mal, bien que l'adrénaline y soit pour beaucoup, et elle se dit qu'avec un peu de chance, elle n'aurait qu'un bleu.

La lune brillait de sa froide lumière blanche et on distinguait, dans un de ses fins rayons laiteux, une jeune fille allongée sur un mur, les cheveux blond foncé retombant de chaque côté de sa tête, qui petit à petit, s'endormait, la fatigue prenant le dessus.

Chapitre 4

Athalia se réveilla en sursaut, et retint aussitôt un cri lorsqu'elle faillit tomber du mur sur lequel elle se tenait encore. Complètement sonnée après cette dure nuit, qu'elle n'avait pas vu venir, elle observa lentement le village de San Pedro s'éveiller. Elle se maudit intérieurement de s'être endormie, car elle savait bien qu'elle aurait pu payer cher ce moment de faiblesse. Après un long bâillement, elle s'étira et sauta du petit muret. Elle grimaça lorsqu'elle retomba sur sa cheville, encore fragile. Elle alluma son téléphone, et vit qu'elle avait au moins trois appels manqués d'Eduardo. Elle se mit en route d'un pas tranquille tout en le rappelant. Il décrocha presque aussitôt, et lui demanda en débitant les mots à toute vitesse si elle était en vie, si elle n'était pas blessée et si tout allait bien.

— Bonjour d'abord, dit-elle en esquissant un large sourire.
— Ouais ouais, salut. Alors ? Tout va bien ?
— Étrangement bien vu ce qu'il s'est passé. Je te raconterai une prochaine fois. Et toi ? Ta mission spéciale ?

– Bien plus ennuyeuse que je le pensais. Je dois passer ma journée à chercher…

Le téléphone émit quelques craquements. Athalia le tapota légèrement, et le remit à son oreille.

– Allô ?

– Ouais, désolé, répondit Eduardo, j'arrive dans un endroit où il n'y a pas beaucoup de réseau. On se rappelle plus tard.

– Ça marche. À bientôt.

Elle n'entendit pas la réponse du garçon, car leur connexion avait définitivement été coupée. Elle remit d'un geste machinal le téléphone dans sa poche et accéléra un peu le pas.

Elle savourait les rayons du soleil qui venaient caresser sa peau, finissant complètement de la réveiller. Elle ne se pressa donc pas et préféra contempler avec envie les marchandises que les commerçants déballaient. Une cagette remplie de belles pommes rouges attira son attention, et après une longue lutte intérieure contre son estomac, elle se dirigea vers l'étalage. Le marchand la salua, et elle répondit d'un bref signe de tête. Elle étudia chacune des pommes attentivement avant d'en désigner une, la plus belle de toutes. Le marchand lui indiqua le prix et elle fouilla dans sa poche pour trouver quelques pièces. Elle se servit et repartit dans la rue. Elle pouvait bien s'offrir un fruit. Et puis, il aurait été trop dangereux de voler à cette heure dans ce quartier plus animé que les autres. L'acidité de la pomme lui provoqua quelques picotements au fond de la gorge, et elle savoura chaque bouchée. Elle arriva bientôt devant la Discoteca, le repaire des Alvarado, et finit son petit déjeuner.

Il n'y avait pas de musique et seulement très peu de gens, assis autour du comptoir. Domenico s'affairait derrière le bar.

La jeune fille s'approcha, et lorsque le barman vint vers elle pour prendre sa commande, il la reconnut, et dit :

– J'appelle le chef.

Il attrapa ensuite une bouteille de soda et la lui servit, avant de sortir son téléphone et de tapoter à toute vitesse sur l'écran. Il retourna ensuite s'affairer à sa tâche, et Athalia patienta tout en buvant son verre.

Son regard fut bientôt attiré par un mouvement près de la porte qui menait aux salons privés des Alvarado. Felipe venait d'en sortir et la fixait. Athalia comprit le message et se leva d'un air tout à fait normal pour ne pas attirer les regards. Felipe la fit entrer, et les bruits des conversations s'étouffèrent lorsqu'il referma la porte. Sans un mot, il la conduisit dans la même pièce que la dernière fois, où l'attendaient Agacia, les gardes armés, mais aussi quelques autres membres de leur famille ou de leur clan, dont un que la jeune fille ne connaissait que trop bien : Carlos Garcia. Après Felipe, c'était une des personnes en qui Agacia avait le plus confiance. Il avait souvent donné à la jeune fille de petites missions. Il lui adressa un sourire peu chaleureux, en inclinant la tête. Elle lui répondit également en baissant légèrement le menton. Son attention revint sur Agacia.

– Athalia Figueroa, quel plaisir !

Son sourire mauvais semblait plus joyeux encore que la dernière fois. Elle lui fit signe de s'asseoir puis demanda d'un geste de la main à Felipe, qui était retourné à ses côtés, de déposer sur la table une mallette rangée non loin.

– Tout effort mérite récompense, bien sûr.

Elle ouvrit le petit coffre, compta quelques billets, les glissa dans une enveloppe et la donna à la jeune fille, qui recompta et s'empressa de la ranger dans sa poche. Elle commença à se lever pour partir, ne voulant pas traîner plus longtemps, mais les gardes se rapprochèrent de la porte et Agacia la rappela.

La jeune fille se mit aussitôt sur la défensive. Par réflexe, sa main se colla à sa ceinture et elle fixa des yeux les hommes armés en face d'elle.

– Pas si vite, reprit la cheffe Alvarado.

Athalia ne bougea pas tout de suite, tous les sens en alerte. Puis, sachant qu'elle n'avait pas d'autre option, elle se rassit très lentement sur le siège, sans lâcher du regard les chiens de garde qui tenaient fermement leurs pistolets. Elle suppliait intérieurement sa respiration de ralentir et de faire moins de bruit. Elle garda cependant un visage impavide, presque menaçant. Agacia, son sourire toujours aux lèvres, reprit, tout en attrapant une tasse de café que lui tendait un homme et en commençant à le siroter.

– Ce petit boulot n'était pas notre vrai objectif.

Athalia s'en doutait, mais elle n'était pas plus avancée. Elle pensait d'abord qu'ils l'avaient gardée là afin de récupérer la somme d'argent qu'ils lui avaient versée la dernière fois. Mais ce n'était visiblement pas le cas.

– Nous avons une vraie mission à te confier.

– Vous vouliez juste me tester, n'est-ce pas ?

– En effet, répondit Agacia, son regard hautain plongeant dans celui de la jeune fille.

– C'est vous qui avez prévenu la police…

La femme ne répondit pas, mais son silence signifiait bien plus que des mots. Elle avala une petite gorgée de café, toussota et continua.

– Tes capacités ont été prouvées la nuit dernière. Et tu viens de nous montrer à l'instant que tu es d'une perspicacité remarquable. Nous savons que tu es digne de confiance. Cette mission, que nous avons à te confier, concerne un secret de famille des plus confidentiels. Je sais que tu ne le révéleras pas.

Elle se leva lentement, pour faire les cent pas derrière la grande table.

— Nous avons même pensé faire de toi une de nos employées personnelles. Ça te garantira du travail très régulier et bien payé.

— Merci de l'offre. Mais je ne suis pas intéressée.

Elle se leva et se dirigea rapidement vers la porte. Un garde apparut devant elle pour bloquer l'entrée, et elle dégaina aussitôt son pistolet, pointé sur lui. Elle entendit alors la dizaine d'hommes autour d'elle faire de même. Encore une fois, son instinct de survie avait pris le dessus.

— Allons, allons, très chère. Bien entendu, tu n'es pas obligée d'accepter. Cependant, la mission dont je te parlais il y a quelques minutes, vois-tu, me tient beaucoup à cœur. Et je compte sur toi.

Athalia ne bougea pas, mais elle fut convaincue lorsqu'Agacia ajouta :

— Bien sûr, le prix sera fixé en conséquence de l'importance de cette tâche.

Elle se rassit une nouvelle fois, et attendit la suite.

— Je ne te donnerai pas de détails sur cette affaire. Seulement ce que tu dois accomplir. Je compte sur toi pour que ça ne s'ébruite pas. Je ne t'impose pas de délai, mais arrange-toi pour être la première.

— Pourquoi ? Quelqu'un d'autre est sur le coup ?

— Le monde est plein d'ennemis, répondit-elle d'un ton mystérieux, ne voulant apparemment pas s'étendre sur le sujet.

Fatiguée, Agacia Alvarado se rassit, et reprit :

– Je veux que tu trouves un homme.

– Qui ?

Agacia releva la tête, son sourire transformé en une grimace, et les sourcils froncés, comme si ce simple nom éveillait toute sa rage.

– Enrique De la Vega.

Athalia n'était pas surprise. Elle ne connaissait pas cet Enrique, mais les guerres entre les De la Vega et les Alvarado étaient bien connues. En effet, ce clan extrêmement puissant était à la tête du village de Santa María.

– C'est tout ?

– Non. Je veux qu'il meure. Je veux que tu le tues.

Athalia foulait doucement le sable sous ses pieds. Elle traversait le flot des habitants, qui, comme d'habitude, ne faisaient pas attention à elle. La tête droite, les yeux toujours fixés sur un même point, la bouche détendue, sans aucune expression, et avec ses vêtements noirs, elle semblait invisible aux yeux du monde entier. En ce moment, plus qu'à n'importe quel autre, on pouvait essayer de deviner ses émotions pendant des heures, et ne réussir qu'à se heurter au mur de pierre que semblait être sa peau. Il ne laissait rien passer qui puisse révéler son monde intérieur. Ses pas étaient réguliers, ni lents, ni rapides. Ses bras ballotaient au même rythme, tombant le long de son corps.

Elle se dirigeait vers chez elle. Récupérer quelques affaires, dont elle aurait sûrement besoin à Santa María. Elle attrapa un sac à dos, qui semblait bien trop grand pour elle. Elle le remplit de toute sorte d'objets de première nécessité, qui étaient posés en vrac sur les étagères de fortune, ainsi que d'une fine couverture et de vêtements de rechange. Elle ajouta au contenu du sac déjà presque plein des boites de conserve et d'autres aliments qu'elle pouvait manger froids. Elle ferma avec difficulté son bagage, enfila les bretelles, et jeta un rapide coup d'œil, pour être sûre qu'elle n'avait rien oublié. Elle avait pris le plus d'armes possible, chacune possédait une cachette bien appropriée dans sa tenue ou dans son sac. Elle avait également pris la plupart de leurs économies, car d'une part elle se doutait qu'elle en aurait besoin, et, d'autre part, parce que même si c'était dangereux de se balader avec de l'argent sur soi, ça l'était davantage de le laisser plusieurs jours d'affilée dans un petit cabanon au milieu de San Pedro.

Elle ressortit, puis resta un moment debout à réfléchir. De quoi aurait-elle besoin là-bas ? De rien, elle avait tout pris. Mais la question était plutôt portée sur le trajet. Elle pouvait le faire à pied, mais ce serait long, fatiguant et dangereux. Il lui fallait trouver de quoi se déplacer, et elle savait exactement où se rendre. Elle commença sa route, partant d'un pas rapide. Elle savoura sur son passage, encore plus que d'habitude, les bonnes odeurs des commerces. Mais elle accéléra au bout de quelques minutes, se rendant soudain compte qu'il était déjà assez tard. Elle arriva quelque temps après à sa destination, qui se trouvait être l'entrée d'un vieux garage, ouvert, d'où s'échappait un bruit tonitruant.

Elle plaqua les mains sur ses oreilles et plissa le nez sous l'effet du vacarme. Elle pencha la tête et jeta un œil à l'intérieur du vieux garage. Des tas d'objets mécaniques rouillés s'empilaient sur toute la surface. Des voitures ou des motos démontées et cassées jonchaient également l'amas de pièces de métal. Une forte odeur d'essence s'échappait de l'endroit. Athalia aperçut une grande silhouette, assez costaude, qui bricolait un scooter, et qui tournait à plusieurs reprises une manette pour tenter de le faire démarrer.

– Chico ! cria la jeune fille, mais sa voix disparut aussitôt sous les vrombissements du moteur.

Le dénommé Chico se releva quelques instants après, une clé à molette à la main, les bras sur les hanches et un air satisfait en contemplant son petit bijou. Il déposa ses outils plus loin, rabattit sur ses yeux des lunettes de travail, dont le plastique était tellement noir qu'il ne devait rien voir à travers, et enjamba le scooter. Il tourna une manette, le bruit se fit encore plus fort, et dans un nuage de fumée les roues se mirent à tourner à grande vitesse. Athalia recula de justesse lorsqu'il sortit en trombe du garage, et toussa après avoir malencontreusement avalé une bouffée de fumée noire. Elle agita ses mains devant son visage pour chasser l'épais brouillard, et, petit à petit, réussit à distinguer le jeune homme qui sautait de joie devant son véhicule. Elle sourit devant son air enfantin, alors qu'il devait avoir environ vingt-trois ans, et s'approcha de lui. Lorsqu'il l'aperçut, il lui fit un signe de la main et tenta de lui dire quelque chose. La jeune mercenaire fronça les sourcils en signe d'incompréhension. Il éteignit le moteur et attendit quelques secondes que le bruit disparaisse avant de lancer un grand sourire à la jeune fille.

– Figueroa ! Si c'est pas une surprise ça !

– Contente de te voir aussi Chico.

– Alors qu'est-ce qui t'amène par ici ? T'as besoin d'une caisse ?

– Ouais, je prends ce que tu as. Tout sauf ça, ajouta-t-elle avec un regard désapprobateur vers le scooter noir de suie.

– Tu loupes quelque chose pourtant ! répondit-il dans un rire. Un vrai trésor, je viens juste de finir de le réparer. Il marche comme neuf.

Athalia lui jeta un regard et haussa un sourcil, l'air peu convaincue.

– OK, pas comme neuf. Mais pour un truc que j'ai sorti d'une benne, il roule comme un vrai p'tit bolide !

– Ouais, et avec le bruit qui va avec…

– Ça se calmera avec le temps.

– …

– C'est ce que j'ai de mieux si tu cherches quelque chose de rapide et de fonctionnel. D'ailleurs, tu comptes aller où avec ?

Athalia hésitait à lui répondre. Elle connaissait Chico depuis, certes, assez longtemps, mais on ne pouvait pas décrire leur relation comme proche. À part Ed de toute façon, elle n'était proche de personne. Elle et Chico s'étaient connus quand la jeune fille commençait son « métier », vers ses douze ans, et le garçon lui avait appris à conduire un scooter. Elle ne savait même pas s'il était au courant qu'elle était mercenaire. Probablement l'avait-il deviné depuis le temps.

– À Santa María.

– Je ne vais pas te demander pourquoi, ça doit être une de tes affaires dont tu aimes garder le secret…

Elle détourna le regard sous ses yeux scrutateurs, et reprit pour changer de sujet :

– Bon, ça marche, je te le prends. Je ne sais pas encore pour combien de temps j'en aurais besoin, mais plusieurs jours c'est sûr.

– Du moment qu'il revient, tout me va. Mais rappelle-toi, le prix augmente à chaque jour de plus.

– Je m'en souviens bien, vu le nombre de fois où tu m'as rappelé mes dettes.

– Tu n'en as plus aucune d'ailleurs, j'espère que ça restera comme ça ! ajouta-t-il avec un clin d'œil.

– Tu me le loues pour combien ?

Il lui fit un signe de la main pour lui dire de rentrer dans le garage. Il ramena le scooter au passage et apporta un tabouret à la jeune fille.

– Nos négociations ont tendance à durer, dit-il en souriant, en prenant lui-même place dans un siège. Alors, tu serais prête à mettre combien ?

– Pas plus de 20 000 pesos.

– Tu déconnes ? Pour une caisse quasi neuve ?

– Tu l'as trouvée dans une poubelle !

– Et j'ai travaillé cœur et âme pour la réparer ! Ça fait des semaines que j'y suis.

– Le temps que tu as mis pour le faire m'est égal, c'est la qualité de ton trésor qui m'intéresse.

– Tu insinues que mon boulot est de mauvaise qualité ? Ou que j'travaille pas vite ? Ou les deux ?

Athalia le fixa un moment, en se mordant la lèvre pour ne pas rigoler, mais Chico craqua finalement le premier et pouffa, bientôt rejoint par la jeune fille.

– Bon, on recommence…

Ils continuèrent leurs négociations, qui commençaient en général plutôt bien, mais qui partaient très vite en grand débat sur la fiabilité du véhicule.

Lorsqu'ils finirent enfin, le soleil était déjà haut dans le ciel et l'après-midi bien entamée. Athalia sentait son ventre gémir, et elle se rendit compte qu'elle n'avait mangé qu'une pomme le matin. Son dernier repas datait de la veille.

– Donc, on part sur les 30 000 pesos ? demanda Chico, se levant de sa chaise. Pour une semaine. Si ça traîne plus, bien sûr…

– On avait dit 29 000 !

– C'est à prendre ou à laisser.

La jeune fille le toisa, mais il était déjà retourné faire briller les différents engins qui se trouvaient dans le garage. Son estomac protesta encore une fois, puis elle lui répondit :

– 30 000 pesos, et tu m'offres le repas.

Il se retourna et lui sourit.

– Marché conclu !

Ils se retrouvèrent peu après assis sur le sol poussiéreux devant l'entrée du garage, profitant du soleil, devant une bonne tortilla de maïs. Ça faisait longtemps qu'Athalia n'avait pas mangé un tel repas et elle se régalait. Elle fermait les yeux de plaisir à chaque cuillérée, tout en observant Chico, qui lui-même regardait les passants, les sourcils froncés comme à chaque fois qu'il était perdu dans ses pensées. Athalia remarqua qu'il paraissait très jeune, même avec ses vingt ans passés, et sa courte barbe.

Ils eurent bientôt fini, et Chico lui prit son assiette et ses couverts avant de disparaître dans son débarras. Il revint juste après et appela la jeune fille. Il lui montra différentes manipulations à faire avec le scooter, des précautions, quelques conseils et recommandations. Il lui dénicha de vieilles lunettes, pour éviter qu'elle ne reçoive trop de sable dans les yeux, et lui proposa un casque. Elle l'accepta, ne sachant pas vraiment si elle penserait à le prendre à chaque fois. Elle le paya en sortant du liquide d'une de ses poches, et enfourcha le véhicule. Elle tourna la petite clé et aussitôt le moteur vrombit. Elle fit un signe de la main à Chico, qui lui répondit. Elle eut juste le temps de l'entendre crier par-dessus le bruit « Ne l'abîme pas ! » et elle partit à toute allure.

C'était assez étrange de traverser San Pedro autrement qu'à pied. Bien qu'elle ait utilisé un scooter à plusieurs reprises, elle ne s'y habituait pas. Les habitants, qui voyaient pas mal de circulation dans ce coin du village, s'écartaient sur son chemin, mais, lorsqu'elle empruntait de plus petites rues, elle devait ralentir et faire gronder le moteur plus fort pour que les gens la laissent passer. Elle se rapprochait de plus en plus de la sortie de la ville : les habitations se faisaient moins nombreuses, les rues étaient bien plus larges, pour pouvoir laisser passer au moins une voiture, et elles étaient moins animées. Enfin, la jeune fille aperçut les remparts de la ville. Ils étaient vieux, très abîmés et anciens, comme tous ceux des villages. Ils dataient d'il y a des siècles, lorsque les guerres étaient nombreuses, d'abord avec les populations extérieures puis entre les villes du désert de Sonora. Ils n'avaient jamais été détruits car ils protégeaient les maisons du vent et des tempêtes de sable, mais également pour rappeler en quelque sorte que les guerres n'étaient pas finies. Elle franchit la grande arche de pierre qui délimitait San Pedro, et commença sa route dans le désert.

Le soleil était écrasant, et sous sa veste en cuir, son gros sac et son casque énorme qui lui serrait la tête, elle avait extrêmement chaud. Elle continua néanmoins sans s'en préoccuper, sachant qu'il lui restait plusieurs heures à rouler ainsi. Elle enleva cependant les lunettes, sales et trop grandes pour elle, qui lui tombaient sur le nez sans arrêt. Elle s'arrêta pour les accrocher au sac car il n'y avait plus de place à l'intérieur et elle n'avait pas envie de tout déballer au milieu de la route. Elle les rangerait au fond plus tard, et ne les ressortirait sûrement pas. Le soleil descendait de plus en plus, elle estima qu'il devait être environ quinze heures. Elle devrait passer une nuit dans le désert. Peu réjouie à cette idée, elle accéléra un peu.

Elle décida, seulement quelques minutes après, de faire un petit détour. Elle connaissait une petite oasis, une des rares dans ce désert, qui devait déborder d'eau en cette saison. Elle y allait environ une fois par semaine, pour se laver. Et puis, même si sa cheville ne la faisait presque plus souffrir, elle avait encore un peu de mal à la bouger. Faire une pause pour l'étirer ne lui ferait pas de mal.

On ne voyait que très peu de points d'eau dans le désert de Sonora. Il ne pleuvait quasiment jamais, sauf lors de certaines saisons, où de grosses pluies pouvaient s'abattre sur l'étendue de sable. Mais depuis déjà quelques semaines, la sécheresse était de retour, et l'eau allait devenir encore plus rare.

Arrivée devant la petite oasis, elle descendit rapidement, impatiente de se jeter dans l'eau trouble. Elle n'avait jamais vu personne venir ici, cet endroit ne devait pas être très connu, sinon il aurait pu être très fréquenté en cette saison. C'était un coin assez reculé, et l'eau n'était pas potable. Le sable qu'il y avait dedans ne la dérangeait pas, c'était toujours mieux que rien. Elle amena quand même son scooter et ses affaires près de l'eau, à portée de main au cas où, puis commença à enlever ses habits. Elle avança doucement, et tâta l'eau du bout de l'orteil. Elle était assez chaude, illuminée toute la journée par les rayons ardents du soleil. Elle y pénétra sans mal, et se laissa glisser entièrement dans l'eau trouble. Elle resta un moment, laissant sortir uniquement ses yeux, et sa bouche de temps en temps pour respirer. Ses cheveux se débarrassaient de toute leur saleté et s'étalaient autour de sa tête, comme les rayons autour du soleil. Elle remonta ensuite et se laissa flotter à la surface, les bras écartés flottant en étoile. Elle resta dans cette position un long moment, elle ne saurait dire combien de temps s'était écoulé. Quand elle sentit malgré tout ses lèvres trembler de froid, à cause du vent qui venait souffler sur sa peau nue, elle bougea un peu, se frotta pour enlever toute la crasse, secoua ses cheveux plusieurs fois, fit un ou deux plongeons sous l'eau et enfin sortit. Elle enroula son corps de ses bras, frissonnante. Elle claquait des dents, tout en se maudissant intérieurement de ne pas avoir de serviette sous la main. Elle se frotta vivement, pour se réchauffer et pour faire tomber les gouttes d'eau qui parsemaient son corps.

Elle attendit un moment, se réchauffant au soleil, et quand enfin elle fut complètement sèche, elle renfila ses habits. Elle secoua un peu ses cheveux, qui étaient encore mouillés et qui bouclaient beaucoup plus que d'habitude, remonta sur le scooter, et reprit la route.

La vue était magnifique. Une étendue de sable et de dunes, de rochers et de petits arbres. Parfois au sol, des jeunes pousses vertes pointaient leur nez. Les petites dunes omniprésentes étaient souvent faites de rochers, où le sable était venu s'accumuler avec le vent. On voyait aussi un nombre incalculable de cactus, de différentes tailles, mais assez semblables au niveau de la forme. Les fameux cactus saguaro du désert de Sonora, connus pour leur haute taille qui pouvait dépasser les dix mètres, mais aussi pour leur durée de vie qui atteignait parfois les deux cents ans.

Une large route était visible, droite, démarquée par le sable lisse et les traces de roues. Non loin, on apercevait une petite tache sombre : Santa María. Elle semblait près, mais c'était trompeur. Le scooter n'était pas si rapide que ça, et les routes de sable n'étaient pas comparables à celles en béton. Le vent commençait à se lever, et le soleil faisait apparaître des lueurs rougeâtres, qui s'accordaient avec le sable jaune orangé du désert, légèrement plus clair que celui du village de San Pedro.

Athalia regarda le soleil qui menaçait de disparaître d'une minute à l'autre. Elle décida qu'il était temps de s'arrêter pour s'installer. Elle ralentit, et regarda autour d'elle. Elle aperçut plusieurs gros rochers et des tas de sable qui formaient un petit abri. Elle s'en approcha et gara son véhicule hors de vue de la route.

Après être descendue du scooter, elle le cala à l'aide de la béquille, puis enleva son sac de ses épaules. Elle s'étira en grimaçant. Il était extrêmement lourd, et très gros. Il faisait au moins trois fois la largeur de la jeune fille, et ses épaules en souffraient. Bien qu'il commençât à faire frais, elle enleva sa veste en cuir, découvrant ses bras nus, et l'attacha autour de sa taille. Elle n'avait pas besoin de cacher les armes qui pendaient à sa ceinture, il n'y avait aucun risque qu'elle croise quelqu'un.

Elle remonta les fines bretelles de son débardeur noir, avant de se pencher sur son bagage. Elle ouvrit la fermeture éclair et aussitôt tout ce qu'elle avait fourré à l'intérieur s'en échappa, comme si ça avait été compressé trop longtemps. Elle soupira, contemplant d'un air dépité ses vêtements dans le sable. Elle les ramassa, les secoua, les étendit sur le scooter, puis s'attaqua au reste du sac. Elle dénicha la fine couverture roulée en boule, la sortit et l'étendit au sol. Malgré quelques trous, cela ferait l'affaire. Elle attrapa une miche de pain, et la tenant d'une main, elle s'aida de l'autre pour monter sur la plus haute butte. Elle s'assit au sommet, une jambe étendue et l'autre repliée contre elle. Elle ouvrit la boîte de conserve et l'entama. Son regard se perdit vite dans l'horizon rougeoyant. Elle ramena une mèche de ses cheveux derrière son oreille, qui s'amusait à voleter autour de son visage et venait la taquiner devant ses yeux. Le reste de ses cheveux, encore humides et plus ondulés que d'habitude, profitaient de leur légèreté et s'entremêlaient dans les airs. Leur couleur s'accordait à merveille avec l'étendue du désert qui l'entourait.

Ça n'arrivait que très rarement, mais Athalia se sentait bien. Elle avait l'estomac quasiment plein, et pouvait se permettre de manger encore pour le satisfaire totalement. Elle se sentait rafraîchie, légère. Elle adorait avoir cette sensation après ses petites baignades. Le soleil couchant était magnifique, et la brise fraîche bien que claquante étaient très agréable. Elle était perdue dans le désert, seule, libre. Un vrai sentiment de liberté, qu'elle ne ressentait que dans un endroit comme celui-ci. Libre, pour elle, c'était synonyme de vide et d'infini, de légèreté et de vie.

Elle se demandait si quelque part, dans le reste du monde, les gens pouvaient se sentir aussi libres que là où elle se trouvait.

Athalia était très solitaire, elle n'aimait pas vraiment la compagnie. Non pas qu'elle n'appréciât personne, mais devoir en permanence se montrer méfiante et être sur ses gardes pouvait devenir très lourd à la longue. Le seul dont la présence n'était pas un poids était Eduardo. Le seul qu'elle avait toujours eu auprès d'elle.

Elle ne savait pas vraiment comment décrire leur lien. Amis ? Frère et sœur ? Sûrement un peu de tout ça. Et elle ne voulait pas forcément le savoir. Du moment qu'elle le ressentait, cela lui suffisait.

Mais elle devait avouer que même si elle aimait la compagnie d'Eduardo plus qu'aucune autre, être seule, c'était parfois mieux. Le sentiment d'être maître du monde, de ne pas avoir à se contrôler, pouvoir crier, hurler, sans que l'écho ne parvienne aux oreilles de quelqu'un. On ne se préoccupait de rien. Dans ces moments-là, même survivre semblait sans importance. Il fallait juste savourer l'instant présent. Et lorsqu'elle ferma les paupières, sentant les dernières chaleurs du soleil effleurer sa peau halée, elle ne pensait plus à rien. Elle restait, immobile, l'esprit fixé sur aucune pensée, mais qui vagabondait de dune en dune, de rocher en rocher, d'arbre en arbre, sans jamais s'arrêter. Elle souriait.

Chapitre 5

Athalia sentit soudain son esprit s'éveiller. La lumière s'infiltrait à travers ses paupières fermées. Elle se redressa, cligna deux fois des yeux, bailla un coup et entreprit de sortir ses jambes de la couverture enroulée autour d'elle. Elle se leva, pas encore tout à fait réveillée, resta un moment immobile afin de sortir complètement de son rêve, puis, sans perdre de temps, entreprit de plier ses affaires. Elle sauta le petit déjeuner, son ventre était toujours bien plein, et elle voulait garder assez de provisions pour plusieurs jours. Elle eut encore un peu de mal pour fermer son sac, mais après quelques efforts, elle en vint à bout. Elle renfila sa veste et replaça les grosses armes qu'elle avait quittées pour dormir, vérifia qu'elle n'avait rien oublié, et s'approcha de son scooter. Mais soudain, elle s'arrêta. Elle avait entendu un bruit. Peut-être n'était-ce qu'un animal, mais elle avait une mauvaise intuition. Elle se retourna vivement, tous les sens en alerte, le cœur battant jusque dans ses tempes, et tenta de déterminer d'où venait le bruit. Elle aperçut un mouvement derrière un arbre sur une dune, et s'y précipita aussitôt, une arme brandie. Une silhouette se dessinait non loin, au soleil. L'homme avait commencé à fuir, mais lorsqu'il sentit la présence de la jeune fille, il se retourna et resta immobile. Athalia, qui se trouvait sur la toute petite dune qu'elle venait d'escalader, et l'homme, debout au milieu d'une étendue plate de sable, se fixèrent. Rien ne bougeait, hormis les cheveux de la jeune fille qui s'agitaient dans le vent.

Leur duel de regards dura un long moment. Athalia essayait de dévisager l'homme, mais les reflets du soleil et le sable qui voletait l'empêchait de distinguer quoi que ce soit.

Voyant que l'homme ne fuyait pas, mais qu'il ne semblait pas armé, elle baissa lentement son revolver, guettant le moindre de ses gestes. Il ne cilla pas. Quelques minutes passèrent encore, où la jeune fille tenta tant bien que mal de capter son visage. Puis, l'homme se retourna, doucement, et partit.

La mercenaire revint vers son scooter. Elle réfléchit à l'homme qu'elle venait de voir. C'était assez étrange. Après tout, ça pouvait n'être qu'un passant. Mais il ne se baladerait pas sans aucun sac, sans véhicule. Et l'homme n'avait pas semblé le moins du monde surpris ou effrayé par son revolver.

Elle décida d'oublier cette rencontre, et reprit son scooter. Elle hésita à mettre le casque, puis, se disant qu'il n'y avait aucun danger et qu'il l'embêtait plus qu'autre chose, elle décida de l'accrocher à la selle du scooter, à un petit anneau qui dépassait. Elle prit des lunettes de soleil qu'elle avait rangées dans une poche extérieure du sac et les mit sur son nez. Après avoir tourné la clé de contact jusqu'à ce que le ronronnement du moteur se fasse entendre, elle s'assit confortablement. Chico avait dit vrai. À force de rouler, le bruit était en effet moins fort. Elle espérait qu'il diminue encore dans la journée. Elle n'attendit pas plus longtemps et démarra plein pot.

Sa route se poursuivit toute la matinée. Elle fit juste une pause pour manger un bout le midi, mais ne traîna pas et repartit aussitôt. Vers 14h, elle commença à s'inquiéter de manquer d'essence. Les toits de Santa María se distinguaient au loin, et elle espérait juste les atteindre le plus rapidement possible.

Enfin, en milieu d'après-midi, la grande route de sable devint de plus en plus marquée par les passages, et les grandes portes de Santa María semblaient de plus en plus proches, jusqu'à ce qu'Athalia les franchisse.

Elle roulait le plus doucement possible, observant avec de grands yeux tout ce qui l'entourait. Elle n'était presque jamais allée à Santa María, et sa curiosité grandissait à chaque instant. Enfin, ce n'était pas vraiment de la curiosité. Son instinct de survie la faisait regarder de tous les côtés, pour retenir chaque détail. Elle sentait une sorte de nervosité, de se retrouver aussi vulnérable dans un endroit qu'elle ne connaissait pas.

Santa María n'était en soi pas vraiment différente de San Pedro. La couleur, l'ambiance, le bruit, l'odeur… ils étaient assez semblables. Mais pour Athalia, c'était comme un autre pays. San Pedro était le seul endroit qu'elle connaissait vraiment bien, et elle en avait gravé chaque détail dans sa mémoire.

Être à Santa María était inquiétant. Tout semblait la montrer du doigt, souffler qu'elle était une étrangère. Elle ne reconnaissait aucun visage, aucune voiture, aucune maison, et tout lui semblait hostile. Elle tenta de garder le regard fixe en face d'elle, et elle dressa son mur de pierre habituel. Elle eut plus de mal à rester concentrée pour le tenir en place, mais elle tint bon. Ne sachant pas trop où aller, et complètement perdue, elle se mit en quête d'un bar : l'endroit idéal pour récolter des informations, se renseigner sur la ville, et rester discrète. Elle s'enfonça un peu plus dans le cœur de la ville, fouinant dans les rues. Elle avait déjà passé au moins quatre bars, Santa María était bien plus grande que son village, mais elle n'avait pas encore trouvé ce qu'elle voulait. En fait, elle n'avait aucune idée de ce qu'elle cherchait. Elle avait l'habitude de suivre ce que lui dictait son instinct.

Elle aperçut enfin un pub sur sa droite et eut envie de s'arrêter. Le bar était dans l'angle de la rue très peu animée où elle se trouvait, et d'une petite impasse discrète. Elle pénétra dans l'étroite impasse et arrêta son scooter dans un coin d'ombre. Elle n'avait pas pris de chaîne ni de cadenas, qui auraient pesé bien trop lourd dans son sac. Mais elle savait que de l'intérieur du bar elle verrait si quelqu'un entrait dans la ruelle et aurait le temps d'intervenir. Elle revint ensuite sur ses pas et poussa la porte du bar. Une clochette suspendue en haut de l'ouverture retentit lorsqu'elle entra, et elle alla s'installer à une table dans un coin. Elle préférait généralement le comptoir, mais elle voulait avoir une vue d'ensemble sur le petit commerce. Il n'était pas bien grand, avec seulement une dizaine de tables de différentes tailles dispersées dans la pièce. Ce n'était pas un coin pour les gens aisés, on le voyait à l'état du matériel. Derrière le comptoir, deux hommes s'activaient, sans s'interrompre. L'un devait avoir dans la vingtaine, peut-être un peu plus, et l'autre semblait à peine plus âgé que la jeune fille, peut-être dix-huit ans. Le premier n'était pas très grand, il avait des cheveux noirs courts, une barbe et une moustache bien taillées. Le plus jeune était au contraire assez grand, bien plus que son aîné, et de ses cheveux châtains ébouriffés s'échappaient quelques mèches qui venaient cacher son œil droit. Il avait une carrure assez impressionnante, mais un air chaleureux, bien qu'en cet instant il fût concentré, les sourcils froncés. Il jeta la serviette qu'il tenait sur son épaule, un plateau plein de verres dans une main, et sortit du comptoir pour aller servir une table non loin de celle d'Athalia. Il souriait aux clients, mais son sourire semblait forcé. Après avoir récupéré l'argent et salué la tablée, il s'approcha d'Athalia et lui offrit le même sourire commerçant que précédemment.

– Qu'est-ce que tu bois ?

La jeune fille n'y avait même pas réfléchi. Elle demanda spontanément une bière, ne pensant de toute façon pas la finir. Elle n'avait pas vraiment soif. Il la fixa un instant, un sourire amusé sur les lèvres, puis acquiesça et repartit derrière son comptoir. Elle le suivit du regard, les sourcils froncés, n'aimant pas trop l'air qu'il avait pris, puis détourna les yeux vers la rue, la tête appuyée sur sa main.

Elle n'était pas chez elle. Cette phrase résonnait en boucle dans sa tête, chaque élément le lui rappelait sans cesse. Une nervosité permanente s'était installée dans tout son corps depuis son arrivée à Santa María, comme un animal perdu dans la tanière d'un prédateur. Et elle ne savait rien de lui, c'était ça le plus effrayant.

Elle entendit le garçon du bar revenir vers elle. Il mit sur la table sa commande, puis il déposa une seconde bière, à l'autre place, et au lieu de repartir derrière le comptoir, il s'assit sur la chaise en face de la jeune fille. Elle lui lança un regard interrogateur, le front plissé. Elle ne demandait qu'une chose : être seule, et elle ne voyait pas pourquoi il tenait absolument à s'assoir avec elle, avec le petit sourire en coin qui semblait habituel chez lui.

Tout en prenant une gorgée de sa bouteille, il lui demanda :
– Je t'ai jamais vue ici, t'es pas du coin ?

Elle haussa les épaules, sans une parole, et détourna la tête, en buvant elle-même une gorgée. Elle espérait que ce serait suffisant pour qu'il comprenne qu'il n'était pas le bienvenu à sa table, mais visiblement non.

– Tu cherches un endroit ? Ou quelqu'un ?
– Pas forcément.

Tandis qu'il vidait peu à peu le contenu de sa bouteille, il la fixait d'un regard ardent, qui la scrutait de la tête aux pieds. Ses yeux se fixèrent quelques instants sur la petite cicatrice qu'elle avait sur le sourcil.

– Je t'ai vu en scooter.

Ne sachant pas trop quoi dire, elle se contenta d'acquiescer.

– Si t'as besoin d'un endroit où le ranger, on a un garage ici. Petit, mais il y aura assez de place pour le garer quelques jours.

– Je vais y réfléchir.

Elle n'aimait pas du tout la façon dont il la regardait, avec son sourire espiègle. On aurait dit qu'il essayait de la démasquer, de percer son mur de pierre et de se faufiler dans son esprit. Et elle avait peur qu'il y parvienne. Il semblait avoir de l'expérience dans ce domaine et son air confiant n'était pas juste simulé.

Comprenant visiblement que la discussion devait s'arrêter là, il se releva. Athalia sortit de la monnaie de sa poche, mais il l'arrêta d'un signe de la main.

– Laisse. C'est la maison qui offre.

Elle leva les yeux, le fixa vraiment pour la première fois, mais comme il ne cillait pas, elle n'insista pas et rangea ses sous. Elle le suivit du regard tandis qu'il s'éloignait. Vraiment étrange.

Son attention se reporta sur la rue et les rares passants. Elle se perdit de nouveau dans ses pensées, pendant un temps indéterminé.

Sa bouteille enfin vide, elle se leva, et se dirigea vers le comptoir. Il n'y avait rien à perdre à demander quelques renseignements. Elle tenta de faire signe au serveur plus âgé, mais le garçon insistant de tout à l'heure, qui l'avait vue en premier, s'approcha d'elle.

– Un souci ?

– Un renseignement plutôt.

– Je t'écoute.

Elle baissa la voix, pour ne pas se faire entendre de tous les clients du bar.

– J'aimerais savoir où trouver un homme du nom d'Enrique De la Vega.

Le garçon du bar leva un sourcil, sa curiosité visiblement éveillée, mais ne posa pas de questions et répondit :

– Je connais bien les De la Vega. On les connaît forcément quand on habite dans le désert de Sonora. Mais le prénom Enrique ne me dit rien.

Voilà qui était étrange. Les habitants connaissaient forcément le nom des membres du plus grand clan de leur village. Surtout un barman, qui entendait des nouvelles passer et venir chaque jour.

– Peut-être que j'ai juste un trou de mémoire, reprit le garçon en voyant son air renfrogné.

Il se tourna vers son collègue.

– Esteban ! Est-ce que Enrique De la Vega ça te dit quelque chose ?

– Pas du tout ! Il n'existe sûrement pas, je connais chacun des De la Vega, et ce nom n'a jamais été prononcé dans cette pièce de toute ma carrière.

Bonjour la discrétion. Mais Diego et Esteban étaient près de sa table et avec un peu de chance les autres clients n'avaient rien entendu. Le garçon redirigea son attention sur elle et haussa les épaules, en signe d'ignorance

– Vraiment désolé, ton Enrique n'existe pas. Besoin d'autre chose ?

Elle fit non de la tête et s'apprêta à repartir, mais stoppa aussitôt ses pas. Elle n'aimait pas beaucoup l'idée, mais c'était la meilleure option qui s'offrait à elle. Résignée, elle retourna au comptoir du bar.

– La place de garage est toujours libre ?

Diego souleva dans un grand bruit le volet métallique du garage. Il avait amené Athalia dans la petite impasse où elle avait garé son scooter, s'était présenté en chemin, et lui avait montré le garage. Il l'aida à le rentrer dans un coin peu encombré et elle le cala avec la béquille. Ils avaient ensuite discuté des prix, et Athalia lui paya quelques billets en avance. Diego lui avait également fourni deux bidons d'essence. Il ressortit du garage, referma la porte et lui tendit un double des clés. Il sortit une cigarette de sa poche ainsi qu'un briquet, l'alluma et la porta à ses lèvres. Il expulsa un petit nuage de fumée. Voyant que la jeune fille l'observait, il lui tendit le paquet, mais elle refusa.

– Je ne fume pas, merci quand même.

– T'as jamais essayé ?

Elle fit non de la tête. Elle n'avait pas vraiment envie, c'était bien trop cher pour qu'elle devienne accro. Il attrapa celle qu'il avait dans la bouche et lui tendit.

– Essaye.

Elle hésita, puis la prit et aspira doucement. Elle toussa aussitôt, à plusieurs reprises, la fumée lui brûlant la gorge. Diego reprit son mégot en riant et en se moquant gentiment d'elle. Il lui fallut un moment avant de s'en remettre, et lorsqu'elle arrêta enfin de tousser, elle fixa la cigarette en fronçant les sourcils. Plus jamais elle n'essayerait. Elle sortit son téléphone et regarda l'heure. Elle commençait à avoir faim, l'heure du repas approchait. Elle attrapa son sac, qu'elle avait traîné jusqu'ici et qui était posé au sol, à côté d'elle, et le mit sur son dos.

– Il faut que j'y aille, je vais trouver un coin pour manger. Merci pour tout.

Elle se maudissait intérieurement de paraître aussi reconnaissante. Son côté froid et distant peinait à rester en place face à l'insistance du garçon et aussi à sa surprenante amabilité. Peu fière d'elle, elle commença à s'éloigner à grands pas. Elle sentit le regard du serveur posé sur elle, et le devinait avec son habituel petit sourire, sa cigarette encore fumante dans la main, ses habits sombres et ses yeux scrutateurs.

Elle tourna au coin de la rue, et désireuse de connaître un peu plus la ville avant de s'installer, elle arpenta les rues, tout en essayant d'en mémoriser les moindres détails, et chaque visage qu'elle croisait. Elle se décida pour s'arrêter dans le coin d'une allée assez animée. Elle s'appuya contre un mur, sortit de quoi manger, et engloutit son repas tout en continuant ses observations. Les habitants de Santa María n'étaient pas très différents de ceux de San Pedro, mais comparé à chez elle, ils étaient tous inconnus.

Son repas fini, elle se releva et se balada dans les allées, admirant les marchandises et les bâtiments récents. Elle ne put s'empêcher d'acheter une pomme, et la dégusta en continuant son chemin. Elle déboucha dans une plus grande rue, où quelques voitures étincelantes étaient garées. Sur le bord, un bar d'apparence très riche laissait entendre des bruits de discussions à travers ses portes ouvertes. Athalia passa devant, et jeta un coup d'œil discret à l'intérieur. Quelques personnes jouaient au poker, dans leurs habits tout neufs, et on entendait leurs rires.

Athalia se cala contre un mur non loin et baissa la tête, comme invisible. Elle attendit là un moment, jusqu'à ce que des gens sortent. C'était sûrement le groupe le plus aisé qu'elle avait vu dans le pub, car bien qu'elle n'y eût jeté qu'un seul regard, il avait tout de suite attiré son attention. Au milieu d'eux, une dame, d'apparence très impressionnante, avec son air sérieux, ses beaux habits, son petit sourire, sa grande taille et sa beauté peu commune se démarquait. Elle marchait d'un pas léger mais sûr. Athalia l'estima être dans la quarantaine, peut-être moins. Intriguée par le personnage, elle attrapa par le bras un gamin qui passait en courant devant elle et lui demanda, en désignant discrètement la femme, qui était-ce.

– C'est Hermelinda De la Vega, la cheffe de leur clan, répondit-il de sa voix aigüe.

Athalia le lâcha, et comme le gamin attendait à côté d'elle, un regard envieux, elle lui lança une pièce et il repartit en courant, fier de son trésor.

L'attention de la jeune fille se détourna de nouveau vers la dénommée Hermelinda. Elle venait de monter dans une voiture, aux côtés d'un homme qui conduisait, et rabattit ses grosses lunettes de soleil noires. Athalia baissa la tête, jusqu'à ce que ses cheveux la recouvrent, au moment où la voiture démarrait et la dépassait. Elle la redressa ensuite pour la suivre des yeux, bien qu'on ne distinguât plus grand-chose avec le nuage de fumée et de poussière que le véhicule soulevait.

Athalia resta un moment, adossée contre le mur, à réfléchir. Elle ignorait tout d'Enrique, qui, aux yeux des deux barmans, n'existait même pas. Peut-être était-il en mauvaise relation avec sa famille ? Si c'était le cas, rien ne servait de les approcher, ou d'enquêter de ce côté-là. Elle se passa une main sur le visage, déjà fatiguée à l'idée du travail qui l'attendait. Les Alvarado auraient pu être plus précis…

Sentant quelque chose bouger, elle redressa la tête et elle eut juste le temps de voir le talon d'une botte noire et rouge disparaître au coin d'une rue non loin de là. La silhouette était présente lorsque les De la Vega étaient sortis du pub, et elle était restée pour l'observer, Athalia en était sûre. Sans plus attendre, elle courut jusqu'à la ruelle où la botte avait disparu. Elle ne savait pas qui c'était mais une chose était sûre, c'est qu'il, ou elle, n'était pas ici juste pour se balader. Elle le rattrapa bientôt, mais lorsqu'il la vit, il accéléra le pas et s'enfuit.

Décidée à ne pas abandonner là, son attitude bien trop louche pour qu'il soit un simple habitant, elle s'élança encore plus vite. Ils traversaient les rues à toute allure, sous les yeux étonnés des passants.

La jeune fille ne savait pas qui il était, mais elle avait pu apercevoir son visage. Il devait avoir dans les vingt ans, peut-être moins, et elle était presque sûre d'une chose : c'était un mercenaire. Elle pouvait sentir ces choses-là à des kilomètres. Elle ne faisait pas vraiment attention à eux habituellement, mais elle aurait juré qu'il l'avait observée d'une façon étrange tout à l'heure, et quelle qu'en soit la raison, elle voulait la découvrir.

Elle accéléra encore, tentant d'ignorer ses jambes douloureuses et sa fatigue. Le mercenaire, devant elle, arriva bientôt à un croisement et bifurqua vers la droite. Athalia arriva bientôt à son niveau, pénétra dans la rue, et… rien. Il s'était comme volatilisé.

Mécontente, elle pivota sur ses talons et fit le tour de la rue pour fouiller chaque recoin. S'il s'était caché, il ne pouvait pas être bien loin. Un mouvement attira soudain son regard en l'air, et elle vit le bout de sa botte disparaître derrière le toit d'un bâtiment.

Elle aurait pu le suivre, mais elle savait qu'elle n'arriverait pas à le rattraper. Si c'était bien un mercenaire, il était entraîné, et elle ne connaissait rien de lui. Son but n'était pas de s'engager dans un combat singulier. Et puis, s'il était envoyé par un clan de Santa María, il connaissait la ville comme sa poche, elle n'avait aucune chance.

Déçue, elle revint sur ses pas, et marcha doucement pour faire le tri dans ses pensées. Elle ignorait ce qu'il venait faire là, mais tant qu'il ne la gênait pas dans son enquête, elle n'avait pas à s'en préoccuper. Peut-être s'était-elle simplement fait des idées. Peut-être qu'il était là pour une toute autre raison, et qu'il ne la suivait pas. De toute façon, les mercenaires étaient partout, même si on ne les voyait pas forcément. Un de plus ou de moins ne ferait pas la différence.

Elle replongea dans ses pensées, et repartit dans les rues marchandes pour observer les gens autour d'elle. Elle ne savait pas vraiment quoi faire d'autre pour l'instant, et la meilleure façon de passer le temps était d'essayer d'en apprendre plus sur la ville et sur ses habitants. Peut-être aurait-elle la chance de trouver un indice, ou quoi que ce soit d'intéressant pour sa mission.

– Athalia !

L'interpellée, sursauta, puis redressa la tête, reconnaissant très bien la voix surprise qui venait de l'appeler.

– Ed ?

Chapitre 6

Ils s'approchèrent l'un de l'autre. Ils semblaient tout aussi surpris.

– Qu'est-ce que tu fais là ? demanda la jeune fille en premier.

– Ça fait plusieurs jours que je suis ici. Tu sais, la mission importante dont je te parlais ? C'est là, à Santa María. Et toi alors ?

La jeune fille ne répondit pas, soudain pensive. Elle venait d'avoir une piste. Il fallait qu'elle en ait le cœur net.

– Ce sont les De la Vega qui t'ont embauché ?

– Oui, comment as-tu deviné ? demanda Eduardo, perplexe.

Athalia réfléchissait à toute vitesse. Peut-être cela n'avait-il rien à voir, mais quelque chose lui disait que les deux clans cherchaient la même chose. Ils étaient en concurrence.

Elle attrapa Eduardo par le bras et lui dit :

– Viens on va trouver un coin tranquille. Je veux que tu m'expliques les moindres détails de cette mission.

– Ils veulent que je trouve quelqu'un, commença Eduardo lorsqu'ils furent assis dans une petite ruelle déserte.

– Un homme ? Comment s'appelle-t-il ? Ce ne serait pas Enrique De la Vega par hasard ?

– Oh là, doucement ! Dis, pourquoi tu me poses autant de question ?

– Pas le temps de t'expliquer maintenant. Réponds juste.

Eduardo la fixait avec un regard perplexe et exaspéré, mais ne répliqua pas et répondit :

– Je ne connais pas de Enrique. Il faut que je trouve un gosse.

– Tu es sûr ?

– Je connais ma mission quand même !

– Dis-moi ce que tu sais sur lui.

– Il aurait notre âge environ, peut-être un peu plus, je ne sais pas exactement. Vers les dix-sept, dix-huit ans. Je n'ai pas de nom, pas de description physique, je sais juste qu'il doit être ici à Santa María et je connais quelques détails sur son enfance.

– S'il est plus grand que nous, pourquoi tu dis que c'est un gosse ?

– C'est comme ça que les De la Vega parlent de lui. Ils disent « l'enfant ».

Ça voulait probablement dire qu'ils le cherchaient depuis qu'il était petit. Ce n'était qu'un détail, mais Athalia avait appris que les détails étaient souvent les meilleures pistes.

– C'est un garçon ? Ou une fille ?

– Un garçon ! Enfin, je pense…

Il semblait surpris, comme s'il ne s'était jamais posé la question.

– Ils parlent de l'enfant, du gosse, comme si c'était un garçon, même s'ils ne me l'ont pas dit clairement, alors je ne pense pas que ce soit une fille…

Athalia acquiesça, et elle partit du principe qu'il avait raison. Mais elle gardait une part de doute au fond d'elle.

– Comment comptes-tu le trouver ?

– Ça, j'en sais rien, mais je passe la ville au peigne fin. J'essaye de chercher tous les jeunes qui correspondraient à ce profil, et quand j'en rencontre un j'essaye de l'interroger sur sa vie sans éveiller les soupçons. Mais je n'ai rien trouvé pour l'instant. Les De la Vega ont embauché beaucoup d'autres mercenaires je pense, et eux-mêmes sont en pleine recherche. Alors j'espère le trouver avant les autres pour gagner la récompense.

Un peu déçue, Athalia ne désespéra pas et se plongea une nouvelle fois dans ses réflexions. Peut-être que l'homme et cet enfant avaient un lien ? Mais lequel ?

Elle plongea sa tête dans ses genoux. Elle commençait à avoir une migraine, à chercher quelque chose qui semblait si insaisissable. C'était comme si vous cherchiez un objet, mais que vous ne l'avez jamais vu, que vous n'avez aucun indice et que vous ignorez même de quoi il s'agit.

Elle repensa soudain au mercenaire qu'elle avait poursuivi quelques minutes auparavant. Peut-être était-il aussi embauché par les De la Vega ? Elle stoppa aussitôt ses pensées. Elle avait déjà assez à réfléchir avec sa mission, si en plus elle commençait à se prendre la tête avec des choses sans importance…

– On va boire un coup ? proposa Eduardo, comprenant avec justesse que la jeune fille avait besoin de se changer les idées.

Ils se levèrent et se mirent en quête d'un bar proche, tout en discutant de choses et d'autres. Cependant, tandis que la jeune fille buvait son soda en écoutant Ed raconter l'une de ses péripéties à Santa María, elle ne pouvait s'empêcher de réfléchir à sa mission. Elle voulait la finir au plus vite, et elle était pour l'instant au point mort.

Elle avait décidé de partir du principe que l'homme et l'enfant, qu'elle appelait comme ça même s'il devait avoir son âge ou plus, avaient un lien quelconque. Elle se disait aussi que si personne ne connaissait Enrique, c'était probablement parce qu'il ne le voulait pas. Il ne devait pas être ici, ou du moins pas dans les quartiers riches des De la Vega. Peut-être se cachait-il. Athalia connaissait de multiples histoires du désert de Sonora, et elle s'en inspirait pour essayer de comprendre où se trouvait cet homme. Elle se fichait de savoir la raison de sa discrétion, tout ce qui importait c'était de le retrouver et de le tuer, terminer sa mission, rentrer chez elle et toucher la récompense.

Elle eut soudain comme un flashback. La silhouette floue de l'homme du désert lui apparut. Surprise, elle se dit qu'il s'agissait peut-être d'Enrique. C'était une conclusion un peu hâtive, et sûrement une fausse piste, mais ça valait la peine d'essayer, elle n'en avait aucune autre pour l'instant.

Revigorée par cette soudaine illumination, elle interrompit Eduardo qui était toujours en train de raconter son histoire, et se leva d'un bond.

– Viens, l'appela-t-elle sans rien ajouter. Et elle partit d'une marche rapide, suivie de près par Ed qui ne comprenait rien mais ne posait pas de questions et qui lui emboita le pas, un air interrogateur.

Elle souleva le gros volet en fer du garage, après avoir déverrouillé la serrure, et sortit son scooter. Elle laissa au sol le casque, ne voulant pas s'embêter à l'avoir sur la tête, mais prit cependant son sac. Elle referma précipitamment le garage, enfourcha son véhicule, et attendit qu'Eduardo fasse de même derrière elle. Il enroula ses bras autour de sa taille, et sans plus attendre, la jeune fille démarra et traversa les rues de Santa María jusqu'à sortir de la ville.

Elle roula jusqu'au coin où elle avait campé la veille. Elle arrêta le scooter à peine plus loin, descendit en hâte, et expliqua en murmurant à Eduardo ce qu'ils cherchaient. Ils sortirent tous les deux des armes, se regardèrent silencieusement et d'un commun accord avancèrent à pas de loup vers les petites dunes qui formaient un abri. Ils se séparèrent et explorèrent les moindres recoins dans un silence pesant seulement brisé par le souffle du vent. Athalia s'approcha d'une petite dune, la contourna et s'arrêta net, les sens en alerte, lorsqu'elle vit une ombre bouger juste derrière. Elle retint sa respiration, se prépara lentement à tirer, et…

– AAAAAH !

Elle hurla de surprise en même temps qu'Eduardo, avec qui elle s'était retrouvée nez à nez. Visiblement, lui aussi l'avait prise pour l'homme qu'ils cherchaient. Ils se remirent peu à peu de leurs émotions, et malgré leur défaite face aux recherches, ils ne purent s'empêcher de rire en repensant à la peur bleue qu'ils venaient d'avoir.

Athalia était déçue de leur échec, l'élan soudain qu'elle avait eu plus tôt était passé avant la raison. Elle savait qu'elle aurait dû se renseigner auprès des villageois, ou tendre une embuscade à l'homme du désert. Elle réfléchit un moment. La dernière fois, l'inconnu l'avait probablement vu camper, et ne s'était pourtant pas enfui. Peut-être devraient-ils rester ici une nuit, ou plus si nécessaire. Ils n'avaient rien à perdre.

Elle rejoignit Eduardo et lui exposa son plan. Il acquiesça, visiblement pas mécontent de faire une pause dans sa « chasse à l'enfant ». Et puis, quoi de mieux que de dormir ensemble dans le désert ?

Ils n'avaient aucune couverture, exceptée cette sorte de drap déchiré dont Athalia s'était déjà servie. Ils l'étalèrent dans un coin, s'assirent, et discutèrent sans s'arrêter jusqu'au crépuscule. Ils restèrent alors un long moment silencieux, leurs têtes appuyées l'une contre l'autre pour se reposer, à contempler le coucher du soleil.

Ils ne tardèrent pas à s'endormir, oubliant toute leur méfiance habituelle, pour plonger dans un profond sommeil.

Le matin arriva bientôt. Athalia ouvrit lentement les yeux, réveillée par la chaleur du soleil naissant. Elle dirigea son regard sur Eduardo, qui dormait encore, sur le dos et la bouche ouverte, d'où s'échappaient de petits ronflements. Elle sourit, puis commença à se lever. Mais elle s'arrêta aussitôt, se rappelant le vrai but de leur nuit dans ce lieu. Elle resta allongée, immobile. Elle referma même les yeux, et tendit l'oreille. Elle attendait un signe quelconque, un bruit qui trahirait la présence de l'inconnu. Peut-être ne se montrerait-il pas. Mais s'il était tout aussi curieux et maladroit que la dernière fois, c'était l'histoire de quelques minutes.

Alors, elle attendit, sans bouger, pendant très longtemps. Peut-être même une heure, elle ne savait pas. Elle tentait de percevoir le moindre bruit suspect aux alentours. Parfois, le vent faisait craquer la branche d'un arbre, et elle sursautait, tous les sens en alerte, avant de comprendre l'origine du bruit et de se recoucher, déçue. Eduardo dormait toujours profondément, et elle pria pour qu'il ne se réveille pas au moment où l'homme ferait son apparition. Il risquerait de le faire fuir.

Elle faillit se rendormir, à rester immobile et les yeux fermés. Mais soudain il lui sembla entendre un bruit de pas. Elle resta allongée, sans bouger, mais retint sa respiration et se tint prête à bondir, arme au poing, à tout instant. Les pas semblaient venir de la dune derrière eux, et se rapprochaient. Ils s'arrêtèrent au bout d'un moment, comme si l'homme restait debout à les observer.

Le cœur battant, Athalia lutta pour ne pas bouger d'un millimètre, tandis qu'un silence pesant les écrasait.

Enfin, elle entendit l'homme faire demi-tour et commencer à descendre la butte de l'autre côté de leur campement. Elle sauta sur ses deux jambes, sortit les deux pistolets cachés dans les poches intérieures de sa veste, et tira deux balles en même temps sur la tête de l'homme qu'elle voyait dépasser. Mais il eut le temps de se baisser, pour les éviter, et elle le poursuivit, courant le plus vite qu'elle pouvait. Elle grimpa jusqu'au sommet de la dune, et resta là, avec l'avantage de pouvoir atteindre l'homme où qu'il soit. Elle le visa une nouvelle fois, et réussit à le toucher à la jambe. Il hurla de douleur, mais ne tomba pas et se retourna vivement, une arme dans la main.

La jeune fille et l'homme se fixèrent, immobiles, attentifs au moindre geste de l'autre. Ils étaient là, la jeune mercenaire debout sur la dune, les cheveux qui flottaient dans le vent, et l'homme, seul au milieu de l'étendue du désert, armes au poing, pointées l'un sur l'autre. La scène se répétait semblable à la nuit précédente, à la seule différence qu'ils ne se contentaient pas de s'observer avec curiosité. Le vent semblait claquer dans les branches autour d'eux plus fort qu'avant, comme s'il se préparait à une catastrophe. La végétation environnante agitait ses feuilles, se balançait, tentant de se déraciner et de fuir la scène de duel auquel elle assistait.

Athalia lança d'une voix forte pour se faire entendre par-dessus les rafales :

– Enrique De la Vega !

Elle vit le visage de l'homme s'assombrir presque imperceptiblement, mais ce fut suffisant pour lui confirmer ce qu'elle savait déjà. Sa cible était là, juste devant elle. Et en plus de ça, l'homme était blessé. Même s'il ne montrait aucun signe de faiblesse, le sang coulait le long de sa jambe et mouillait le sable autour de lui. Il ne tiendrait pas longtemps comme ça.

Mais ils étaient dans une impasse. Chacun d'eux attendait un geste de l'autre pour répliquer, mais aucun ne voulait déclencher les hostilités.

Son cœur battait dans ses tempes, et des gouttes de sueur coulaient le long de son front. La jeune fille sentait son pouls cogner partout sous sa peau. Il fallait qu'elle agisse. Enrique était blessé, et il semblait fatiguer au fil des minutes. Et elle savait qu'elle pouvait être très rapide, tant pour tirer que pour éviter une riposte. Elle inspira doucement, et à la vitesse de l'éclair appuya sur la gâchette.

Tout se passa très vite. Elle vit l'homme se baisser et tirer à son tour. La balle lui frôla la tête, mais la jeune fille était focalisée sur le missile adverse qui fonçait vers elle. Athalia n'eut pas le temps de bouger, et fermant les yeux, se préparant à la recevoir, elle fut projetée sur le sol. Elle reçut un choc, sa vue se brouilla, et elle voyait le désert tournoyer autour d'elle. Elle reprit ses esprits et se redressa en vitesse, cracha le sable qu'elle avait avalé dans sa chute, surprise d'être toujours en vie. Elle vit Eduardo, qui toussait à côté d'elle. Il était arrivé à temps, et venait de la sauver d'une mort certaine. Pas encore remise de ses émotions, elle ne perdit pas de temps et se releva, cherchant le fugitif du regard. Elle vit son ombre disparaître derrière une des multiples buttes de sable et de roche qui composaient le paysage, et renonça à le poursuivre, sachant bien qu'elle n'arriverait pas à le rattraper.

Elle appuya les mains sur ses genoux, la tête baissée, respira à plusieurs reprises, et tenta de calmer son cœur affolé. Elle avait visiblement sous-estimé les capacités de son adversaire.

Elle se redressa vers Eduardo, qui semblait tout aussi étourdi qu'elle, et lui lança un regard reconnaissant, qui signifiait bien plus pour eux deux qu'un « merci ». Elle se rapprocha du garçon, qui lui passa un bras autour des épaules, et ils redescendirent de la butte, d'un pas incertain.

Le soleil brillait au milieu du ciel, plus brûlant que jamais, tandis que les deux mercenaires pliaient leurs bagages et se préparaient à repartir. Ils ne voulaient pas perdre de temps à cet endroit, sachant bien que l'homme ne reviendrait pas. Lui savait désormais que s'il restait dans le désert, il serait poursuivi, et qu'avec sa jambe blessée il ne pourrait pas fuir.

Le scooter démarra bruyamment, brisant le silence environnant, et repartit en direction de Santa María.

Athalia fixait son regard sur la petite tache lointaine que formait le village de Santa María, la mine grave. Elle n'aimait pas les échecs, et détestait admettre qu'elle avait perdu. Surtout lorsque, comme cette fois-ci, elle devait sa défaite à une trop grande confiance en elle. Il faut dire que ça ne lui arrivait pas souvent. Bien qu'elle n'avait pas de toit où vivre, elle avait toujours su gagner sa vie, pu manger au moins une fois par jour, et avoir de quoi s'habiller. Elle n'était pas souvent en manque de travail, elle était extrêmement douée pour une mercenaire de son âge, que ce soit en matière de combat, ou tout simplement par ses aptitudes physiques. Ses sens étaient très développés, elle guérissait plutôt vite, ne ressentait que très peu la douleur et était en assez bonne santé. Et il n'y avait pas une seule mission qu'elle n'eût pas réussie. Bref, dans l'ensemble, sa vie n'était pas un échec comparé aux autres personnes dans la même situation qu'elle. Un de ses plus grands défauts, c'était de ne pas savoir accepter les défaites. C'était chose impossible pour elle. Et pourtant, ce jour, bien qu'elle n'eût pas réussi à tuer l'homme, elle avait fait un grand pas. Elle l'avait étudié dans les moindres détails durant leur affrontement. Elle savait désormais qu'il était très bon tireur, connaissait ses déplacements et ses gestes, sa façon de se mouvoir… La jeune fille avait appris au fil des années à cerner les personnes en un rien de temps, et surtout à retenir sur la durée leur attitude.

Et puis, elle se doutait bien que ça ne pouvait pas être aussi simple. Si vraiment il avait suffi de le trouver dans le désert et de lui tirer dessus pour en venir à bout, les Alvarado l'auraient fait eux-mêmes, ou ne seraient pas allés jusqu'à la tester pour voir si elle était apte à cette mission. Peut-être que ce qui s'était passé ce jour n'était rien en face de ce qui l'attendait. Elle avait enchaîné deux grands coups de chance, d'abord en apercevant l'homme la première fois qu'elle avait dormi dans le désert, et ensuite lorsqu'Ed était arrivé pile à temps, à une microseconde près. Peut-être allait-elle encore de nombreuses fois frôler la mort pour réussir cette mission. Peut-être même que pour la première fois de sa vie elle allait payer le prix fort lors d'une mission, comme cela arrivait à beaucoup de mercenaires, par exemple un membre en moins, une grande cicatrice, un problème physique grave. Peut-être allait-elle mourir.

Elle ne frissonna même pas à cette idée. Elle s'y était préparée depuis son enfance, et même si certains redoutaient la mort, à San Pedro, comme dans le reste du désert de Sonora, cette dernière était comme une vieille amie qui s'attache à vous et ne vous quitte pas. Chacun la connaît, l'attend, et sait qu'elle vous rendra bientôt visite. À chaque coin de rue, on peut la voir. Chaque personne à qui on parle peut un jour l'envoyer vers vous. N'importe quand, n'importe où, vous pouvez lui serrer la main, lui dire bonjour, partir avec elle. Alors non, la jeune fille n'était pas effrayée à cette idée. Elle se disait juste qu'elle redoublerait d'attention, afin d'éviter son chemin le plus longtemps possible.

Athalia marchait tranquillement dans les rues de Santa María, en croquant dans la pomme qu'elle venait de voler. Elle détendait un peu son esprit, avant de repartir en quête de l'homme.

La route dans le désert, ainsi que l'affrontement de ce matin, même s'il avait été court, l'avaient fatiguée. Après leur arrivée à Santa María, elle était allée déposer son scooter dans le garage, ainsi que son sac qui était très lourd et dont elle allait pouvoir se passer pour le reste de la journée. Pendant ce temps, Eduardo buvait un coup dans le bar. Elle l'avait rejoint, et ils s'étaient assis un moment avec un café, en silence. Au grand malheur d'Athalia, qui n'avait pas le cœur à discuter, le garçon du bar, Diego, était venu la saluer, s'était même assis avec eux quelques minutes, et leur avait posé des questions pour savoir comment se passait leur séjour à Santa María. Athalia n'avait bien sûr rien dit de vrai. Elle ne lui avait quasiment pas répondu, adoptant son masque froid sur son visage. Eduardo avait tout de même semblé surpris qu'elle ait parlé à quelqu'un depuis son arrivée. En effet, la jeune fille était plutôt du genre « sauvage ». Pendant tout le temps où Diego était avec eux, Ed avait fixé la jeune fille blasée, avec les sourcils haussés. Il lui avait dit après ne pas apprécier Diego et sa nature un peu trop curieuse et intrusive, mais il ne le trouvait pas méchant et ne pensait pas que ça partait d'une mauvaise intention. Aussi, étant plus ouvert et jovial qu'Athalia, il avait souri plusieurs fois au garçon et ils avaient un peu discuté, au grand désespoir de la jeune fille, qui étouffait d'être si près d'un inconnu. Quand Diego était parti pour aller servir d'autres clients, elle s'était empressée de saluer Eduardo et de sortir du bar.

Elle profitait maintenant de l'après-midi, se baladait dans les allées de Santa María, reconnaissant certaines rues, ou découvrant au contraire de nouvelles allées qu'elle ne connaissait pas. Bien qu'elle essayait de détendre son esprit, car elle savait qu'il valait mieux qu'elle fasse une pause avant de reprendre son enquête pour y voir plus clair, elle ne pouvait s'empêcher de penser à l'homme du désert. Elle avait eu le temps de l'étudier plus en détail cette fois, et avait imprimé sa silhouette dans sa tête pour être capable de le reconnaître même de loin. Il était plutôt grand, assez costaud, une mâchoire carrée et des épaules bien hautes. Ses cheveux châtains étaient mi-longs, et descendaient jusqu'à ses épaules en ondulant. Sa peau était assez foncée, à force de passer ses journées caché dans le désert. Elle n'avait pas bien aperçu ses yeux, mais ils semblaient foncés, peut-être marrons. Du sable le couvrait, accentuant la couleur foncée et orangée de son visage. La jeune fille lui donnait quarante ans environ.

Elle abandonna rapidement son idée de penser à autre chose et se concentra sur son enquête. Un autre point lui semblait important, mais malheureusement elle n'avait pas beaucoup d'informations dessus. Il s'agissait de l'enfant qu'Eduardo était chargé de retrouver. Elle était persuadée qu'il, ou elle d'ailleurs, avait un rôle important à jouer dans l'histoire. Elle s'était longuement interrogée dessus. Après tout, peut-être que les deux missions n'avaient aucun lien. Mais il était très peu probable qu'il s'agisse d'une coïncidence : les deux plus grands clans du désert de Sonora qui soudain cherchent des mercenaires compétents, mais pas très réputés afin de ne pas ébruiter l'affaire, pour une mission importante et bien payée comme celle-là ? Non, il y avait forcément un lien. Surtout lorsqu'un des sujets de la mission était un De la Vega.

Athalia se fichait souvent de la raison de ses missions. Le pourquoi fallait-il le faire lui importait peu, du moment qu'elle arrivait à ses fins, et qu'elle était payée. Mais cette fois, elle savait que si elle voulait retrouver Enrique De la Vega, en apprendre plus sur lui pour avoir une idée d'où est-ce qu'il pourrait bien aller se réfugier après ce matin, il lui faudrait creuser le fond de l'histoire. Elle savait où commencer.

Elle se dirigea vers un commerçant qui tentait d'amadouer ses clients avec de grands sourires.

— Bonjour ! lança-t-il gaiement lorsque la jeune fille s'approcha. Que désirez-vous ?

— Un renseignement.

Le marchand perdit un peu de son sourire, visiblement déçu qu'elle ne lui achète rien, mais lui lança un signe de tête pour lui dire de continuer.

— Où dois-je aller pour trouver la résidence des De la Vega ?

— Oh, ma pauvre, vous n'êtes pas d'ici, ça se voit. Les De la Vega n'ont pas une résidence, ils ont tout un quartier qui s'étend sur plusieurs hectares ! Plein de magasins, de commerces, de bars... C'est pour ça que nous les petits commerçants on n'arrive plus à vendre ! lança-t-il avec un grand geste énervé de la main. P't-être bien qu'ils ont un quartier général, ou quelque chose comme ça, mais je ne suis presque jamais allé là-bas. Tout ce que je sais, c'est qu'au centre de leur quartier ils ont plusieurs bâtiments où ils vivent et passent leurs journées. Et que c'est par là-bas.

Il pointa du doigt une direction, vers le centre de Santa María. Athalia lui lança une petite pièce, qu'il attrapa l'air ravi et elle partit dans la direction indiquée.

Elle marcha tranquillement au milieu de bâtiments qui, au fur et à mesure qu'elle avançait, changeaient de style. Sûrement parce que les habitants plus aisés vivaient ici. Elle continua son chemin et arriva bientôt entre quelques commerces qui étaient eux complètement différents. Pas de doute, ils appartenaient aux De la Vega.

Elle pénétra dans leur domaine, et fut assez stupéfaite de voir autant de richesse dans les façades des immeubles. Certes, les De la Vega ne devaient pas être bien plus riches que les Alvarado, mais à ce qu'elle voyait, elle devinait que, contrairement au clan de San Pedro, ils aimaient exposer leur richesse, montrer leur pouvoir.

Tandis qu'elle continuait son exploration, les yeux levés vers tout ce qui l'entourait, une main vint soudain se plaquer sur sa bouche et des bras surgirent de nulle part pour l'immobiliser. Son cri s'étouffa dans la main d'un de ses agresseurs et elle se débattit, comme une furie. Elle tapait, donnait des coups de pied, sentait parfois ses membres heurter un corps et des grognements s'échapper. Elle ne voyait rien, à part les vêtements noirs des hommes qui tentaient de l'immobiliser, et elle était trop occupée à se déchaîner et à se dégager de leur étreinte pour essayer d'apercevoir leurs visages. Elle ne pensait plus à rien, elle tapait juste de tous les côtés, sans réfléchir. Alors qu'elle commençait à fatiguer, et désespérait à leur échapper, elle réussit à écarter la main qui la bâillonnait, et sans réfléchir mordit à pleines dents le bras qui lui serrait la gorge. Un goût de sang lui emplit la bouche et un hurlement de douleur retentit. Elle continua à se débattre et réussit finalement à se dégager, complètement essoufflée. Sans plus attendre, elle détala, suivie de près par ses agresseurs. Poussée par l'adrénaline, elle courut plus vite que jamais dans les rues du domaine De la Vega. Elle dut bien vite ralentir, en découvrant qu'elle venait de tourner dans un cul-de-sac. Elle entendit, terrifiée, les trois hommes qui étaient en train de la rattraper, et réfléchit à toute vitesse. Devant elle se trouvait un haut mur de pierre, d'environ trois mètres, mais qui semblait cacher une autre rue derrière. Et les briques irrégulières offraient de bons appuis. Sans savoir vraiment si elle y parviendrait, elle prit son élan et couru droit sur le mur, et sauta. Ses jambes la propulsèrent sur le mur, et elle s'agrippa tant bien que mal, sentant rouler sous ses pieds des morceaux de pierre qu'elle faisait tomber. Elle poussa de toutes ses forces sur ses jambes et sur ses bras, pour se hisser jusqu'en haut. Elle ne put retenir un cri lorsqu'une poigne de fer l'enserra à la cheville, mais elle eut le bon réflexe et lança sa jambe en arrière, percutant la tête de l'homme qui l'avait saisie. Elle réussit à s'échapper et à atteindre le haut du mur. Bien trop paniquée pour se réjouir de cet exploit, elle ne perdit pas de temps, craignant qu'ils n'arrivent à la rattraper, avec leur taille invraisemblable, et sauta de l'autre côté du mur.

Elle atterrit douloureusement sur ses jambes, grimaça, puis se redressa. Elle respira lentement, ne réalisant toujours pas ce qu'elle venait de faire, mais son élan de joie disparut soudainement lorsqu'elle leva les yeux. Pas moins de cinq hommes en noir, une énorme mitraillette dans chacune de leurs mains pointée sur elle l'attendaient au pied du mur. Elle arrêta de respirer, comprenant bien qu'elle était coincée. Elle avait été prise au piège, telle une proie encerclée de chasseurs aux lourds fusils.

Tout se passa très vite. Elle entendit une détonation, une douleur insupportable au niveau de son épaule lui fit comme un électrochoc et elle tomba sur le sol, la douleur lui brouillant la vue. Un homme, qui n'était pas armé et qui était resté caché derrière les soldats jusqu'à présent, s'avança vers la jeune fille incapable de se défendre. Elle sentit une piqûre dans son cou, où l'homme venait de planter une aiguille. La tête commença à lui tourner, elle entendait les battements de son cœur affolé résonner dans toute sa tête. Des bruits entremêlés et lointains lui emplissaient le cerveau. Et elle se sentit partir, petit à petit, jusqu'à perdre connaissance.

Chapitre 7

La jeune fille sentit soudain son cerveau s'éveiller. Lentement, elle inspira, puis expira. Elle ne savait pas où elle était, pourquoi, depuis quand. Elle ne savait pas qui elle était. Pourquoi sentait-elle quelque chose lui entraver les poignets ? Pourquoi une douleur atroce au niveau de son épaule gauche se réveillait-elle soudain ? Son cerveau refusait de fonctionner, ses idées n'étaient que des images floues. Elle resta dans une incompréhension totale pendant encore un moment, puis petit à petit ses pensées s'éclaircirent, se firent plus nettes, et une déferlante de souvenirs l'envahit. Elle se rappelait de tout. Elle revoyait parfaitement la scène. Les hommes. La poursuite. Le mur. L'épaule. L'aiguille. Elle avait été endormie. Pendant combien de temps, elle n'aurait su le dire. Elle n'avait aucun souvenir de son sommeil, comme si son esprit s'était mis en veille. Elle sentit que son cou lui faisait mal, mais pas à cause de la piqûre, ni de son épaule blessée. Sa tête pendait en avant, et son poids commençait à se faire sentir. Elle tenta de la redresser, mais ses muscles étaient encore déconnectés de son cerveau.

Elle réussit enfin à ouvrir les yeux, doucement. Elle mit un moment à distinguer ce qui l'entourait, puis, avec un effort considérable de concentration, elle détailla la pièce exigüe du regard.

Elle se trouvait dans une sorte de cellule, assez sombre, sale. Trois des murs qui l'entouraient étaient entièrement faits de pierre. Celui en face comportait une ouverture garnie d'épais barreaux, derrière lesquels elle apercevait le reste de la pièce : une fenêtre laissait passer les rayons du soleil, qui éclairaient l'ensemble de sa prison. Il y avait de l'autre côté des barreaux une table, sur laquelle étaient posés de multiples objets dont elle n'arrivait pas encore à distinguer la forme, mais elle était quasiment sûre qu'il s'agissait de toutes ses armes et de ses biens, dont elle avait été dépossédée. Sur les murs effrités, elle apercevait des étagères ou des crochets sur lesquels étaient fixés toutes sortes d'outils. Et soudain elle comprit.

Elle était entourée d'instruments de torture.

Athalia ferma les yeux. Par peur de ce qu'elle voyait ? Par désespoir ? Sûrement les deux. Elle se demandait vraiment comment elle avait pu se retrouver dans cette situation.

Le temps s'écoula encore, et au bout d'un moment elle réussit enfin à tenir sa tête relevée. Elle était assise sur le sol, le dos appuyé contre un poteau qui se trouvait au centre de la cellule, et les jambes repliées sur le côté. Des menottes reliées entre elles par une épaisse chaîne lui nouaient les mains dans le dos. Elle détestait avoir les mains entravées, surtout lorsqu'elles étaient coincées derrière elle, incapable de faire quoi que ce soit dans cette position. Alors, étant d'une grande souplesse et très maigre, elle s'allongea sur le sol et se tordit dans tous les sens pour passer ses jambes à travers ses bras. Elle y parvint sans trop de difficultés, même si le dur sol de pierre lui avait fait mal au dos.

Elle était déjà soulagée d'avoir ses mains devant elle, et elle réussit alors à se relever. Elle essaya de ne pas trop faire de bruit, même si ses geôliers n'allaient sûrement pas tarder à savoir qu'elle était éveillée. Et puis, bien que son instinct l'incitât à être discrète, elle savait qu'en ce moment c'était inutile : elle était prisonnière, dans une cellule fermée à double tour, avec des menottes. Autant dire qu'il était vain de se cacher dans ces conditions.

Elle tenta de faire le vide dans son esprit, mais c'était peine perdue. Son épaule la faisait encore souffrir, bien qu'elle réussît à en faire abstraction. Et elle refusait de l'admettre, mais elle était totalement paniquée. Et pire que ça, elle était en colère. Très en colère de s'être laissée piéger, de se retrouver en position de faiblesse, d'avoir les mains liées, au sens propre comme au figuré. Le fait d'avoir peur aussi la mettait en colère. Elle tentait de respirer lentement, pour contenir cette rage grandissante contre ses ravisseurs et contre elle-même, mais elle savait que dans ces moments d'infériorité, elle était hors de contrôle. Elle n'arriverait pas à se retenir longtemps.

Alors elle se lâcha, et d'un élan emplit de haine, elle se jeta dans un hurlement contre les barreaux, faisant trembler tous les murs. De la poussière de ciment tomba autour d'elle. Elle grimaça, reconnaissant que le métal des barreaux était plutôt dur, et que son épaule encore souffrante n'avait pas apprécié ce geste.

Mais après avoir reculé en titubant, elle se précipita de nouveau sur les barres de fer, dans un nouveau hurlement. Elle continua, hurlant, tapant, attrapant les barreaux de ses mains nouées pour les secouer. Elle s'arrêta soudain, car elle perçut des bruits de pas. Elle colla sa tête déformée par la rage entre les deux barreaux qu'elle avait saisis, la bouche légèrement entrouverte, qui laissait entrevoir ses dents serrées. Les pas, lents mais sûrs, se rapprochèrent. Une ombre apparut dans l'ouverture d'une porte qu'Athalia n'avait pas encore vue. Puis l'ombre laissa place à l'homme.

Il n'était pas particulièrement grand, mais assez maigre. Il avait dans les cinquante, soixante ans, on pouvait deviner ses os sous la peau de ses membres décharnés. Athalia reconnut aussitôt sa silhouette : c'était l'homme qui l'avait piquée avec la seringue ! Elle en était persuadée même si elle ne l'avait qu'à peine aperçu. Elle lui lança le regard le plus noir dont elle était capable et il lui répondit par une grimace mauvaise qui semblait être un sourire de satisfaction. Il s'approcha d'elle, sans un mot. Il la fixa de ses petits yeux rusés, presque fous, et semblait prendre un malin plaisir à la torturer psychologiquement, lui montrer bien lequel d'entre eux deux était libre et lequel était prisonnier. Athalia sentit ses phalanges craquer, tant elle serrait les barreaux. L'envie de l'étrangler, de le frapper, la faisait presque trembler. Une petite lueur de raison vint se frayer un chemin dans son cerveau, et, dans un effort qui lui semblait surhumain, elle détendit ses doigts, un par un, puis sa mâchoire. Elle relâcha finalement les barreaux, retourna au milieu de la cellule, mais resta debout, bien droite. Elle savait au fond d'elle qu'en s'énervant elle lui donnerait ce qu'il voulait. Et c'était la dernière chose dont elle avait envie. Quitte à être torturée, pour elle ne savait quelle raison, autant l'être avec dignité. Elle n'avait pas envie de le supplier de l'épargner, elle préférait encore devoir mourir. Ça pouvait paraître idiot pour certains, mais quand on frôle tous les jours la mort, on tient plus à notre honneur qu'à la vie. Vu où elle en était, elle n'avait pas grand-chose à perdre…

L'homme qui s'était lassé de la fixer avec son sourire suffisant, voyant qu'elle ne prêtait plus attention à lui, tira une chaise de sous la table, l'approcha à un mètre des barreaux, et s'installa, les coudes sur les genoux, et les doigts croisés.

– Athalia Figueroa… dit-il de sa voix légèrement aiguë et rauque.

Elle lui lança un grand sourire.

– En personne !

Il la dévisagea lentement, les sourcils froncés.

– Et vous êtes ? reprit la jeune fille avec la même expression.

– Sergio De la Vega.

Il l'avait annoncé d'une voix folle, comme s'il cherchait à l'impressionner. Aussi haussa-t-elle les épaules.

– Jamais entendu parler.

Elle retourna dans le fond de sa cellule, sans prêter plus attention à l'homme. Mais son esprit tournait à plein régime. Elle n'était pas si étonnée que ça que les De la Vega soient à l'origine de son enlèvement. Et même si elle s'y attendait, elle se rembrunit, cette fois bien sûre que toute chance de sortir de cet endroit s'était évanouie à ce simple nom.

– Tu ne croyais quand même pas que tu passerais inaperçue ici ? reprit l'homme.

La jeune fille ne répondit pas. Elle avouait qu'elle les avait sous-estimés. Bien sûr, elle savait qu'ils étaient au courant de tout ce qui se passait dans l'enceinte de Santa María. Mais de là à connaître les intentions de chaque étranger qui pénétrait dans la ville…

– Nous avons quelques questions à te poser…

– Nous ? Vous êtes seul pourtant.

– J'obéis à des ordres. Et je ne suis pas le seul à vouloir savoir ce que tu viens faire ici.

Il s'approcha des barreaux, et ses yeux qui semblaient renfermer beaucoup de folie la fixèrent, tandis que sa bouche perdait tout son sourire. Athalia ne put s'empêcher de déglutir face au visage assez terrifiant de Sergio.

– Alors maintenant, tu vas sagement me dire pourquoi les Alvarado t'ont envoyée. Je te préviens, je n'aime pas perdre mon temps.

L'attention d'Athalia fut immédiatement attirée par le décor de la pièce, emplit d'objets plus terrifiants les uns que les autres, que ce soit des chaînes, des lames aiguisées, ou encore des appareils capables de vous griller sur place. Elle allait devoir dire la vérité, tout en cachant habilement certains faits. Et surtout gagner du temps. Pourquoi ? Elle ne le savait pas. Elle ne s'attendait pas à un miracle. Mais on ne savait jamais.

– Vous savez déjà qui m'envoie.

– Exact. Et j'aimerais en savoir la raison.

La jeune fille choisit avec soin ses mots, réfléchissant à la meilleure option possible.

– J'ai une enquête à mener. Pour retrouver quelqu'un. Mais j'avoue avoir un peu de mal. Je n'ai pas beaucoup d'informations, et puis je ne connais pas toute l'histoire.

Elle se rapprocha des barreaux.

– Qui est l'enfant que vous recherchez ?

Sergio se redressa, visiblement tendu par le simple fait qu'elle ait évoqué la question.

– Alors c'est ça qu'ils veulent…

La jeune fille n'eut pas le temps de lui demander de quoi il parlait, car déjà Sergio se levait et partait par la porte. Elle entendit ses pas s'éloigner, puis plus rien. Le silence ne se fit pas long, car déjà on l'entendait revenir, et il semblait accompagné. Il débarqua dans la pièce, agité comme une puce, suivit de près par une grande femme. Athalia eut froid dans le dos rien qu'à la voir.

Hermelinda De la Vega. L'image qu'elle dégageait était incroyablement puissante et écrasante. La jeune fille ne bougea pas pour autant, et adopta son masque de pierre. Cette femme, elle le craignait, était douée pour décrypter les émotions des gens.

Elle s'approcha des barreaux, avec un petit sourire qui aurait presque paru bienveillant, sans cette pointe de méchanceté, ni cet environnement sombre.

– Bonjour, dit-elle d'une voix puissante.

La jeune fille se contenta d'un hochement de tête, peu ravie d'être observée comme une bête en cage.

– Alors, comme ça les Alvarado t'envoient chercher un enfant.

Athalia ne répondit pas. Ce n'était pas vraiment ce qu'elle avait dit à Sergio, mais ils semblaient l'avoir aussitôt compris dans ce sens. Elle ne cilla pas et attendit que la femme continue.

– Je vois… reprit-elle. Dis m'en plus sur ta mission, mercenaire.

Bien qu'elle n'avait pas vraiment envie de parler en sa présence, la jeune fille voyait bien qu'Hermelinda saurait se montrer très persuasive si elle ne s'exécutait pas.

– Je n'en sais rien justement. Je dois trouver un gosse, qui n'aurait jamais connu ses parents, qui aurait vers les dix-sept, dix-huit ans, et qui vivrait ici.

Elle avait repris exactement les paroles d'Eduardo, en les modifiant et en omettant quelques détails.

– Rien d'autre ? insista la cheffe De la Vega, sceptique.

– Rien.

– Et tu comptais vraiment retrouver un gamin comme ça ? Il y en a peut-être des dizaines qui correspondent à ce profil.

– Alors j'essaye d'en apprendre plus sur eux, leur nom, je les note et je retourne vers les Alvarado. On peut réussir n'importe quoi, tant qu'on gagne assez après.

– Bien entendu.

Hermelinda se leva, s'approcha un peu plus des barreaux, agrandit son sourire et dit :

– Je ne vais pas te le répéter. Dis-moi tout ce que tu sais.

Cette fois, Athalia se sentait vraiment comme une proie, juste face au regard perçant de la femme. Il lui fallait dire quelque chose, vite.

– J'ai entendu parler de quelqu'un…

– Qui ?

– Un certain Enrique.

Hermelinda se raidit aussitôt, une lueur de haine dans les yeux.

– J'ai demandé aux habitants s'ils connaissaient un Enrique De la Vega, mais personne n'en avait entendu parler, alors je suis partie du principe que c'était une source fausse et qu'il n'existait pas.

Hermelinda semblait bien trop plongée dans ses pensées pour tenter de savoir si c'était un mensonge ou pas. Elle se mit à faire les cent pas, ignorant l'homme à côté d'elle, qui lui demandait doucement ce qu'il devait faire.

– Il existe vraiment ? demanda la jeune fille, qui espérait en apprendre plus.

Hermelinda ne répondit toujours pas, elle semblait être partie dans des réflexions lointaines.

Finalement, elle s'arrêta et dirigea son regard glacial sur Athalia.

– Devons-nous la tuer ? demanda Sergio, qui semblait ravi à cette idée.

– Non. Elle va nous être utile.

Elle s'approcha de la jeune fille.

– Enrique existe. Mais au cas où tu le chercherais, tu n'es pas au bon endroit. Il a été banni. Il a trahi son clan. Si l'un de nous le revoit, il sera tué sur le champ.

Son ton montrait clairement qu'elle ne plaisantait pas.

– Même s'il est de votre famille ?

– Ma famille, c'est mon clan. Mon frère nous a nui à tous. Il est notre ennemi désormais.

Son frère. Voilà quelque chose d'intéressant. Athalia avait une autre question en tête, qu'elle ne put s'empêcher de poser.

– Et votre frère et cet enfant, quel lien ont-ils ?

Elle regretta presque sa question, face à l'expression d'Hermelinda.

– Qu'est-ce qui te fait croire qu'ils ont un lien ? répliqua-t-elle.

– Je ne suis pas comme les autres mercenaires, qui ne savent utiliser que leurs armes et leurs poings. Il m'arrive de réfléchir, et de comprendre.

– À l'évidence, cette fois, tu n'as pas compris grand-chose.

Elle ignora la pique, sachant bien qu'Hermelinda avait juste voulu détourner son attention. Elle lui lança un regard insistant, et la femme répondit :

– Ils ont un lien, en effet, que l'enfant ignore. Je ne t'en dirai pas plus.

Tandis qu'elle se dirigeait vers la table, sortait un papier et un crayon, et se lançait dans une longue rédaction dont la jeune fille ignorait le sujet, Athalia retourna s'asseoir au fond de sa cellule, pour réfléchir. Un lien que l'enfant ignore… et soudain, comme un éclair, elle comprit. Enrique était le père de cet enfant ! Voilà pourquoi Ed avait été chargé de retrouver un enfant qui ne connaissait pas ses parents. Satisfaite et éberluée d'avoir compris ça, et de savoir que cela l'aiderait dans sa mission, son attention se reporta sur sa cellule. Sa mission… si seulement elle pouvait sortir d'ici. Elle avait perdu tout espoir bien sûr. Elle se rappelait certes ce qu'Hermelinda avait dit, qu'elle allait leur être utile. Mais comment, voilà la vraie question. Si son utilité se résumait à être torturée pour lui faire dire ce qu'elle savait des Alvarado, elle préférait encore une mort sans douleur.

Elle attendit que la cheffe des De la Vega finisse d'écrire ce qui ressemblait à une lettre, puisqu'elle la glissa dans une enveloppe et ferma celle-ci.

– Qu'attendez-vous de moi ? demanda enfin la jeune mercenaire.

Hermelinda ne répondit pas tout de suite et se dirigea vers les barreaux de la cellule. Une lueur brilla dans les yeux d'Athalia lorsque la femme sortit de sa poche un trousseau de clés. Mais celle-ci ne l'ouvrit pas tout de suite et fixa la jeune fille droit dans les yeux.

– Je vais à mon tour te confier une mission. Je veux que tu apportes cette lettre à Agacia.

– Toute mission est payée, normalement.

– Disons que je t'offre le prix fort en te laissant sortir.

Elle ouvrit la cellule. La jeune fille sortit lentement, ravie de sortir mais moins de se trouver aussi près des deux De la Vega. Hermelinda attrapa les poignets de la jeune fille et lui ôta les menottes. Athalia eut beaucoup de mal à retenir une grimace de douleur. Elle baissa le regard sur ses mains, qu'elle n'arrivait presque pas à bouger. Les menottes étaient beaucoup trop serrées, mais elle ne s'en était pas rendu compte avant qu'on ne les lui enlève. À certains endroits, la peau était tellement irritée que de petits filets de sangs s'en échappaient.

– Je te rends tes armes, reprit Hermelinda, mais j'espère que tu sauras t'éviter une mort certaine en t'abstenant de les utiliser sur un membre de mon clan.

Athalia attrapa de ses mains tremblantes tous ses biens qu'elle rangea à leur place, sous le regard attentif de la femme. Celle-ci lui tendit la lettre.

– N'essaye pas de lire son contenu. Les Alvarado aussi seraient furieux si ça se produisait.

La jeune fille ne répondit pas, et après un dernier regard noir dans la direction d'Hermelinda, sortit de la pièce sombre. Elle entendit juste la femme rajouter :

– Et ne t'avise plus de continuer ta mission, ni de remettre les pieds à Santa María. Ou tu en paieras les conséquences, mercenaire.

Chapitre 8

Le visage morne, Sergio la raccompagna jusqu'à la sortie du quartier général des De la Vega, visiblement déçu de laisser s'échapper la prisonnière.

Dès qu'elle fut dehors, Athalia déguerpit sans attendre.

Elle n'arrivait toujours pas à y croire. Elle était libre ! Elle allait presque commencer à croire aux miracles…

Elle ne s'arrêta pas de courir, sans se soucier du regard des habitants fixés sur elle, pour s'éloigner le plus vite possible du quartier des De la Vega. Elle s'arrêta au bout d'un moment, lorsque ses jambes ne purent aller plus loin. Elle s'engagea en titubant dans une petite allée lumineuse mais déserte, arrêta sa course et prit un pas très lent et incertain. Ne sachant pas vraiment quoi faire, elle sortit son téléphone pour appeler Eduardo, mais elle dût le ranger aussitôt en jurant, car il n'avait plus de batterie et refusait de s'allumer. Habituellement, elle le rechargeait de temps en temps dans un bar, cela lui avait toujours suffi puisqu'elle l'utilisait très peu. Mais voilà plus d'une semaine qu'elle ne l'avait pas rechargé.

Ses pas se firent de plus en plus hésitants. Pendant qu'elle était enfermée, elle n'y pensait presque pas, trop occupée à écouter Hermelinda et à espérer sortir de là. Mais maintenant, tout son corps était en feu. La douleur à son épaule meurtrie revint ainsi que celle à ses poignets, les coups reçus durant l'affrontement commencèrent à se faire sentir ; ses jambes encore engourdies ne pouvaient presque plus la porter et un mal de tête horrible la frappa soudain. Elle ne savait pas vraiment combien de temps elle était restée sans manger, et surtout sans boire, mais l'hypoglycémie lui brouillait la vue et embuait son esprit. Elle avait laissé son sac au garage, dans lequel elle transportait toujours une bouteille d'eau, et regretta de n'avoir rien sous la main. Ses jambes, fatiguées, commencèrent à chanceler. Elle tenta de rester debout, de rester éveillée, mais l'épuisement et la douleur prirent le dessus. Elle sentit sa tête heurter lourdement le sol, dans un grand bruit qui résonna dans son crâne. Elle perdit connaissance.

Athalia se réveilla doucement. Son esprit n'était pas autant brouillé que lors de son dernier évanouissement, puisqu'il n'était dû à aucune drogue. Elle se sentait moins fiévreuse et lourde, et réussit même assez rapidement à se relever. Elle constata qu'elle se trouvait sur un vieux canapé, et non sur le sol de la ruelle où elle était tombée. « Pas encore… » ne put-elle s'empêcher de penser. Mais une couverture la recouvrait, et en étudiant la pièce du regard, elle se rendit compte qu'elle n'était pas vraiment enfermée, et qu'elle était plutôt dans un petit appartement sobre, modeste, mais confortable et chaleureux. Les meubles ne semblaient pas neufs du tout, du désordre s'entassait un peu partout, mais la pièce n'en était pas moins agréable. Elle enleva la couverture et se leva. Elle renonça aussitôt et se rassit lorsque ses jambes menacèrent une nouvelle fois de la lâcher. Elle se massa les tempes et se résolut à rester assise.

– Tiens, on est réveillée à ce que je vois.

La jeune fille se tourna vers l'endroit d'où venait la voix, qu'elle reconnût aussitôt. Diego s'approcha avec une bassine d'eau et une serviette dans la main, posa le tout sur la table basse qui était devant le canapé et s'assit à côté d'elle. Il la dévisagea sans rien dire, pour s'assurer qu'elle allait mieux, et lui dit :

– T'as eu de la chance que je tombe sur toi. Et que je sois de bonne humeur aussi parce que, pendant tout le trajet pour venir jusqu'ici avec un poids mort à transporter sur ma moto, je t'assure que j'ai eu envie au moins une bonne dizaine de fois de t'abandonner sur le bord de la route.

Athalia ne put s'empêcher de sourire. Au début, elle n'avait pas trop apprécié le caractère intrusif et joyeux du garçon, mais elle reconnut que c'était une sacrée chance qu'il l'ait trouvée, et elle lui était très reconnaissante.

– Merci.

Elle ne savait pas vraiment quoi dire d'autre, mais Diego ne semblait pas en attendre bien plus. Il trempa la serviette dans la bassine, l'essora, et s'approcha de son épaule.

– Tu semblais dormir tellement bien, je ne voulais pas nettoyer ta blessure plus tôt pour ne pas te réveiller. Mais il va falloir le faire.

– Je… dormais ?

– Tu t'es évanouie, ça se voyait, mais quand je t'ai ramenée ici et que je t'ai donné à boire, tu as commencé à ronfler, dit-il en se moquant gentiment.

Embarrassée, elle sourit doucement, mais recula aussitôt lorsqu'il s'approcha de son épaule.

– Oh oh oh, doucement, dit-elle, avec ses mains en protection. Je ne t'ai pas permis de toucher. Et ça guérira très bien tout seul.

Il haussa un sourcil, comme en attendant qu'elle rigole, mais voyant qu'elle était tout à fait sérieuse, il fronça les sourcils.

– Attends, tu plaisantes ? Tu t'es pris une balle dans l'épaule ! Tu as déjà perdu beaucoup de sang, et c'est sûrement aussi à l'origine de ton malaise.

La jeune fille baissa son regard sur son t-shirt. En effet, ce n'était pas beau à voir. Il était troué, noir de saleté, et surtout de sang séché. À travers le grand trou dans le tissu au niveau de sa blessure, on ne distinguait presque pas l'entaille à cause de tout le sang sec qui la couvrait.

– J'ai déjà regardé, reprit le garçon, la balle ne semble plus être dedans, sinon ça serait pire. Mais si on ne désinfecte pas, ça va vite prendre d'autres proportions. Alors laisse-toi faire et ne bouge pas.

La jeune fille n'eut pas le temps de répliquer et elle poussa un cri de douleur lorsque le tissu rugueux de la serviette vint frotter sa plaie. Elle bondit loin du canapé et pressa sa main sur son épaule, haletante.

– Je n'ai pas dit que ce serait agréable.

À contrecœur, elle se rassit lentement, attrapa la couverture qui était à côté d'elle et mordit dedans, pour éviter de faire trop de bruit. Elle fit un signe de tête pour lui faire signe de continuer et serra la couverture de toutes ses forces lorsqu'il continua le nettoyage. Elle eut l'impression que ça ne s'arrêterait jamais, mais elle put enfin se décrisper lorsqu'il se recula.

– C'est déjà mieux comme ça, dit-il.

Elle tourna ses yeux vers la blessure. En effet, sa peau était propre, et on voyait bien la plaie rouge vif, en forme de petit cercle. Elle dut admettre qu'il avait fait du bon travail.

Il se leva et se dirigea vers une armoire, qu'il ouvrit, découvrant des piles de vêtements. Il attrapa un t-shirt noir tout simple qu'il lança à la jeune fille.

– C'est le plus petit que j'ai.

En effet, celui d'Athalia était bon à jeter. Elle se rendit compte qu'il devait empester, comme elle d'ailleurs. Elle demanda s'il y avait moyen de se laver, et il lui désigna une petite porte.

– Ne fais pas couler trop d'eau sur ta blessure, ça va la refaire saigner.

Elle ouvrit la porte indiquée, et pénétra dans une toute petite salle de bain abimée par l'humidité, où s'entassaient des vêtements. Il y avait un tout petit évier, des toilettes et une douche si étroite qu'elle se demandait comment Diego pouvait rentrer à l'intérieur. Elle se déshabilla, jeta le morceau de tissu qui avait autrefois été son t-shirt, et entra dans la douche. De l'eau glacée jaillit du pommeau, mais la jeune fille était tout de même contente de pouvoir prendre une douche, une vraie, ce qui n'était arrivé que très peu de fois dans sa vie. Elle fit attention, comme lui avait recommandé le garçon, à sa blessure, et se débarrassa du sang et de la saleté qu'elle avait accumulés.

Elle sortit enfin, se sécha avec une serviette qui traînait sur le bord de l'évier, puis renfila ses habits. Elle mit le t-shirt de

Diego, qui était bien trop grand pour elle, mais elle s'en contenterait pour l'instant. Elle pourrait toujours se changer lorsqu'elle récupérerait son sac dans le garage.

Elle sortit de la salle de bain, et son estomac se réveilla aussitôt lorsqu'elle sentit une bonne odeur de pâtes en train de cuire. Elle s'approcha d'un coin de la pièce principale, qui semblait être une toute petite cuisine, et Diego lui servit une assiette bien remplie.

– J'ai pas envie que tu t'évanouisses une seconde fois, alors essaye de finir cette assiette.

La jeune fille prit une bouchée, et elle se rendit compte à quel point elle avait faim. La course poursuite avec les De la Vega devait dater de la veille, et elle n'avait rien avalé depuis. Elle se rendit compte également qu'elle n'avait aucune notion du temps qui s'était écoulé depuis, avec les deux fois où elle était tombée inconsciente mais aussi avec son séjour dans la cellule.

Elle finit son assiette en un rien de temps, sous les yeux de Diego, amusé de la voir si affamée. Lorsque le garçon prit l'assiette vide pour la mettre dans l'évier, la jeune fille voulut le remercier pour le repas, mais aucun son ne sortit de sa gorge. Elle ne savait pas vraiment comment s'y prendre, à part lui dire « merci », mais elle lui avait déjà dit plus tôt et elle trouvait que ce n'était pas franchement super. Alors elle ne dit rien, et garda les yeux fixés sur la table.

Elle était dans une situation toute nouvelle. Quelqu'un l'avait aidée, quelqu'un qu'elle ne connaissait pas venait à coup sûr de la sauver d'une mort certaine, ou en tout cas lui avait épargné des jours peu joyeux. Elle se trouvait dans un lieu complètement inconnu, habité par une personne tout aussi inconnue, et pourtant sa méfiance habituelle avait disparu. C'était en partie dû au fait qu'elle était fatiguée et encore sonnée par les récents événements, mais pas uniquement. Elle arrêta de penser à ça, toutes les questions qu'elle se posait commençaient à lui donner la migraine.

– Au fait, dit Diego, coupant court à ses pensées. Je me suis renseigné sur ton Enrique De la Vega.
La jeune fille leva la tête, toute ouïe.
– Esteban et moi avons mené notre enquête au bar, et Enrique existe vraiment.
Athalia le savait déjà, mais elle fit comme si elle venait juste de le découvrir.
– Si nous ne le connaissions pas, c'est parce que nous étions trop jeunes. Il a disparu il y a plusieurs années et personne n'en a plus jamais entendu parler.
Elle n'était pas bien plus avancée, mais au moins les paroles d'Hermelinda venaient d'être confirmées. Enrique avait été banni, et depuis il s'était comme volatilisé. La jeune fille était peut-être la seule jusqu'à présent à l'avoir reconnu.

Elle sortit son téléphone de sa poche, qui était encore plus abimé qu'avant, et elle se rappela soudain qu'il n'avait plus de batterie. Elle demanda à Diego s'il avait un chargeur, et il lui apporta avant de le brancher à une prise à proximité. Athalia l'alluma enfin et regarda l'heure. C'était le début de l'après-midi. Elle vit qu'elle avait au moins cinq messages et appels manqués d'Eduardo, et même si elle n'avait pas envie d'être écrasée par une tonne de questions, elle ne voulait pas qu'il s'inquiète. Elle attendit un petit moment que son téléphone se recharge, puis elle dit à Diego qu'elle devait appeler quelqu'un, se leva et se cala sur le canapé. La sonnerie du téléphone ne dura même pas une seconde, et Eduardo commença à crier à l'autre bout du fil.

– Ça fait une journée entière que tu ne me donnes aucune nouvelle ! N'essaye pas de me dire que ton téléphone ne marchait pas, je sais très bien que ce n'est pas vrai. Alors explique-moi tout de suite ce qu'il se passe et où tu es !

– Ed, calme-toi… Je vais bien, t'inquiète.

– Tu peux mentir à qui tu veux Athalia, mais pas à moi.

– Je t'assure que je vais bien !

La jeune fille leva la tête, sentant un regard posé sur elle. Diego la fixait, avec des yeux réprobateurs. Visiblement, il avait suivi la discussion depuis la cuisine. La jeune fille soupira, et se résolut à expliquer à Ed ce qui se passait. Elle se leva et s'éloigna un peu de l'endroit où se trouvait Diego, et commença son récit en baissant la voix. Elle ne tenait pas à ce que le garçon soit au courant de tout. Ed ne dit rien tout au long de son histoire, et lorsqu'elle eut finit, il garda encore le silence quelques instants.

– D'accord, je ne t'en veux plus de ne pas m'avoir répondu, finit-il par dire. Écoute, je ne sais pas trop quel est le lien entre ta mission et la mienne, mais si c'est aussi dangereux on peut arrêter là. D'accord ? On trouvera d'autres boulots, je ne veux pas que tu t'inquiètes pour ça.

– Ed, c'est bon, je vais bien. Ça n'arrivera plus. Et je t'assure que la colère des Alvarado sera bien plus dangereuse que cette mission.

– Ce n'est pas un argument valable. Et d'ailleurs tu es chez qui ? Tu es sûre que tu peux avoir confiance en lui ?

Athalia détourna le regard vers Diego, qui rangeait des trucs dans sa cuisine, une cigarette à la bouche.

– Je n'en sais rien, mais je suis mieux ici que dehors, où tout le monde est un danger pour moi. Et je suis méfiante, ne t'inquiète pas.

– Fais attention quand même.

Ils gardèrent le silence un moment, puis Ed lui dit :

– Je vais devoir te laisser, je dois aller voir les De la Vega. J'avoue que je n'en ai pas vraiment très envie après ce qu'ils t'ont fait.

– Ça aurait pu être n'importe qui, du moment que je représentais une menace pour eux. On habite au désert de Sonora, Ed, ces choses arrivent tout le temps. Et puis, ils m'ont relâchée. Rien ne les y forçait.

– Et pour Enrique ? Tu continues de le chercher ?

Athalia réfléchit un moment.

– Je ne sais encore, il va falloir que je me décide. Mais je ne pense pas abandonner la mission.

– D'accord. Soigne-toi bien.

– Merci.

Ils raccrochèrent, et Athalia se retourna vers Diego qui venait vers elle, un verre à la main.

– Quelle mission ? demanda-t-il, en s'asseyant sur le canapé et en lui faisant signe de le rejoindre.

Elle ne répondit pas, et désigna d'un air interrogateur le verre qu'il lui tendait.

– C'est un antidouleur.

Athalia ne prit pas le verre, bien trop méfiante pour boire quelque chose dont elle ignorait l'origine.

– Quoi, tu ne veux pas le prendre ?

– Ça coûte très cher, pourquoi tu m'en donnerais un ? Et comment tu as eu l'argent pour en acheter ?

– J'en ai toujours en réserve, je ne m'en sers pratiquement jamais. Et je t'en donne un car tu en as besoin.

– On ne se connaît pas. Pourquoi tu m'aides ? Qu'est-ce que tu attends en échange ? Je ne tiens pas à avoir de dettes, j'ai pas les moyens pour ça. Alors si c'est ce que tu attends, je peux partir maintenant.

Il s'esclaffa doucement, sous le regard incompréhensif de la jeune fille, qui était très sérieuse.

– Je ne te demande rien. J'avais juste envie de t'aider.

– Pourquoi ?

Le sourire du garçon disparut.

– Je ne comprends pas ce qu'il y a de compliqué là-dedans. Tu étais en difficulté, je t'ai aidée.

La jeune mercenaire tentait de comprendre où il voulait en venir, mais il semblait vraiment sérieux en disant ça.

– Bon, on continuera cette discussion après. Bois ce médicament.

– Tu ne me demandes même pas de le payer ?

– Arrête un peu et bois-le maintenant, je ne veux rien en échange.

Comme elle le fixait de ses yeux perplexes, il soupira et dit :

– Bon d'accord. J'avoue que pour la location du garage je t'ai fait payer plus que le prix habituel, disons que comme ça tu me l'as déjà remboursé.

Athalia le foudroya des yeux, à quoi il répondit par un petit clin d'œil. Elle reporta son attention sur le verre. Elle tenta de mettre sa méfiance de côté, et, sentant qu'elle allait le regretter, prit le verre. Elle le porta à ses lèvres et en but une petite gorgée. Elle faillit tout recracher.

– Qu'est-ce qu'il y a ? demanda Diego, inquiet.

– C'est quoi ce truc que tu m'as donné ? C'est infect.
– T'as jamais pris un médicament de ta vie ?

Elle secoua négativement la tête, puis elle se résolut à boire le reste en se bouchant le nez. Elle fit la grimace, puis petit à petit le goût disparut.

– Je ne ressens pas moins de douleur, dit-elle.
– Ça ne fait pas effet tout de suite, c'est progressif.

Elle commença à se lever et lui dit qu'elle devait y aller.

– Tu devrais te reposer, ou tu risques de refaire un malaise dans pas longtemps. Et puis, même si j'ai bien compris que tu ne me diras rien sur ta « mission », ni sur ces mecs qui t'en veulent, je pense que tu ne devrais pas sortir tant que tu n'es pas en mesure de te défendre. J'ai raison ?

Oui, malheureusement elle devait l'admettre il n'avait pas tort. Elle hésita, mais finalement choisit d'être raisonnable, pensant combien Ed lui crierait dessus s'il apprenait qu'elle était sortie, elle se rassit sur le canapé, en s'affalant au fond.

– Alors, commença-t-elle, tu peux finir de m'expliquer pourquoi tu m'as aidée ?

Il soupira et la fixa, exaspéré, mais avec tout de même son petit sourire en coin.

– Tu étais évanouie sur le sol, peut-être en train de mourir. Je ne vois pas en quoi c'est difficile à comprendre. Si tu m'avais trouvé dans le même état, tu aurais fait pareil.

– Non.

Cette fois il parut outré.

– Tu aurais fait quoi ? Tu m'aurais observé, et tu serais partie ?

– J'aurais d'abord regardé dans tes poches s'il y avait de la nourriture ou un objet de valeur, je l'aurais pris, et si tu étais en train de te réveiller je t'aurais re-assommé avant de partir.

Diego ne trouva rien à dire, stupéfait des paroles de la jeune fille.

– On ne vit pas dans le même milieu, reprit-elle. Pour les gens comme nous, la vie n'est qu'une question de survie. C'est la loi du plus fort. Si je suis en vie, en bonne santé et que j'arrive à manger au moins une fois par jour, ça prouve que je suis plus forte que les autres.

– C'est un avertissement ? demanda-t-il avec un franc sourire, les sourcils haussés.

– Tu peux le prendre comme tel. Disons juste que tu ne me connais pas encore assez pour savoir de quoi je suis capable, alors méfie-toi, ajouta-t-elle en esquissant un sourire.

– Tu n'as pas de maison ?

– J'ai un endroit où vivre, mais si tu le voyais tu appellerais ça une déchèterie.

Il parut soudain compatissant, et ne dit rien, ne sachant pas vraiment quoi répondre à ça.

– J'ai la chance d'avoir un boulot, reprit-il, qui paye assez bien, ou du moins assez pour payer cet appart. Et puis, ma famille m'aide quand je suis trop en galère. On n'est pas très proches, surtout avec mes parents, mais ils prennent régulièrement de mes nouvelles. Sinon, j'ai mon frère, Esteban, on bosse ensemble. J'ai des gens sur qui compter, sinon je ne sais pas où je serais aujourd'hui.

Il se tourna vers elle, et lui demanda en souriant :

– Et toi ?

Elle fronça aussitôt les sourcils, comme si cette question était totalement absurde.

– Pourquoi je devrais te raconter ma vie ?
– Si t'as pas envie, c'est pas grave.
– Non, j'ai pas vraiment envie.

Un petit rire s'échappa de la bouche du garçon, et Athalia n'aurait su dire si c'était parce qu'il était amusé ou exaspéré.

– Je peux juste te poser une question à laquelle j'aimerais que tu répondes ? C'est quand même la moindre des choses après ce que j'ai fait pour toi.
– On avait dit que je n'aurais aucune dette !
– Une question, ça ne va pas te tuer.

Elle ne répondit pas, et lui fit un signe de tête mécontent pour lui dire de poser sa question.

– T'es quoi au juste ?
– Pardon ?

Elle ne comprenait pas du tout ce qu'il voulait dire, et elle ne s'attendait pas à une question comme ça.

– Je veux dire ton métier, ce que tu fais. Tu es quoi exactement ?

Elle baissa la tête, sans rien dire. Elle n'avait pas honte de son métier, loin de là, car il lui permettait de vivre sans devoir fouiller les poubelles. Mais elle ne tenait pas forcément à ce que les gens le sachent. D'habitude, c'était pour sa simple sécurité, et pour réussir ses missions sans attirer l'attention. Mais avec Diego, en plus de ça, elle était gênée qu'il le sache. Lui qui l'avait aidé car il n'aimait pas voir les gens mourir, comment réagirait-il lorsqu'il apprendrait que son travail était basé sur le meurtre ?

Elle n'avait encore jamais tué quelqu'un, mais indirectement des gens étaient sûrement morts par sa faute.

– Je crois que je devine à peu près, dit Diego devant sa mine sombre, et après avoir de nouveau fixé sa cicatrice au-dessus de l'œil, ainsi que les autres qu'on pouvait voir sur ses bras.

Il ne dit rien, le visage grave, sortit son téléphone de sa poche et regarda l'heure.

– Tu devrais faire une petite sieste, avant de repartir. Si tu n'as pas d'autre endroit où aller, tu dormiras mieux ici que dans la rue.

Il se leva du canapé, et lui apporta un coussin. Athalia ne protesta pas mais elle savait qu'elle ne s'endormirait pas. Pas chez quelqu'un qu'elle ne connaissait pas, dont elle ignorait tout. Diego, qui la regardait, comprit ses pensées. Il soupira.

– Écoute, je sais qu'on ne se connaît pas et tu as l'air de ne faire confiance à personne, mais si j'avais vraiment de mauvaises intentions, si j'avais voulu te tuer ou je ne sais quoi d'autre encore, je tiens à te rappeler que tu es restée trois heures évanouie sur ce canapé.

Il avait bien raison, elle dut l'admettre malgré elle, mais elle n'était pas convaincue pour autant.

– Et si tu dors vraiment tous les jours dans un cabanon, pourquoi tu aurais peur ici ? C'est bien mieux en sécurité.

– C'est chez moi là-bas.

– Ça ne change rien.

– Si, ça change tout.

Il semblait vraiment désespéré, et lâcha un gros soupir.

– OK, si tu veux. Mais ici, à Santa María, ce n'est pas chez toi, tu ne connais pas les rues et les habitants. Ce serait pire de dormir dehors.

– Je dormais dans le désert, il n'y a personne.
– Mais n'importe qui pourrait te trouver.
– Je sais me cacher.
– T'as encore d'autres arguments ou on finit cette discussion et tu te reposes sans rien dire ?

La jeune fille, amusée, pensa qu'elle pourrait lui sortir encore une bonne dizaine d'arguments. Les négociations, c'était un de ses points forts, métier oblige. Mais elle ne protesta pas plus longtemps et s'allongea, gardant les yeux ouverts. Elle était amusée du ton pris par le garçon, et elle se rendit compte qu'elle avait aussi un don pour énerver les autres, qu'elle ferait bien d'améliorer et de mettre à profit.

Elle resta un moment ainsi, allongée sur le côté, à observer les moindres détails de la pièce alentour. Elle observait aussi son hôte. Elle aimait habituellement observer les gens dans la rue, mais comme elle se trouvait à présent dans une maison, elle n'avait qu'une seule personne à cerner. Elle étudia ses moindres mouvements, ses tics, comment ses muscles se tendaient. Sa façon de prendre appui sur un pied ou l'autre, ou encore comment il ébouriffait ses cheveux régulièrement. D'habitude elle menait ses observations comme un prédateur qui analyse ses proies. Dans l'instant présent, c'était plutôt elle la proie, coincée avec quelqu'un dont elle ne savait pas s'il était une menace pour elle ou pas. Elle était capable d'en apprendre plus sur quelqu'un en le regardant quelques instants dans un milieu particulier que s'il lui parlait pendant une heure. En cet instant par exemple, elle observait s'il avait l'air nerveux, ou un autre signe qui aurait pu montrer que la présence de la jeune fille l'inquiétait. Ou s'il appréhendait quelque chose qui allait arriver et dont elle ne savait rien. Mais il était parfaitement calme, détendu, et ses épaules qu'il tenait bien droites au travail étaient relâchées. Il tourna soudain la tête, sentant un regard sur lui, et lorsqu'il croisa celui de la jeune fille, il lui lança un sourire avant de retourner à ses occupations, une expression amusée encore visible sur le coin de ses lèvres.

Athalia ne se sentait pas vraiment en sécurité, mais elle était moins méfiante que d'habitude. Ses sens en alerte se relâchèrent petit à petit, et malgré elle, le sommeil lui tomba dessus.

Chapitre 9

Athalia prit son sac, le mit sur ses épaules, puis attrapa son scooter, ressortit du garage et le poussa dans la petite rue. Elle l'appuya sur la béquille, revint sur ses pas et redescendit le lourd volet métallique avant de le fermer à clé. Elle était d'humeur assez morne. Elle s'était endormie, et en plus de ça elle était restée plusieurs heures à somnoler. Maintenant, le soleil commençait à descendre dans le ciel et elle n'avait rien fait du tout de cette journée. Du temps perdu, rien de plus. Bien qu'elle devait admettre que la sieste s'était montrée réparatrice, elle avait l'habitude de dormir uniquement lorsque c'était nécessaire, et pas juste pour la forme. Le temps était précieux, elle le savait.

Elle attrapa le casque qui était accroché au guidon du scooter. Même si elle ne l'avait presque jamais mis jusqu'à maintenant, elle préférait qu'on ne voie pas son visage, encore plus maintenant qu'elle savait que les De la Vega épiaient le village de tous les côtés. Peut-être la regardaient-ils en ce moment même. Elle frissonna et chassa cette idée de sa tête, car elle savait que si c'était le cas elle ne pourrait rien y faire. Et elle détestait se sentir observée.

Elle démarra le scooter et sortit de la petite rue. Elle avança ensuite doucement entre les passants, puis franchit les grandes portes de la ville. Elle continua sa route jusqu'à se trouver à un ou deux kilomètres du village, et s'arrêta. Elle ne descendit pas du scooter, mais retira son casque et sortit son téléphone. Agacia lui avait donné son numéro en cas de nécessité, et le moment était venu. La sonnerie brisa le silence, jusqu'à ce que la voix forte de la femme se fasse entendre en grésillant.
— Athalia Figueroa ! dit-elle, d'une voix où l'on pouvait deviner son habituel sourire supérieur. Ravie de savoir que tu es toujours en vie.
— Il s'en est fallu de peu. C'est pourquoi j'ai besoin de vous rencontrer. C'est très urgent.

Il y eut un petit silence, puis Agacia reprit.
— Quelle genre d'urgence ? Je suis occupée ces derniers temps, alors si ça pouvait attendre et…
— Les De la Vega m'ont délivré un message pour vous.

Le silence revint, et dura plus longtemps cette fois-ci. Athalia perçut néanmoins des chuchotements. Agacia donnait probablement des ordres à une personne qui se tenait à côté d'elle.
— Attends à mi-chemin entre San Pedro et Santa María, dans le désert. Cache-toi sur le bord pour ne pas être trop visible. Nous t'enverrons après le coucher du soleil une moto bleue, elle a un ruban rouge accroché au volant. Quand tu la verras, sors et fais-lui signe.

Agacia raccrocha, et Athalia rangea machinalement son téléphone. Elle contempla le soleil qui planait au-dessus de l'horizon. Elle n'aurait pas le temps de retourner à Santa María, et puis, elle n'avait rien à y faire. La jeune fille se remit donc en route, s'assura que personne ne la suivait, même si c'était peu probable, et démarra dans un vrombissement.

Lorsqu'elle trouva l'endroit idéal pour s'installer confortablement, à l'abri des regards mais avec une vue d'ensemble sur la route, elle s'assit dans le sable chaud, posa son sac qui était extrêmement lourd à côté d'elle, l'ouvrit et fouilla à l'intérieur. Elle en sortit un t-shirt, qu'elle échangea avec celui trop grand qu'elle portait encore, puis elle prit de quoi grignoter, et mâcha lentement les bouchées tout en admirant le coucher de soleil.

Elle avait une étrange impression de déjà-vu. Combien de fois s'était-elle retrouvée à regarder le soleil se coucher dans le désert ces derniers jours ? Deux ? Trois ? Mais ce n'était pas désagréable de se retrouver seule au monde pendant quelques instants.

Elle fouilla dans sa poche et en sortit la lettre d'Hermelinda, qui était dans un piteux état après tout ce temps passé froissée dans tous les sens. Elle déplia l'enveloppe, tenta de la remettre plus à plat, puis la posa sur ses genoux, en vain. Un sentiment qu'elle n'avait jamais vraiment connu vint la titiller. Une soudaine envie d'ouvrir la lettre, peu importe les réprimandes, la prit. La vraie curiosité, c'était donc ça ? Elle devait admettre qu'elle avait du mal à résister. Elle y avait déjà réfléchi plus tôt, chez Diego, et elle avait réussi à se raisonner et à ne pas l'ouvrir.

Mais en y repensant, tandis qu'elle roulait sur son scooter, une irrésistible envie de l'ouvrir l'avait de nouveau frappée. Après tout, peut-être que cette lettre renfermait des informations qui lui éviteraient des risques inutiles.

Alors, sans plus attendre, elle ouvrit l'enveloppe.

Ma chère Agacia,

Cela faisait bien longtemps que tu n'avais pas tenté de me mettre des bâtons dans les roues comme ces derniers jours, et je trouve cela bien regrettable. De plus, nous avons cessé de parler de cette histoire il y a des années. Mais je crois comprendre pourquoi ça t'intéresse maintenant. Tu n'as plus beaucoup de temps.

J'avoue avoir été surprise d'apprendre que tu cherchais le gamin. Je pensais que tu le croyais mort.

Aujourd'hui, j'ai arrêté un de tes pions, qui, je l'espère pour elle, cessera cette vulgaire mission que tu lui as confiée. Mais je sais que tu ne t'arrêteras pas là, tu enverras d'autres mercenaires, des gardes, tous ces imbéciles qui suivent à la lettre ce que tu leur dis, jusqu'à ce que tu trouves l'enfant.

Je dois te l'avouer, à mon regret, moi non plus je ne sais pas où il se trouve. Depuis le début, tu penses que je cache le gamin, mais si j'ai fait croire qu'il était mort -et à mon plus grand désespoir, tu as été, pour une fois, assez maligne pour découvrir la vérité- c'était pour garder une longueur d'avance. Maintenant que tu le sais, n'envoie plus de mercenaires dans mes quartiers. Tu sais comment ça finit quand il y a une invasion de fourmis chez quelqu'un ? Elles finissent toutes écrasées, y compris la reine et sa fourmilière.

Je sais donc que tu continueras sans relâche tes recherches, aussi je tiens à te prévenir : je suis bien plus avancée que toi. Santa María est mon domaine, je te le rappelle, et je n'aime pas les intrus. Alors suis mon conseil, ne t'approche pas du gamin et laisse-moi le chercher en paix. Et si tu ne veux pas m'écouter, peut-être qu'une menace sera plus claire : nous sommes prêts à tout pour que tes sales pattes ne viennent pas traîner autour de chez nous, et nous sommes armés, prêts à t'accueillir.

Amitiés,
Hermelinda Clarisa De la Vega

Athalia dut s'y prendre à plusieurs reprises pour décrypter la lettre, car elle n'avait jamais vraiment appris à lire, et elle avait un peu de mal avec certains mots. Elle n'était jamais allée à l'école, et même si comparée à Ed elle se débrouillait bien, elle avait dû apprendre toute seule et cela était relativement récent.

Lorsqu'elle eut enfin saisi le sens de chaque phrase, elle reposa la feuille, et essaya de faire le vide dans ses multiples pensées, pour y voir plus clair. Hermelinda ne plaisantait pas sur les menaces, la lettre faisait froid dans le dos. Elle la lisait et la relisait sans s'arrêter, mais quelque chose lui échappait. Fatiguée, elle remit la lettre dans l'enveloppe et la rangea dans son sac, se disant qu'elle demanderait à l'envoyé des Alvarado plus d'informations.

Elle releva la tête, et elle se rendit compte que la nuit était presque tombée, sans qu'elle ne l'ait vue arriver. Le soleil avait complètement disparu, mais le désert était encore légèrement éclairé par ses dernières lueurs. La jeune fille porta son attention sur la route, et laissa son esprit vagabonder en attendant la moto.

Un bruit de moteur lointain la tira de ses réflexions. Elle s'était laissé plonger dans un état somnolent, car l'envoyé des Alvarado tardait à venir, et après s'être préparée à son arrivée, elle s'était assise et n'avait plus bougé. Ses yeux aiguisés traversèrent l'obscurité pour distinguer à quelques centaines de mètres une moto qui semblait correspondre à la description d'Agacia. La jeune fille ne bougea pas, attendit que le véhicule se rapproche, puis lorsqu'elle eut confirmation, elle se leva. Elle savait bien qu'il ne la verrait pas dans l'obscurité et elle n'avait pas le temps de chercher une lampe. Alors elle dégaina le pistolet qui pendait à sa ceinture et tira un coup en l'air. La détonation fit presque sursauter le conducteur, et les étincelles de l'explosion attirèrent son regard. Athalia l'attendit, sans bouger, le pistolet toujours au poing, pendant que le motard ralentissait jusqu'à s'arrêter derrière un buisson et descendait.

Tandis qu'il escaladait la petite dune sur laquelle se trouvait la jeune fille, il lui lança :

– Le coup de feu aurait pu être évité, il a dû se faire entendre et voir à des kilomètres à la ronde, pour peu que quelqu'un nous ait suivi… Tu ne prends donc jamais de précautions ?

– Quand on sait se servir de ses yeux et qu'on sait observer, les précautions sont juste une perte de temps.

Alors que l'homme atteignait le sommet de la butte, Athalia reconnut son visage aussitôt, et le salua en soupirant.

– Carlos Garcia, quel plaisir.

– Athalia Figueroa, dit-il en inclinant la tête avec un sourire qui n'était ni chaleureux ni froid, mais plutôt un mélange des deux. Alors, les De la Vega veulent nous délivrer un message ?
– À Agacia plus précisément, mais je suppose que tu connais toute l'histoire.
– Je t'écoute.
– En fait c'est une lettre.
Il tendit la main, attendant qu'elle la lui donne. Elle sortit de son sac une enveloppe fermée qu'elle lui tendit.
– Je te remercie.
Il ne perdit pas plus de temps et commença à redescendre.
– Attends un peu, le rappela la jeune fille.
Tandis qu'il se tournait vers elle, perplexe, elle reprit :
– J'aurais une ou deux questions sur toute cette histoire.
– Pourquoi ça t'intéresse ?
– J'ai une mission, que je remplirai quoi qu'il arrive. Mais le manque d'informations ne m'aide pas.
– Je ne prendrai pas le risque de tout te révéler. Moins tu en sais, moins tu pourras en dire si les De la Vega décident de te torturer.
Athalia repensa à tous les objets terrifiants qui emplissaient la salle devant sa cellule. Elle ne doutait pas de la véracité des propos de Carlos. Celui-ci comprit, au visage de la jeune fille, que les De la Vega ne l'avaient pas simplement arrêtée dans la rue pour lui remettre une lettre. Son regard descendit vers son épaule encore un peu sanglante, qui confirma ses pensées
– Mais tu vas quand même répondre à mes questions.
– Ne prends pas cet air si sûr, Figueroa.
La jeune fille sortit de la poche de son jean arrière un morceau de papier froissé, qui s'avérait être la lettre. Le sourire de Carlos

disparut aussitôt, et son regard se baissa sur l'enveloppe qu'il tenait. Il la déchira. Elle était vide.

– Et moi je t'assure que tu vas y répondre, reprit Athalia.

La jeune fille avait demandé une enveloppe à Diego avant de partir, anticipant cette situation.

– C'est bien téméraire et imprudent de ta part d'avoir lu cette lettre.

– Que veux-tu, je ne fais pas ce métier pour rien.

– Alors, qu'est-ce que tu veux ?

Elle lui tendit la lettre pour qu'il la lise, et lorsqu'il leva sa main pour l'attraper, elle recula aussitôt.

– Oh oh oh, doucement. Je ne vais pas te céder mon seul moyen de pression comme ça.

Elle tint la lettre bien droite devant elle, et attendit que l'homme ait fini de lire les quelques lignes. Son visage pâlissait au fur et à mesure que ses yeux descendaient. À la fin, il se redressa, passa une main nerveuse dans ses cheveux et grommela. Il demanda alors à Athalia :

– C'est toi qui lui as dit que nous recherchions un gamin ?

– Disons que j'ai appris des choses pendant mon séjour à Santa María, et lorsqu'elle m'a demandé pourquoi votre clan m'envoyait, c'est la première chose qui me soit venue à l'esprit.

Elle craignait, sans le montrer bien entendu, d'avoir fait une erreur. Son but n'était pas d'être renvoyée de sa mission, ou pire, d'avoir des comptes à rendre aux deux clans les plus puissants du désert de Sonora.

– Tu as bien fait, commença Carlos, au grand soulagement de la jeune fille, très bien fait même. J'avoue que je suis assez surpris de lire cette lettre. En fait, ce n'est pas le bon mot, il n'est pas assez fort. Mais, même si je ne sais pas pourquoi tu as eu l'idée de parler du gamin ni comment tu as découvert son existence, Agacia te remercierait à ma place. Elle sera furieuse d'apprendre ce qu'il y a dans cette lettre, mais sûrement moins que si elle ne l'avait jamais su.

– Tu peux m'éclairer ?

Comme pour le motiver à parler, elle agita la lettre sous ses yeux, lui rappelant, qui en ce moment même, était en sa possession.

– Nous pensions que ce gamin était mort, il y a des années. À sa naissance en fait.

– C'est un garçon ?

– Oui.

– Et c'est le fils d'Enrique, n'est-ce pas ?

– Ton sens de la déduction ne cessera pas de m'étonner, dit-il avec un sourire. C'est bien son fils en effet.

–Hermelinda dit qu'elle sait pourquoi vous ne le recherchez que maintenant. Qu'est-ce qu'il se passe ? Quelle est la raison ?

– Eh bien, sachant qu'on pensait le gosse mort, et que nous ne l'avons donc recherché d'aucune manière, je n'en ai aucune idée. Je pense que seule Agacia comprendra.

Il releva la tête, un regard impatient vers la jeune fille.

– Maintenant j'aimerais que tu me donnes cette lettre.

– Une dernière question. Quel est le lien entre Enrique et son fils, avec les Alvarado ?

– C'est la question à laquelle je ne peux pas répondre. N'insiste pas, ça ne servira à rien.

Sachant qu'il ne céderait pas, la jeune fille lui tendit, après un long moment d'hésitation, la lettre froissée. Elle s'apprêta à faire demi–tour mais Carlos sortit quelque chose de sa poche. Les yeux d'Athalia pétillèrent aussitôt lorsqu'elle reconnut quelques billets.

– Agacia m'avait donné quelques pesos au cas où il faudrait te récompenser pour quelque chose. Je pense que tu les mérites tous. Et tu pourrais en avoir besoin pour la suite de ton boulot.

Il lui tendit les billets et la jeune fille s'en empara avant de les fourrer dans sa poche.

– Ne fais rien tant que nous ne t'avons pas appelée pour te dicter la suite des ordres. Guette ton téléphone demain matin, ne nous fais pas attendre.

Elle le regarda ensuite repartir vers sa moto, qui démarra et fila vers San Pedro.

Athalia se laissa tomber sur le sol, réfléchissant à ce qu'elle pourrait bien faire en attendant. Elle sentait qu'une nouvelle nuit dans le désert allait s'imposer à elle. Mais elle ne comptait pas dormir tout de suite, la sieste imposée par Diego l'avait bien reposée et elle n'arriverait pas à trouver le sommeil tout de suite.

Elle prit son téléphone qui venait de vibrer sur le sol, lut le numéro d'Ed, et décrocha.

– Si c'est encore pour prendre de mes nouvelles, il ne s'est rien passé depuis tout à l'heure.

– J'espère bien, dit-il. Mais ce n'est pas vraiment la raison de mon appel.

Elle lui demanda de s'expliquer.

– Je t'avais déjà dit que les De la Vega m'avaient promis une grosse somme pour cette mission, commença-t-il d'une voix enjouée. Et bien ils viennent presque de la doubler ! Si j'y parviens, et que tu remplis toi aussi ta mission, on n'aura presque plus besoin de travailler pendant au moins…

Il sembla faire un rapide calcul.

– Au moins trois semaines !

Athalia ne répondit pas, confuse. Elle ne partageait pas du tout la joie d'Eduardo face à cette bonne nouvelle. Elle ne laissa rien paraître dans sa voix qui puisse alerter le garçon et tenta de prendre une intonation aussi joyeuse que possible.

– C'est super, Ed. Fais quand même attention à toi, ils n'ont pas augmenté la prime sans raison.

– Je sais, mais je pense qu'ils veulent surtout que je me dépêche de finir ma mission. Ça va être dur, mais je vais essayer d'accélérer un peu le rythme.

Ils raccrochèrent quelques instants après, et la jeune mercenaire soupira. Si les De la Vega avaient augmenté la somme si soudainement, après qu'ils aient capturé la mercenaire, ce n'était pas sans raison. Les plus grandes puissances du désert voulaient toutes les deux prendre de l'avance, trouver quelque chose, quelqu'un, avant l'autre. La jeune fille ignorait encore pourquoi, mais elle espérait le découvrir bientôt, et mettre fin à cette histoire.

Elle se demandait aussi pourquoi les De la Vega avaient avoué aux Alvarado qu'ils n'avaient pas l'enfant. Pensaient-ils qu'Agacia n'avait aucune chance de le trouver ? Non, ils ne prendraient pas ce genre de risque. À la réflexion, la jeune fille se dit que c'était peut-être le contraire : en faisant surveiller les mercenaires envoyés par les Alvarado, Hermelinda espérait gagner du temps dans ses recherches. Athalia était sûrement épiée depuis son arrivée, au cas où elle découvrirait un indice.

La question de l'argent revint à ses pensées. Ed avait raison : les deux missions réunies leur rapporteraient assez pour de longs jours. Malheureusement, elle doutait qu'ils puissent réussir tous les deux. Ils cherchaient la même chose, au service de deux clans ennemis.

Chapitre 10

– Ça fera 10 pesos.

Athalia sortit de sa poche quelques pièces qu'elle donna au marchand avant de prendre une pomme qu'elle croqua à pleines dents. Elle remonta la bretelle de son débardeur d'un geste machinal, tout en continuant sa route. Elle vérifia, comme elle le faisait régulièrement, que la veste qui était attachée autour de sa taille dissimulait bien les armes accrochées à sa ceinture. La nuit dans le désert l'avait bien reposée, et après avoir mangé son fruit préféré, elle se sentait prête à continuer son enquête. Cependant, elle voulait éviter de rentrer trop dans l'action : son épaule avait commencé à guérir, elle cicatrisait vite et supportait bien la douleur, mais elle ne voulait pas avoir à se battre, elle était trop affaiblie pour ça.

Le matin, à l'aube comme prévu, Carlos l'avait rappelée. Agacia avait donné comme consigne de ne tuer Enrique qu'après qu'il ait révélé où se trouvait l'enfant.

Il fallait qu'elle redouble de prudence, car elle savait que les De la Vega rôdaient à chaque coin de rue. Elle enfila sa veste et mit sa capuche, malgré la chaleur, pour couvrir au moins ses cheveux.

Elle observait attentivement les gens autour d'elle en scrutant leurs moindres gestes et regards, prête à déguerpir au premier bruit suspect.

Soudain, un mouvement plus loin vers sa gauche attira son attention. Une silhouette en noir venait de tourner dans une rue. La jeune fille sentit son sang se glacer, et sans réfléchir elle tourna les talons et partit d'un pas rapide. Elle sentait une boule se former au creux de son ventre. Les derniers hommes habillés de cette façon ne faisaient pas partie de son plus beau souvenir. Après avoir tourné au moins trois fois dans des allées différentes, elle s'arrêta pour reprendre ses esprits. Peut-être n'était-ce que son imagination. L'image de la silhouette lui traversa l'esprit. Elle ne l'avait pas bien aperçue, juste le pan de veste qui dépassait et sa botte, noire et… rouge.

Le mercenaire.

Elle ne perdit pas de temps, fit aussitôt demi-tour, et ses jambes s'élancèrent dans une course effrénée. Cette fois, pas de doute, il devait encore être en train de l'observer. Peut-être la suivait-il. Dans quel but ? Par qui était-il envoyé ? Sûrement les De la Vega. Ed lui avait dit que le clan de Santa María avait engagé beaucoup de mercenaires pour retrouver l'enfant. Mais peut-être celui-ci était-il envoyé pour la tuer, elle. Pour l'empêcher d'accomplir sa mission.

Puis, elle se rappela l'avoir vu observer Hermelinda et sa garde rapprochée, devant le pub. Il semblait se cacher, se fondre dans la masse pour ne pas être repéré, il agissait comme la jeune fille. Il devait sûrement chercher à avoir des renseignements sur eux, ou à les suivre. Auquel cas il travaillait plus probablement pour les Alvarado. Mais alors, ils recherchaient la même chose, et seul le plus rapide toucherait la récompense.

Dans un cas comme dans l'autre, elle devait se débarrasser de lui. Cette fois, elle était bien décidée à ne pas le laisser s'échapper. Sa détermination lui donna plus de force et elle accéléra encore.

Elle le rattrapa bientôt, et dès qu'il l'aperçut, il déguerpit. Elle le poursuivit, en courant le plus vite qu'elle pouvait. Il arriva à un croisement, et pendant une microseconde, il hésita, comme perdu, puis finalement tourna vers la droite. Ç'avait beau être quasi imperceptible, le fait qu'il ait hésité avait frappé Athalia. Ses réflexions étaient confirmées : il n'était pas d'ici. Sinon, il connaîtrait assez bien les rues pour savoir exactement où aller.

Elle tourna également, et dut ralentir pour ne pas tomber dans le virage. Elle reprit difficilement son élan, et continua sa course. Elle commençait à fatiguer, car elle avait beau être rapide, il était très entraîné et bien plus costaud qu'elle. Il avait sûrement plus d'endurance, et ça allait tourner à son avantage. De plus, la jeune fille n'était pas encore vraiment remise de son expérience chez les De la Vega, et même si la douleur à son épaule était supportable, une décharge lui traversait le corps à chaque fois qu'elle prenait un virage.

Elle vit le mercenaire continuer sa course, sans s'arrêter, et elle sut qu'elle devait agir. Instinctivement, elle prit la ruelle à sa gauche, et même si elle continuait à courir, elle s'autorisa un rythme plus calme. Elle ne savait pas vraiment ce qu'elle faisait, mais ces rues lui semblaient familières, peut-être y était-elle déjà passée, et elle avait l'impression que c'était la meilleure chose à faire. Elle accéléra de nouveau, tourna à droite, puis tourna encore une fois… et elle se retrouva nez à nez avec le mercenaire qui s'était arrêté, pensant l'avoir semée.

Elle ne lui laissa pas le temps de réagir. Sa jambe décolla et vint frapper la mâchoire du mercenaire, qui s'effondra. Il voulut se relever mais la jeune fille le retourna sur le ventre d'un coup de pied, lui plaqua les mains dans le dos, et dégaina la lame qui pendait à sa ceinture pour venir lui appuyer sur le cou.

Il se débattit un moment, mais lorsqu'il sentit la lame contre sa peau, il s'immobilisa, un air méprisant sur le visage.

– Tu veux quoi ? lui cracha-t-il.
– Qui t'a envoyé ?
– C'est pas tes affaires ! Dégage !
– Qui t'a envoyé ? répéta-t-elle en hurlant, et en le secouant.

Il n'eut le choix que de répondre, voyant bien qu'elle ne rigolait pas.

– Les López.

Elle en avait vaguement entendu parler, mais elle n'aurait su dire d'où.

– T'es de quelle ville ?
– Santa Gabriela. Laisse-moi partir !
– Dis-moi d'abord quelle est ta mission.

Elle n'eut pas de réponse, et à peine eut-elle fini sa phrase qu'elle reçut un coup dans les côtes. Elle tomba sur le côté, le souffle coupé. La tête lui tournait un peu, et elle dut fermer les yeux et inspirer plusieurs fois avant de retrouver ses esprits. Elle leva la tête, et aperçut le mercenaire disparaître au coin de la rue.

Il avait profité de son interrogatoire pour lui faire desserrer petit à petit son étreinte, et pour se préparer à s'échapper. Pas de doute, il était très fort.

Athalia cria en tapant du poing sur le sol, pour calmer sa rage. Puis, sachant que rester assise ne l'aiderait pas à réduire sa colère, elle se leva, et se dirigea au pas de course vers le garage. Sur le chemin, elle appela les Alvarado. Agacia répondit, et elle comprit tout de suite, au son de la respiration saccadée de la jeune mercenaire, que c'était important.

– Que se passe-t-il ?

– Je ne suis sûre de rien, commença Athalia entre deux respirations, mais je crois qu'un autre clan a envoyé un mercenaire pour quelque chose en rapport avec ma mission.

Agacia ne répondit pas, et Athalia devina qu'elle devait soit être en train de réfléchir, soit de chuchoter des ordres aux autres membres du clan.

– De qui s'agit-il ?

– Les López.

Un nouveau silence se fit.

– Raconte-moi tout.

Elle n'avait pas grand-chose à dire, mais elle lui décrivit dans les moindres détails où elle l'avait croisé, à plusieurs reprises, sa façon de l'observer, et de fuir lorsqu'elle le voyait.

– Je crois savoir ce qu'ils veulent… commença Agacia.

– Quoi donc ?

– Ils doivent avoir des espions à Santa María, et ils ont sûrement deviné que quelque chose se tramait. Ce n'est pas un clan très important, il n'est pas le plus riche de Santa Gabriela, mais il est perfide et il cherche depuis de nombreuses années un moyen de nous faire tomber de notre trône. Yolanda a sûrement compris qu'une histoire secrète nous reliait aux De la Vega.

– C'est une femme ?

– Ce sont presque toujours les femmes qui dirigent les clans, répliqua-t-elle comme si ça semblait évident, elles ont moins de pitié, sont plus réfléchies et pratiques, et elles n'ont pas peur de prendre des initiatives. Yolanda en particulier, elle va toujours mettre son nez là où ça ne la regarde pas.

Elle avait dit cela d'un ton méprisant.

– Si elle découvre ce qu'il se passe, ce sera un bon moyen pour elle de nous faire du chantage, et de prendre de l'avance.

– Qu'est-ce que je dois faire ?

– Occupe-toi du mercenaire. Élimine-le. Il te suit probablement, il a dû comprendre que tu étais impliquée, et il espère en savoir plus. Tu n'auras pas à te préoccuper des López, leur but n'est pas de te faire du mal, et je vais m'occuper de leur faire arrêter leurs recherches. Mais si le mercenaire connaît l'existence de l'enfant, il pourrait vendre ses infos à n'importe qui. Débarrasse-toi de lui au plus vite.

Athalia ne s'était pas souvent confrontée à un autre mercenaire. Elle devrait penser à ne pas le sous-estimer, surtout qu'il ne paraissait pas débutant. Elle arriva devant le garage, et tandis qu'elle levait le volet métallique, elle demanda :

– Comment allez-vous faire taire les López ?

– Je ne vois pas en quoi ça te regarde. Tue le mercenaire, et on n'en parle plus.

Athalia ne répliqua pas au ton autoritaire d'Agacia. Elle se demanda cependant si les Alvarado avaient un moyen de pression sur eux, ou s'ils comptaient leur montrer leur puissance. Un petit clan comme les López ne pourrait rien face à eux.

Elle monta sur le scooter, prit son sac en enlevant ce dont elle n'aurait pas besoin, et sans plus attendre elle démarra. Elle roulait le plus vite possible, jusqu'à sortir des remparts de Santa María.

Elle ne saurait dire vraiment pourquoi, mais elle avait hâte d'en finir avec le mercenaire. Non pas qu'elle fût impatiente de se retrouver face à lui, et de devoir se battre, mais elle voulait mettre de côté cette histoire. Son enquête sur Enrique et l'enfant devait être sa priorité, elle ne pouvait pas se permettre de perdre du temps à chaque fois que quelqu'un s'interposait entre elle et la récompense.

Ses questions sur son enquête refirent surface, et elle les chassa. Elle devait séparer les deux affaires. Pour l'instant, la seule importante était de se débarrasser du mercenaire. Elle devait se concentrer dessus, uniquement dessus, et oublier tout le reste.

Athalia n'était jamais allée à Santa Gabriela, et ne connaissait pas la route. Mais le village était très proche de Santa María, la route ne serait pas longue. Elle leva la tête vers le soleil. Il était haut, au milieu du ciel, et brillait de son éclatante lumière. Il devait être midi, peut-être un peu plus, et son estomac commençait à grogner sévèrement. Comme elle préférait éviter de devoir manger à Santa Gabriela, qui lui était totalement inconnue, elle descendit du scooter, attrapa une miche de pain, et décida de repartir aussitôt et de la manger sur la route. Elle savait qu'elle ferait mieux d'avoir le ventre bien plein, mais elle n'avait presque plus de provisions et elle préférait économiser.

Elle pourrait toujours trouver une épicerie, lorsqu'elle arriverait à destination, pour refaire le plein.

La chaleur devenait étouffante. Il faisait lourd, plus que les autres jours, et elle était en plein désert, avec les rayons qui lui tapaient sur la tête. Elle avait décidé d'enlever son casque, car elle avait trop chaud, mais finalement elle ne savait pas quelle option était la meilleure. Le fin débardeur qu'elle portait laissait ses épaules nues exposées à l'air, et lui offrait un léger rafraîchissement. Mais pour son pantalon et ses bottes, elle ne pouvait pas faire grand-chose. De toute façon, elle préférait les garder, ils protégeaient sa peau du sable brûlant qui giclait au contact des roues.

Lasse, elle poursuivit sa route. Son regard vagabondait autour d'elle, pour admirer les dunes surmontées des grands cactus arborescents, des arbustes et des rochers.

Elle s'arrêta une nouvelle fois, et s'assit sous un petit amas de rochers et de sable, à l'abri du soleil, pour laisser reposer ses jambes et ses bras. Elle se laissa tomber sur le sol du désert, et resta ainsi étendue plusieurs longues minutes. Le vent se mêlait à son souffle régulier. Il emportait des grains de sable qui se déposaient sur tout son corps.

Le trajet n'était pas très long, pourtant elle se sentait fatiguée. Vraiment fatiguée. Mais de quoi ? Elle avait bien dormi la nuit passée. C'était peut-être de l'anxiété. D'aller dans ce village complètement inconnu, encore plus que Santa María. De devoir suspendre son importante mission pour poursuivre un mercenaire. Elle devait le tuer le plus rapidement possible.

Le tuer. Elle ne prenait conscience de ce mot que maintenant. Cela ne la dérangeait pas, du moins pour l'instant. Et elle savait très bien qu'elle devrait tuer Enrique. Mais son enquête semblait tellement longue qu'elle n'avait même pas encore pensé à leur face à face, lorsqu'elle lui donnerait la mort. Alors que ce mercenaire était bien plus près, à portée de sa lame, de son revolver. Il fallait juste qu'elle le retrouve. Et elle en aurait terminé.

Athalia se releva, agacée de se sentir si faible. Elle savait bien qu'elle appréhendait de le tuer, et elle n'aimait pas ça. Elle ne devrait même pas hésiter. Elle était impatiente d'en finir avec lui, mais pas seulement. Elle voulait aussi ressentir ce que ça faisait de voir quelqu'un mourir de ses propres mains. Mais elle avait peur de ne pas y arriver le moment venu, et elle s'énervait rien qu'à cette idée.

Elle remonta sur le scooter et démarra. Elle sentait qu'elle se rapprochait de Santa Gabriela, et elle guettait tout ce qui l'entourait. Les mercenaires étaient du genre à vous poignarder dans le dos, elle était bien placée pour le savoir et ne voulait pas tomber dans une embuscade. Alors, les sens en alerte, elle accéléra et poursuivit sa route, sous la chaleur étouffante du désert de Sonora.

Chapitre 11

L'arche à l'entrée de Santa Gabriela était tout aussi grande que celles de San Pedro et de Santa María. Les briques n'étaient pas tout à fait de la même couleur, car elles n'étaient pas exposées de la même façon au soleil. Athalia passa doucement dessous, la tête levée pour regarder ce qui l'entourait. Le village de Santa Gabriela était à l'évidence moins peuplé que les deux villages voisins, on pouvait s'en rendre compte à peine les remparts franchis. Les habitants avaient l'air modestes mais mieux nourris, du moins ceux qu'on voyait à l'entrée du village. Elle avança prudemment, dévisagée par certains marchands qui ne la connaissaient pas, et elle détourna le regard pour le fixer droit devant elle, et se fondre dans la masse. Elle devait trouver un endroit où garer son scooter. Elle arpenta les rues pendant quelques minutes jusqu'à trouver un garage. La jeune fille salua l'homme qui se trouvait à son entrée, discuta avec lui, puis finalement il lui prit son véhicule ainsi que son casque et partit les ranger. Ça allait lui coûter cher, mais elle ne comptait pas rester longtemps.

Athalia foulait le sol dur, tout en croquant dans une pomme qu'elle venait d'acheter. Elle avait posé au garage la couverture, son sweat et les deux ou trois outils dont elle ne pensait pas avoir besoin, ainsi que des provisions. Il restait dans son sac à dos de quoi manger la journée. Elle avait remis sa veste en cuir, et ainsi vêtue entièrement de noir elle était presque invisible. Elle avait cependant rassemblé ses cheveux en un chignon haut d'où s'échappaient des mèches rebelles pour laisser son cou profiter des maigres souffles de vent.

Elle observait avec intérêt et une pointe de curiosité les villageois autour d'elle, détaillait leur visage et leurs gestes. Encore un village inconnu. Décidément, cette enquête était source de découvertes. Un peu trop au goût de la jeune mercenaire.

Elle ne perdit pas de vue l'objectif principal de sa venue et se plongea dans ses réflexions. Le mercenaire qu'elle recherchait ne s'attendait peut-être pas à ce qu'elle l'ait suivi et qu'elle le retrouve. Il ne serait pas sur ses gardes. Enfin, pas plus qu'un mercenaire devait l'être. Mais il était chez lui, et elle était sûre qu'il connaissait chaque coin du village, elle n'aurait aucune chance lors d'une poursuite, ou très peu. Elle devait le surprendre. Restait à le trouver. Elle avait quelques avantages, et elle irait beaucoup plus vite que pour chercher Enrique dans Santa María.

D'une part, le village de Santa Gabriela était plus petit, il y avait moins d'habitants, et les López ne cherchaient pas à l'arrêter à tout prix. Avec un peu de chance, le mercenaire ne leur avait même pas parlé d'elle. D'autre part, alors qu'elle ignorait tout d'Enrique, de ses intentions et de ses habitudes, elle savait exactement comment se comportait un mercenaire. Son instinct de survie, ses réflexions, ses endroits préférés. Tout le monde était différent, certes. Mais confrontés aux dangers du même métier, des personnes différentes venaient à se ressembler étrangement.

Elle dévia donc sa trajectoire pour s'aventurer dans un dédale de petites rues sombres. Quelques cartons et déchets s'empilaient au coin des murs. Elle arpenta ainsi les ruelles, et tenta de ne pas se perdre dans ce labyrinthe, car même si son sens de l'orientation ne la trompait presque jamais, elle préférait rester sur ses gardes.

Voilà quelques bonnes minutes qu'elle marchait, et elle n'avait rien trouvé. Elle craignait d'être épiée en permanence, aussi ne pouvait-elle s'empêcher de jeter des regards furtifs de droite à gauche, et au-dessus d'elle. Mais elle savait que si on la suivait réellement, à part se tenir prête à esquiver une attaque, elle ne pouvait pas faire grand-chose de plus.

Elle retourna sur une rue plus animée, qu'elle suivit un moment, avant de bifurquer à nouveau dans un autre enchevêtrement de ruelles, et elle commença son inspection.

Elle sursauta et se retourna. Rien dans les parages. Elle n'avait rien entendu, mais quelque chose l'avait interpellée. Elle plissa les yeux et scruta les alentours. Elle dut finalement admettre que c'était une hallucination, et continua sa route.

Quelques pas plus loin, elle eut de nouveau l'étrange impression d'être épiée. Elle avait comme un sixième sens, qui la mettait mal à l'aise lorsque quelqu'un la fixait ou la suivait. Mais elle ne voyait toujours rien. Angoissée, elle rapprocha sa main du pistolet qui pendait à sa ceinture, et accéléra le pas, sans cesser ses observations.

Son cœur fit un bond dans sa poitrine lorsque sa poche vibra. Elle ferma les yeux et se calma. Elle sortit son téléphone en jurant, et l'alluma. Elle dut le dépoussiérer du coin de sa manche, puis répondit à Eduardo qui lui demandait des nouvelles. Elle lui répondit vaguement, ne voulant pas trop qu'il s'inquiète, puis elle l'éteignit et s'apprêta à le ranger, mais elle stoppa son geste. Elle déglutit doucement, et son sang se glaça. Elle avait aperçu un léger mouvement dans l'écran noir du téléphone. Elle pencha un peu plus la tête, et inclina l'appareil. Pas de doute, à quelques mètres derrière elle, perché sur le bord d'un muret, quelqu'un la suivait !

Elle rangea le téléphone dans sa poche, et ne sachant comment réagir, se remit en route, la main glissée sur son arme. Elle était presque sûre que la silhouette était celle du mercenaire. Elle poursuivit sa route, l'air de rien.

Mais même si elle marchait lentement, les yeux dans le vide, l'esprit d'Athalia fonctionnait à plein régime. Elle devait vite trouver un plan avant de se prendre une balle dans le dos. Pour l'instant, le mercenaire n'avait rien fait, alors qu'il devait la suivre depuis un moment déjà. Peut-être voulait-il juste voir ce qu'elle mijotait.

Tandis qu'elle hâtait son pas, et qu'elle zigzaguait dans les petites rues, elle eut une idée. Elle ne savait pas si ça allait marcher, mais c'était pour l'instant sa seule option.

Elle continua son chemin, en tentant de paraître le plus naturel possible. Elle voulait trouver un endroit, bien particulier, qui lui permettrait de mettre son plan à exécution. Mais comme elle ne connaissait pas Santa Gabriela, elle ne pouvait pas savoir si elle trouverait ce qu'elle recherchait. La jeune fille détestait ce sentiment d'avancer dans le noir, à tâtons dans un milieu inconnu. Surtout lorsque le prédateur qui y vivait la traquait.

Enfin elle déboucha sur une petite place ronde, complètement déserte, seulement occupée par quelques vieux cartons. Athalia avança jusqu'à la ruelle qui était en face, et elle tendit l'oreille. Le mercenaire se déplaçait sans bruit, elle devait trouver une autre méthode pour connaître sa position. Elle sortit son téléphone et l'alluma. Elle fit mine d'écrire un message, et lorsqu'elle le rangea, elle jeta furtivement un regard à travers l'écran noir. Comme elle l'espérait, le mercenaire venait de rentrer sur la place. Il restait caché derrière de petites cavités au sein des murs. Elle avança encore un peu, et lorsqu'elle devina que le mercenaire se trouvait au centre de la place, elle visualisa les deux pistolets cachés dans sa veste au niveau de ses hanches, puis, après avoir pris une profonde inspiration, elle les dégaina et fit volte-face.

Les deux balles qu'elle tira firent voler en éclat quelques petits fragments du mur derrière lequel le mercenaire était caché. Athalia courut en direction d'un gros tonneau en bois et se réfugia derrière. Elle pencha la tête sur le côté, et dut vite la rentrer lorsqu'un revolver envoya une balle droit sur elle. L'impact de la balle contre le bois résonna. La jeune fille n'attendit pas plus, et tira une nouvelle fois deux coups de feu en même temps. Ils explosèrent de nouveau contre le mur, sans grand résultat. Un silence s'installa soudain. Il semblait durer des heures, alors que quelques secondes à peine s'étaient écoulées. Il n'y avait aucun bruit, à part ceux d'un volet qu'on s'empressait de fermer, et de pas fuyant l'affrontement. Le visage d'Athalia dépassait à moitié du tonneau, pour guetter le moindre mouvement de son ennemi. Sa respiration était saccadée, son cœur battait à tout rompre. Le vent semblait s'être figé. Pas un bruit. Pas un mouvement.

Soudain, la silhouette du mercenaire jaillit de sa cachette et fila vers une des rues. Athalia tira quatre balles à la suite, qui firent voler le sable autour du fuyard. Elle se releva d'un bond, et courut après lui, le plus vite qu'elle le pouvait. Sans ralentir son rythme, elle rangea ses deux pistolets, qui risquaient de manquer de balles, et sortit celui qui pendait à sa ceinture. Elle le tint fermement dans sa main, qui ballotait au rythme de ses jambes.

Le mercenaire semblait bien connaître son chemin, car il enchaînait les virages au milieu du dédale. Athalia se rapprochait de plus en plus de lui. Il semblait ralentir progressivement, il devait commencer à fatiguer. C'était une bonne nouvelle pour la jeune fille, et elle fit un effort pour ne rien lâcher, malgré ses jambes en feu.

Le mercenaire disparut soudain au coin d'une rue. Athalia le suivit, et passa par une grande porte en bois ouverte, placée dans un haut mur. Elle arriva dans une sorte de petite place, un recoin plutôt. C'était une impasse. Les murs étaient en fait l'arrière de deux immeubles, et un autre était un muret de brique qui ne laissait pas passer les rayons du soleil et plongeait l'endroit dans l'ombre.

Athalia eut l'impression qu'on déversait dans son corps un seau d'eau glacée. Cette sensation de danger lorsqu'on se sent observée mais qu'on ne voit pas son prédateur. Le mercenaire n'était pas là. Ou en tout cas il n'y en avait aucune trace. Peut-être était-il parti en escaladant le mur ? Impossible, il était bien trop haut. Elle s'avança prudemment, le pistolet qu'elle venait de dégainer dans la main, les sens aux aguets.

Soudain, elle aperçut un petit mouvement, et à peine eut-elle le temps de se retourner qu'elle entendit un grand fracas. De surprise et de peur elle lâcha le revolver, et se précipita vers la grande porte de bois que le mercenaire venait de claquer. Elle tira de toutes ses forces sur la barre de métal qui servait de poignée sans aucun succès. Désespérée, elle se jeta contre la porte, en criant, à maintes reprises, mais rien ne céda. Elle recula de quelques pas, à bout de souffle. Mais la panique la gagna lorsqu'elle réalisa qu'elle était coincée, et elle courut vers le muret de l'autre côté. Elle sauta, et retomba lourdement lorsqu'elle heurta les briques. Elle se releva et recommença, puis encore, et encore. Elle se dirigea vers les murs, pour tenter de les escalader, mais il n'y avait rien à faire. L'esprit devenu complètement embué, elle s'élança de nouveau contre le bois de plus en plus fort, frappant, hurlant, secouant la poignée. Elle entendit les pas du mercenaire, qui était encore derrière, s'éloigner, et elle dut bien se rendre à l'évidence.

Elle était prise au piège.

Chapitre 12

BAM !

Comment avait-elle pu se laisser berner ? Bien sûr, le mercenaire connaissait forcément la ville par cœur, elle aurait dû se douter de quelque chose ! C'était pour lui bien plus facile de l'enfermer et d'aller tranquillement chercher les López, plutôt que de la traîner jusqu'à chez eux.

BAM !

Elle n'avait aucun moyen de sortir de la cour. Les murs ne pouvaient pas être escaladés, la porte ne flanchait pas d'un pouce sous ses coups, et elle avait beau hurler, personne ne lui venait en aide. On ne devait sûrement pas l'entendre, ses cris étaient étouffés par les murs de pierre.

BAM !

Elle n'avait pas son téléphone. Aucun moyen d'appeler Ed, ou les Alvarado. Elle l'avait sûrement laissé tomber, sans s'en rendre compte, dans sa course.

BAM !

Et elle avait laissé sa couverture, ses vêtements de rechange, et tous les outils qui lui auraient été utiles au garage. Il ne lui restait que quelques bouts de pain et des restes de provisions. Elle ne tiendrait pas deux journées avec ça.

BAM !

Elle avait perdu. Elle avait été trop naïve. Elle s'était fait avoir par un mercenaire.

BAM !

Elle était prise au piège.

BAM ! BAM ! BAM !

Athalia laissa crouler tout son poids sur le sol, appuyée contre le mur qu'elle venait de frapper, sa colère en train de redescendre petit à petit. Autour d'elle, un léger nuage de poussière retombait au sol après avoir été soulevé sous ses pas furieux. De petites gouttes de sang coulaient le long des murs, dont le ciment et la pierre s'étaient effrités à force de coups.

La jeune fille laissa tomber sa tête en arrière, contre les briques, et quelques larmes glissèrent sur sa joue. Elle s'en voulait d'être aussi faible, mais elle avait bien compris qu'elle n'avait plus d'espoir de s'échapper. Le mercenaire était probablement parti prévenir les López qu'elle était ici. Dans un ou deux jours tout au plus, ils viendraient l'interroger. Elle serait forcée d'avouer tout ce qu'elle savait. Agacia se trompait peut-être. Ils comptaient la torturer, puis la laisser ici, morte.

Ses mains, dont les phalanges étaient recouvertes de sang, se resserrèrent sur le sable orangé, laissant du liquide rouge épais sortir d'entre ses doigts crispés. Elle était prise au piège.

Cette phrase l'obsédait. Elle la tourmentait et s'insinuait dans le moindre recoin de son esprit, tel un serpent perfide qui lui soufflait qu'elle allait mourir, sans aucune dignité, sans que personne ne le sache, sans avoir pu finir sa mission.

Ses pleurs incessants, devinrent de plus en plus forts, de plus en plus haineux, et sans qu'elle puisse la contrôler, la colère refit surface et la dévora entièrement. En quelques secondes, elle était de nouveau debout, à hurler, taper, sans s'arrêter, les larmes et le sang se mêlant en gouttes qui tombaient à flots sur le sable. Elle ne contrôlait plus rien. Cette fois, elle le savait et elle n'essayait plus de le cacher, elle avait peur. Elle avait peur, elle était en colère, et elle détestait tellement cette sensation de piège qu'elle laissait ses émotions prendre le dessus. Comme lorsqu'elle avait été faite prisonnière par les De la Vega. Sauf que dans leur cellule, elle se savait observée, elle savait également que ses paroles étaient entendues et pouvaient être prises en compte. Elle devait garder le contrôle. Là, elle était comme isolée du reste du monde, et hormis les murs personne ne pourrait l'entendre ou décider de la relâcher.

De nouveau épuisée, ses émotions s'apaisèrent d'un seul coup, et ses jambes chancelèrent sous l'effet de la fatigue. Elle retomba. Sa tête tournait, et elle la laissa se poser brutalement sur le sol. Elle était toute étourdie. Laisser libre cours à ses émotions lui donnait le tournis. Elle resta un moment allongée, le cœur battant dans ses tempes, avant de se redresser lentement et de se ressaisir.

Elle savait qu'elle ne tiendrait pas longtemps avec si peu de provisions. Les jours qui venaient promettaient d'être difficiles. Car si le mercenaire décidait de négocier avec les López, s'ils pensaient qu'elle pouvait attendre quelques jours ici, et qu'ils ne venaient pas bientôt, ils auraient une belle surprise en revenant. L'idée de se donner la mort l'avait traversée. Non pas par faiblesse, ni parce qu'elle redoutait la suite. Elle ne craignait ni la faim, ni la soif, ni la souffrance. C'était plus une question de fierté : elle ne voulait pas accepter la mort que le mercenaire lui voulait. Elle ne voulait pas être forcée à révéler des informations, et finir poignardée. Elle préférait en finir elle-même. Tout était question d'honneur et de victoire pour elle. Mais elle avait appris, suite à sa capture chez les De la Vega, et bien que les deux situations soient très différentes, que tout espoir n'était pas perdu et que la chance pouvait parfois exister. Si cette fois encore elle se montrait, Athalia ferait tout pour la saisir.

Elle se leva, fit les cent pas, et réfléchit de la manière la plus raisonnée possible. Elle disposait de quelques provisions qui lui permettraient de gagner du temps. Mais il fallait qu'elle trouve le moyen le plus rapide de s'échapper de là. Elle savait au fond d'elle que c'était impossible, bien sûr. Mais attendre sans rien faire que sa mort approche ? Elle préférait encore tenter quelque chose. N'importe quoi. Elle sortit ses armes de ses poches et les aligna devant elle. Ses trois pistolets, sa lame, ses cinq poignards, le tout petit revolver et ses lames en forme d'étoile. Elle les regarda et sourit, en repensant à la manière dont elle s'était procuré chacune d'elles, et au mal qu'elle s'était donné pour y parvenir.

Elle savait que tirer avec ses revolvers sur la serrure, ou même sur la porte ne lui serait pas d'une grande utilité. Ils n'avaient pas une très grande puissance de tir, puisqu'ils servaient uniquement à traverser la chair, et non de grosses serrures en métal qui n'avaient rien à voir avec celles d'une porte normale.

Elle gardait cette option en dernier recours, même si elle savait que ça ne servirait à rien, car si par miracle une autre solution fonctionnait pour sortir de là, elle aurait besoin de toutes les balles qui lui restaient.

Son attention se reporta sur sa lame, mais surtout sur ses nombreux couteaux. Longs ou courts, fins et tranchants ou épais et durs. Peut-être qu'elle pourrait les utiliser pour creuser la porte en bois. Elle avait peu d'espoir, celle-ci était si épaisse qu'il lui faudrait des jours et des jours, et les López pouvaient arriver d'un moment à l'autre. Dans ce cas-là, elle n'avait aucune chance. Elle partit alors du principe qu'ils ne viendraient pas. Ça lui laissait du temps pour s'échapper. Le manque de nourriture ne l'inquiétait pas, mais l'eau en revanche, c'était une autre histoire. Rien que d'y penser, la soif se faisait sentir. Elle se fit violence pour l'oublier, et essayer de résister. Ses deux petites bouteilles devraient être rationnées avec soin.

Alors, sans perdre de temps, Athalia empoigna un couteau et s'approcha de la porte. Elle testa différentes méthodes, l'empoignant à grands coups répétés, ou grattant petit à petit sa surface. Les deux méthodes ne faisaient pas vraiment de différence quant au résultat, mais comme la première, qui se révélait assez fatigante, était idéale pour calmer ses nerfs, elle décida d'alterner les deux. Elle se mit aussitôt au travail, avec toute la détermination dont elle était capable, et essaya par ce moyen de détourner son esprit qui restait focalisé sur sa fin proche.

Et c'est ainsi que sa première journée passa. Elle n'avait rien avalé, ses récentes crises de nerfs lui avaient coupé l'appétit.

Mais même si elle avait tenté d'économiser le plus d'eau possible, la moitié d'une de ses bouteilles y était déjà passée, et elle savait que le lendemain elle devrait boire encore.

Personne n'était venu. Elle ne savait pas si elle devait s'en inquiéter ou s'en réjouir.

Le ciel commençait à se couvrir de couleurs crépusculaires, le village s'assombrit, et le vent se leva. Athalia se coucha sans attendre la tombée de la nuit. Elle voulait dormir le plus vite possible, et elle savait qu'avant d'y parvenir des centaines de pensées sombres allaient l'assaillir. En effet, à peine fut-elle étendue sur le sol, qu'elle regretta de n'avoir plus son couteau à la main, de ne plus pouvoir se concentrer sur quelque chose, et d'être complètement abandonnée à son esprit tourmenté.

Le soleil venait certainement de disparaitre derrière l'horizon, car tout devint complètement noir. La jeune fille frissonna. Bien sûr, elle n'avait pas pensé à ça. Les nuits étaient extrêmement fraiches, et elle n'avait aucune couverture, ni même de vêtements chauds, hormis sa fine veste en cuir qui la protégeait du vent. Mais ce ne serait pas suffisant. Elle se roula en boule sur le sol, ramassa un peu de sable avec sa main pour couvrir ses mollets nus, exposés à l'air à cause de son pantalon déchiré en bas, et, une dernière larme coulant sur sa joue, elle resta ainsi à se pelotonner pour tenter de s'endormir dans ces piètres conditions.

Les premières lueurs de l'aube la réveillèrent. Elle se redressa lentement et étira son cou. Elle avait assez mal dormi, pour ne pas dire affreusement mal. Son premier regard se porta sur la porte : toujours verrouillée. Personne n'était venu. Cependant, elle ne s'attarda pas et attrapa son sac. Elle saisit un petit bout de pain et une bouteille d'eau, et après s'être rassasiée du mieux qu'elle pouvait se le permettre, elle attrapa son couteau et se dirigea vers la porte pour continuer son interminable travail.

Trois jours passèrent ainsi. Trois jours sans visite, sans nouvelle du mercenaire ou des López. Trois jours au bout desquels elle n'avait plus aucune provision, plus une seule goutte d'eau depuis déjà une bonne journée. Son état le laissait clairement voir. Elle ne tenait presque plus debout. Sa tête était tellement douloureuse, tellement lourde, qu'elle avait l'impression qu'elle allait exploser. Ses membres, déjà maigres, avaient encore diminué de volume, et la peau de son ventre pendait sur ses os. Son nez était rougi à cause du froid qu'elle endurait chaque nuit, et ses yeux étaient gonflés et noirs de cernes. Ses doigts, recouverts de croûtes après ses derniers coups de colère, se rouvraient sans cesse lorsqu'elle tenait trop longtemps son couteau. Des morceaux de peau s'arrachaient petit à petit au contact du manche, et parfois celui-ci lui échappait des mains lorsqu'elle tremblait trop.

Elle était toujours en vie, mais lorsqu'elle dormait, on aurait pu la confondre avec un cadavre, si sa poitrine ne s'était pas soulevée à chaque respiration.

Le poignard tomba sur le sol, bientôt suivi de la tête d'Athalia. Étourdie, incapable de se relever, elle resta étendue là, sans bouger. Son corps refusait parfois de lui obéir. Elle se demandait quand tout ça allait enfin finir. Il était clair que personne ne viendrait. Alors pourquoi avait-elle été enfermée ? Les López n'avaient peut-être plus besoin de l'interroger, et l'avaient abandonnée à son sort. Ou alors la mission de leur mercenaire était de la tuer, et il avait juste préféré la laisser croupir ici que de lui envoyer une balle dans le cœur.

Elle sentait déjà que son esprit était moins vif, qu'elle avait du mal à enchaîner plusieurs pensées, et qu'elle était presque incapable de réfléchir correctement. Elle tenta de s'appuyer sur ses mains esquintées pour se redresser, mais dut vite abandonner. Peut-être pouvait-elle rester allongée là ? Non, si elle restait ainsi, elle savait bien qu'elle ne se relèverait plus jamais. Et bien que finir son trou dans la porte semblât impossible, il était déjà bien avancé, ce serait dommage de s'arrêter maintenant.

Elle abandonna l'idée de se relever, se retourna sur le ventre pour s'appuyer sur ses coudes, et rampa tant bien que mal jusqu'à son sac. Elle le saisit d'une main tremblante et attrapa la bouteille d'eau. Elle l'ouvrit, mais soudain se rappela qu'elle n'avait plus d'eau depuis la veille.

Soif.

C'était l'unique mot qui l'obsédait. Elle avait soif, elle pourrait avaler n'importe quoi, engloutir un lac tout entier. Son corps était plus sec encore que le sable du désert.

Ses pensées divaguèrent vers des images idylliques d'oasis, de rivières ou même de grands verres d'eau avec des glaçons. Elle les voyait presque devant elle, tentait de s'en saisir, avant que tout ne disparaisse. Elle se mit à trembler encore plus, mais avant de perdre complètement la tête et de se laisser emporter dans un nouveau délire, elle revint en se traînant sur le sol jusqu'à la porte. Elle tendit son bras squelettique jusqu'à la poignée, pour essayer de la tourner, comme si miraculeusement ce geste pourrait la sortir de là, mais sachant bien qu'elle n'y arriverait pas, elle s'en servit plutôt pour s'aider, avec un effort surhumain, à redresser son dos. Elle attrapa le couteau, qui lui échappa plusieurs fois des mains avant qu'elle ne réussisse à l'empoigner correctement, et continua à gratter le bois. Les lambeaux se détachaient plus facilement, car elle était proche de l'autre façade de la porte, et le bois était abimé par l'usure. Soudain, son bras fut entraîné vers l'avant et le couteau lui échappa. Elle ne comprit pas tout de suite ce qu'il lui arrivait, mais après avoir frotté ses yeux gonflés, elle entraperçut un rayon lumineux, qui venait de la rue derrière la porte. C'était un miracle, rien d'autre. Elle tendit lentement son doigt pour effleurer le tout petit trou qu'elle venait de faire, pour s'assurer que ce n'était pas uniquement le fruit de son imagination, mais elle ne se trompait pas : elle avait bien traversé la porte. Un espoir nouveau se fraya en elle, et elle fit traîner ses jambes sur le sol pour prendre un nouveau couteau, avant de se remettre à la tâche avec un peu plus de motivation. Le trou avait la forme d'un grand entonnoir : très large de son côté, bien assez grand pour qu'elle puisse s'y glisser, mais il rapetissait jusqu'à un tout petit point de l'autre côté de la porte. Cependant, le bois était plus facile à creuser, et il n'en restait qu'une mince couche. Peut-être y avait-il un espoir finalement.

Ses doigts tremblants se mirent aussitôt à la tâche. Longtemps, très longtemps, elle continua ce qu'elle avait fait depuis quatre jours : creuser, sans s'arrêter. Des heures passèrent, du moins elle le pensait, car elle avait perdu toute notion de temps. Son trou avait bien grandi : elle arrivait à y passer un bras, peut-être même sa tête, mais ce n'était pas suffisant.

Elle aurait dû continuer, elle l'aurait voulu. Elle était si près du but. Mais son corps ne voulait plus coopérer. Même son esprit ne suivait plus, ses pensées s'embrouillaient, ses mains frappaient à côté. Quand le couteau atterrit à trente centimètres du trou, tout son espoir s'envola, et elle s'effondra.

Cette fois, elle le pensait bien, elle ne se relèverait pas. À moins qu'un élan soudain ne lui vienne en aide, mais elle ne voyait pas comment. Personne ne viendrait l'aider. Aucun miracle ne se produirait. Elle était la seule à pouvoir se sortir de là, mais elle était presque morte. Elle l'était déjà.

Ses bras incontrôlés se mirent à trembler et à se saisir du couteau, qu'elle attrapa et amena vers elle. Oui, elle allait en finir, elle ne voulait pas continuer. Il se rapprocha de sa poitrine, mais ses bras retombèrent, et le poignard lui échappa. Elle était presque incapable de le tenir. Prise de spasmes soudain, elle se retourna et vomit sur le sol un liquide blanc. Elle ne savait même pas ce qu'elle aurait pu faire sortir d'autre, à part ses organes, car son ventre était plus que vide. Sa tête retomba en arrière.

Elle en voulait au monde entier. Elle haïssait toutes ces personnes, tous ceux qu'elle avait connus, elle détestait San Pedro, elle détestait le désert, et elle détestait plus encore cette foutue prison dans laquelle elle était. Elle en voulait au mercenaire de l'avoir enfermée là, condamnée à mourir dans les pires conditions, de l'avoir vaincue. Elle en voulait aux Alvarado de lui avoir donné cette mission, pour une sale histoire de famille et un foutu gosse, à Agacia, à Carlos, à Felipe, à tous ceux qui avaient ruiné sa vie pour une vulgaire dispute entre clans. Elle en voulait à Hermelinda De la Vega de lui avoir causé tant de problèmes, de l'avoir empêchée de finir sa mission plus vite et de rentrer chez elle sans être obligée d'y laisser sa vie. Elle en voulait même à Diego, ce garçon naïf qui pensait que tout le monde était gentil et généreux, si innocent, qui ne connaissait rien à la vie. Elle en voulait affreusement à Enrique, sans qui rien ne serait arrivé, sans qui elle ne serait pas là, qui aurait pu juste se laisser attraper et régler ses problèmes avec les deux clans. Elle en voulait à ce gosse, qu'elle ne connaissait même pas, mais qui existait bel et bien, qui se trouvait quelque part, qui ignorait tout de ce qu'il se passait, des gens qui s'étaient blessés ou fait tuer pour le retrouver. Elle en voulait à tout le monde, même au marchand de pommes de San Pedro d'être si ignorants ; elle leur en voulait de vivre sans jamais savoir ce que voulait dire le mot souffrir. À tous ceux qui se plaignent pour un rien. Elle en voulait au monde entier, sauf peut-être à Eduardo. Mais plus que tout, elle s'en voulait à elle-même. Elle se haïssait. Pour avoir été aussi faible, aussi naïve, pour mourir sans aucun honneur, pour s'être fait avoir. Elle n'avait même plus la force d'en finir, de se planter un couteau dans le cœur, elle était même trop faible pour garder sa fierté et l'emporter avec elle dans sa tombe. Elle ne pourrait plus nourrir Eduardo, peut-être un jour lui aussi allait-il mourir de faim.

Ce n'était plus de la colère qu'elle ressentait, en ses derniers instants de vie. C'était de la rage, de la vraie rage. Une rage qui grandissait à chaque seconde, comme elle n'en avait jamais ressentie. Elle puisa dans cette colère, comme elle le faisait si souvent. Mais cette fois, elle réussit à prendre assez de force, d'énergie pour se redresser, attraper le poignard qui gisait à côté d'elle. Elle le leva et asséna un coup violent dans la porte de bois en face d'elle. Elle tomba à la renverse, sa tête lui tournait, elle ne voyait plus rien. Des acouphènes terribles lui vrillaient les tympans, elle n'entendait plus, à part son cœur qui battait très faiblement. Mais sa colère était toujours présente, et attendait d'être déversée. Elle se releva et frappa de nouveau, laissant son bras filer au hasard sur la porte, faisant voler des éclats de bois. Elle recommença, encore et encore, en hurlant à pleins poumons. Elle ne voyait rien, elle ne sentait rien, elle n'était presque plus présente. Mais son bras continuait de frapper, sans relâche, la rage ne s'apaisait jamais.

Jusqu'à ce qu'elle retombe, sans prévenir, avec son bras et le couteau que sa main ensanglantée laissa échapper sur le sol. Et alors qu'elle pensait qu'elle allait définitivement tomber, et s'endormir dans un sommeil sans fin, elle fit un effort et fixa son regard devant elle.

Les dernières miettes de bois qu'elle avait arrachées finissaient de se détacher et de tomber, dégageant un trou assez grand pour qu'elle se faufile à l'extérieur.

Chapitre 13

Elle n'en croyait pas ses yeux. Là, juste devant elle, une échappatoire. Elle prit sur elle pour ne pas tomber, et se traîna avec une telle hâte que ses jambes trébuchèrent un bon nombre de fois jusqu'à son sac, où elle rangea en vrac ses armes et ses deux bouteilles vides. Elle revint vers le trou, fit passer son sac au travers, se défit de sa veste qu'elle passa à son tour, et s'avança. Elle avait tellement maigri que, même si le trou était très petit, elle était presque sûre de passer, si elle forçait un peu. Elle passa un bras, sa tête, se tortilla dans tous les sens, ramena son deuxième bras, et elle s'appuya sur la porte pour pousser ses jambes hors de sa prison. À force de pousser, de se tordre, et de faillir se casser un os au moins trois fois, elle tomba lourdement sur le sol. Elle était dehors. Elle était libre !

Elle était libre. Libre, affamée, faible, vulnérable, sans défense, exténuée, et plus que déshydratée. Et elle devait trouver une solution, vite. Elle ramassa le couteau qui était tombé à l'extérieur de sa cage, le fourra dans le sac, qu'elle attrapa d'une main. Avec l'autre, qui était la moins meurtrie, elle prit appui sur le sol pour ramper, avec l'aide de ses jambes. Il fallait le dire, elle allait à la vitesse d'un escargot. Et sa tête qui tournait, ainsi que sa vue qui recommençait sérieusement à défaillir, ne l'aidaient pas à avancer. Il lui fallait de l'eau, beaucoup d'eau, et ensuite il lui faudrait trouver de quoi manger.

Personne ne lui viendrait en aide dans l'état où elle était, et de toute façon c'était peu probable que quelqu'un l'entende. Il fallait qu'elle se débrouille pour trouver quelque chose. Elle n'avait rien pour acheter une bouteille d'eau, et c'était bien trop dur de voler dans les petites épiceries. De toute façon, elle n'aurait pas la force de s'y traîner.

Elle rampa sans s'arrêter, même si l'effort lui semblait inhumain, et faillit abandonner plusieurs fois. La colère qui l'avait envahie quelques minutes auparavant et sa détermination nouvelle de survivre lui redonnaient le peu de force dont elle avait besoin pour avancer. Mais dès qu'elle s'arrêtait, elle sentait ses yeux se fermer, sa tête retomber. Des sons étranges résonnaient dans sa tête, ses pensées étaient toutes désordonnées. Il ne fallait surtout pas qu'elle s'arrête. Elle réussit à se traîner jusqu'à une nouvelle rue, plus grande. Et là, elle aperçut enfin ce qui allait lui sauver la vie : un vieux tonneau en plastique bleu, qui devait sûrement contenir de l'eau. Une lueur brilla dans ses yeux vides et elle redoubla ses efforts. Sans savoir vraiment comment elle avait fait pour venir jusque-là, elle leva ses bras pour prendre appui sur le bord du tonneau. Son élan s'arrêta lorsque ses bras refusèrent de la soulever. Elle s'aida de ses jambes, en plia une sous son corps, puis la deuxième, et poussa de toutes ses forces pour se redresser.

Elle faillit retomber par terre de surprise lorsqu'elle aperçut un visage terrifiant au fond du tonneau. Fausse alerte, c'était son reflet. Méconnaissable. Et il faisait atrocement peur. Des cernes qui lui descendaient presque jusqu'au milieu des joues. Ses yeux étaient gonflés, vitreux et rouges. Sa peau laissait voir des plis, sous l'effet de son manque de nourriture. Elle était sèche, craquelée. On voyait presque la forme de ses os, à travers ses pommettes. Ses lèvres avaient de grosses crevasses qui laissaient s'échapper quelques gouttes de sang.

Elle ne s'attarda pas sur son visage, et sans attendre plongea la tête dans l'eau. Elle resta ainsi, le visage complètement immergé, la bouche ouverte, avalant gorgée après gorgée le liquide transparent. L'eau n'avait pas bon goût, mais en cet instant, elle se fichait pas mal de savoir combien de temps elle avait croupi ici. L'eau restait de l'eau, et son corps tout entier en réclamait. Elle s'étouffa plusieurs fois dans sa hâte, et dès qu'elle respirait de nouveau, elle recommençait à boire.

Elle ne voulait plus jamais quitter ce tonneau. Cela faisait plusieurs bonnes minutes qu'elle ne s'arrêtait pas de boire. Mais lorsqu'un mal de ventre lui vint, elle comprit qu'elle y était allée un peu trop vite. Elle se laissa retomber, sans crainte cette fois de ne plus parvenir à se relever. Son rétablissement ne se ferait pas en quelques secondes, mais son esprit était déjà moins embué et elle se sentait beaucoup mieux.

Elle attendit dans cette position un bon moment, et au fur et à mesure que ses pensées se faisaient plus claires, elle commença à réfléchir au moyen de se procurer à manger. Elle n'avait pas une pièce, et dans son état, si elle s'approchait d'un étal, les marchands la repéreraient tout de suite et la garderaient à l'œil. Elle se rappela soudain qu'elle avait laissé un petit peu de provisions au garage. Rassurée, elle se releva lentement et se repencha sur le tonneau pour boire, plus doucement cette fois. Quand elle fut sûre que son corps ne pourrait plus supporter une seule goutte d'eau, elle sortit ses bouteilles et les remplit. Puis elle se mit en route, d'un pas titubant, et essaya tant bien que mal de se souvenir de la route vers le garage.

Elle y parvint, remplit son sac de tout ce qu'elle avait enlevé et qui lui aurait été utile ces derniers jours, se promettant de ne plus jamais s'en séparer. Elle eut du mal à se contenir devant la nourriture qu'elle fourrait dans le sac, mais elle prit sur elle et repartit. Elle voulait trouver un endroit calme, reculé, et désert, où elle pourrait se reposer. Elle trouva enfin son bonheur, où personne ne risquait de venir la voir. Là, elle sortit tout son butin, dont elle ne fit qu'une bouchée. Le soir venait déjà à tomber, et ses dernières nuits n'avaient en rien été reposantes, avec la faim et la soif qui lui tenaillaient l'estomac, et surtout le froid qui l'attaquait de toute part. Elle sortit la couverture, et au moment même où elle s'enroulait dedans, elle s'endormit, dans un long sommeil sans rêves.

Lorsqu'elle se réveilla, elle vit que le soleil était déjà haut dans le ciel. Sans aucun doute, la nuit avait été réparatrice. Elle n'avait rien qui puisse le lui confirmer à proximité, mais ses cernes avaient sûrement disparu. Elle s'appuya sur ses mains pour se relever, mais renonça aussitôt dans un couinement. Elle les releva, et contempla leur état. La veille, elle les avait oubliées, car ce n'était clairement pas sa plus grande souffrance. Mais la douleur revenait, impitoyable. Ce n'était pas étonnant : le manche du couteau lui avait fait de nombreuses cloques, de la corne et des ampoules en sang, qui avaient explosé. Le froid et la déshydratation lui avaient laissé de grosses crevasses à chaque pli, et ses nombreux coups contre les murs laissaient pendre quelques lambeaux de peau. Ses mains étaient pleines de sang, séché ou encore liquide et rouge. Elle détourna le regard et se releva en s'appuyant sur ses jambes. Elle essaya d'oublier la douleur, qui se mêlait à ses courbatures, à ses crampes, pour se préparer à repartir.

Elle hésita un instant sur son prochain but : elle pouvait partir refaire ses provisions maintenant, ce qui serait plus judicieux sachant qu'elle n'avait plus rien. D'un autre côté, elle était si pressée d'en finir avec le mercenaire qu'elle voulait se mettre à sa recherche tout de suite. Si elle n'aboutissait à rien, elle pourrait toujours repartir manger plus tard.

Elle parcourut donc les petites allées de Santa Gabriela, espérant tomber par hasard sur le mercenaire. Elle connaissait à peine la ville, et n'avait aucune idée d'où il pouvait être. Elle profita néanmoins de la balade pour se dégourdir les jambes et se remuscler un petit peu. Ses mains lui faisaient toujours atrocement mal, mais elle avait réussi à déchirer l'un de ses vêtements et à s'en servir comme bandages.

Elle fit une petite pause pour se désaltérer, puis, avant de repartir, elle réfléchit un instant. Elle aussi était une mercenaire, elle devrait être capable de savoir où il irait. Mais il y avait beaucoup trop de possibilités. Soudain, une idée lui vint. Si elle était à sa place, elle viendrait un jour ou l'autre vérifier qu'elle était bien morte. Longtemps après, pour ne pas risquer de la laisser s'échapper. Car elle était sûre qu'il avait simplement voulu la tuer, il n'y avait pas d'autres solutions. Pourquoi personne n'était venu avant sinon ?

Elle se mit aussitôt en route, en hâtant le pas. Elle avait peur qu'il soit déjà passé, et qu'elle ait raté sa chance.

Pendant son chemin, ses pensées tournaient malgré elle autour des jours passés enfermée. Elle n'aimait pas se souvenir de ces moments-là, ils avaient été assez douloureux comme ça. Puis elle repensa au moment où, alors qu'elle croyait que tout était fini, elle avait réussi à se relever. Un miracle, rien de plus. Elle avait l'habitude de sentir sa colère exploser, mais elle ne pensait pas qu'un jour elle lui sauverait la vie. D'habitude, c'était plutôt l'inverse. Elle s'emportait, et pendant une mission ça pouvait devenir très, très dangereux. Mais cette fois, son dernier élan de haine lui avait procuré assez de force pour se relever et se battre jusqu'au bout. Pour la première fois de sa vie, elle était contente de s'emporter aussi facilement.

Elle arriva sur la petite place ronde qui se trouvait un petit peu avant sa prison. C'était là qu'elle avait tenté de tuer le mercenaire, et qu'il l'avait piégée. Elle allait pénétrer dans la petite rue qui menait à sa destination, quand soudain elle s'éjecta contre le mur, s'accroupit et resta terrée derrière un tonneau. Son cœur battait la chamade. Le mercenaire revenait de son inspection. Il devait être furieux de voir qu'elle s'était échappée.

Elle pencha sa tête en arrière, s'accorda quelques secondes pour reprendre son souffle. Elle eut une dernière hésitation. Fallait-il vraiment qu'elle se lance dans un combat maintenant ? Elle savait, rien qu'en regardant l'endroit où ils se trouvaient et les circonstances, qu'elle allait se livrer à un combat à mort. Et elle n'était sûrement pas en état de le vaincre. Mais, en l'observant, elle remarqua qu'un de ses bras pendait anormalement. Était-il blessé ? De plus, elle l'avait vu se déplacer, se battre. Elle avait sa chance. Il ne pourrait plus la piéger de nouveau.

Elle tapota chacune de ses poches, pour être sûre que toutes ses armes étaient bien là, elle enleva doucement les bretelles de son sac à dos et le laissa au sol, rabattit les pans de sa veste, et au moment où elle aperçut la silhouette du mercenaire marcher au centre de la place, elle bondit.

La balle qu'elle tira atterrit dans le mur de la maison d'en face, après qu'elle fut évitée par le mercenaire. Celui-ci roula sur le côté avant de se redresser, un pistolet dans la main.

Ils restèrent un moment à se fixer, l'arme pointée vers l'autre. Le mercenaire la regardait comme s'il venait de voir un fantôme. C'était peut-être ce à quoi elle ressemblait. Il suffisait de voir son corps squelettique.

Le combat repartit très vite. Athalia tirait sans s'arrêter des balles de ses deux revolvers. Une seule atteignit sa cible, et partit se loger dans les côtes de son adversaire. Elle dut se jeter à terre pour éviter un poignard lancé à toute vitesse. Ses deux armes partirent voltiger plus loin, et elle attrapa celle qui pendait à sa ceinture. Mais elle n'eut pas le temps de s'en servir qu'une nouvelle balle fusait vers elle. Elle leva sa main gauche par réflexe, et le projectile vint se loger au creux de sa main. Elle hurla de douleur et lâcha le revolver de son autre main pour compresser sa blessure. Le sang coulait à flots. Elle ne demanda pas son reste et se jeta derrière le tonneau qui lui avait déjà offert un bon abri. Elle serra les dents. Ses mains la faisaient déjà souffrir, mais maintenant la gauche était complètement hors service. Son bras tout entier était engourdi sous l'effet de la douleur et elle ne sentait même plus son autre main appuyer dessus.

Athalia pencha la tête derrière le bidon. Le mercenaire semblait chercher quelque chose et, d'un geste rageur, il laissa tomber son pistolet. Elle comprit qu'il avait épuisé toutes ses balles. Il ne semblait pas en avoir d'autres, mais il regorgeait de couteaux et de fines lames de métal. La jeune fille vit ses trois armes à feux également étalées sur le sol. Le combat au corps à corps était ouvert.

Comprenant bien qu'elle ne pourrait pas rester éternellement cachée, elle sortit et, d'un seul mouvement, elle attrapa deux lames de sa botte qu'elle lança. Le mercenaire dut se coucher pour les éviter et elle en profita pour se jeter sur lui avec la longue lame qu'elle venait de dégainer de sa ceinture. Elle allait lui porter un coup fatal, mais il réussit de justesse à la bloquer de son petit couteau, avant de la repousser en arrière. Sa main meurtrie était un réel handicap. Il eut le temps de se relever et les mercenaires enchaînèrent coups après coups, parades après parades, touchant parfois leur cible sans réussir à asséner à l'autre une blessure grave.

Le mercenaire sortit de son autre main un deuxième poignard et Athalia eut toutes les peines du monde à bloquer ses attaques avec une seule arme. Elle eut cependant confirmation qu'il était blessé, même s'il n'en souffrait pas trop : les mouvements de son bras gauches étaient bien plus lents.

N'ayant pas d'autre choix, elle s'éloigna de lui en courant. Un couteau vint lui entailler la jambe, mais la blessure était superficielle, en partie grâce au tissu de son jean qui avait amorti l'impact, alors elle arracha l'arme sans s'en soucier.

Sans réfléchir, elle dégaina le tout petit pistolet de secours de sa botte droite et tira une balle. Le mercenaire ne l'avait visiblement pas vue venir, et il la prit en plein dans le ventre. Il regardait d'un air absent le sang commencer à se répandre sur son t-shirt gris, et sans attendre, Athalia fila dans sa direction, se plaça derrière lui, et le couteau s'enfonça dans la chair tendre de son cou, dans un bruit mouillé.

Le corps du mercenaire tomba mollement au sol, et resta ainsi étendu, les yeux ouverts, un mince filet de sang s'échappant de sa bouche. Sa tête pendait anormalement en arrière, et tout son cou se teinta de rouge visqueux.

Il était mort.

Athalia resta un moment debout, pour reprendre son souffle, et savourer sa victoire. Enfin, savourer n'était pas le mot juste. Elle ne se sentait pas vraiment plus heureuse qu'avant.

Lorsque son corps retrouva un rythme normal, elle s'activa. Il ne fallait pas traîner dans le coin. Elle partit ramasser son sac, en sortit le vieux t-shirt qu'elle avait découpé pour les bandages. Elle prit un couteau et en fabriqua un nouveau pour sa main gauche, avec grande peine car celle-ci n'était plus du tout valide et ne l'aidait pas pour les tâches manuelles. Elle utilisa le reste du tissu pour essuyer le sang, le sien et celui du mercenaire, qu'elle avait sur tout le corps. Elle ramassa ensuite ses armes, qu'elle rechargea avec les munitions qui lui restaient et qu'elle rangea bien à leur place. Elle se dirigea ensuite vers le cadavre, se pencha sur lui, et commença à lui fouiller les poches. Elle retrouva avec surprise son téléphone. Elle le dépouilla également de tout ce qu'il possédait, les quelques billets froissés qu'il avait cachés dans une poche intérieure, quelques poignards qu'il n'avait pas utilisés, ou encore un petit bout de pain. Elle lui ôta ensuite sa veste, non sans difficulté car son corps lourd était dur à retourner, et ses bras pendaient comme des chiffons. Elle y parvint et bourra la veste dans son sac. Elle lui ôta également les chaussures. Tout ce qui valait un tant soit peu d'argent. Son sac était plein à craquer, mais elle réussirait bien à y glisser encore quelques provisions.

Elle allait repartir, mais son regard fut attiré par les yeux du mort. Elle voyait enfin ce que voulait vraiment dire l'expression « avoir les yeux vitreux ». Dégoûtée par ce qu'elle contemplait, elle lui referma doucement les paupières et partit sans se retourner.

Elle marcha à allure assez rapide. Contrairement à son habitude, ses pensées ne divaguèrent pas sur de multiples sujets, mais restèrent concentrées sur le chemin qu'elle suivait. Son visage était plus neutre que jamais. Elle sentait ses cheveux emmêlés dans du sang séché coller dans sa nuque et tomber lourdement. Une odeur métallique l'enveloppait, une odeur de sang, qu'elle détestait.

Elle aperçut bientôt une rue marchande, et elle acheta de quoi manger pour une bonne semaine avec l'argent du mercenaire qu'elle avait récupéré, sans prêter attention aux regards méfiants et apeurés des gens autour d'elle. Elle ne traîna pas et repartit vers le garage. En chemin, malgré elle, son esprit fit remonter encore et encore l'image du cadavre. Celui de l'homme qu'elle avait tué.

Ça n'avait pas était si dur que ça, tout compte fait. Il avait suffi d'une balle, et d'un coup de couteau, comme elle avait l'habitude de le faire. La seule différence c'est qu'après, son adversaire ne s'était pas relevé. Elle n'avait pas hésité, et ne s'était pas posée beaucoup de questions. Ça venait tout seul. C'était sa vie ou la sienne. Pas besoin de réfléchir cinquante ans avant de faire son choix.

Et puis, il avait voulu la tuer aussi. Pire que ça, il l'avait enfermée des jours durant, la confrontant à une véritable torture.

Elle repensa alors à son bras blessé. Le doute l'envahit. Il voulait peut-être revenir la voir, mais en avait été empêché ? Mais pourquoi ? Par qui ?

Elle interrompit ses pensées lorsqu'elle vit le garage. L'homme à qui il appartenait l'attendait, sans doute pour la réprimander du temps qu'elle était restée, et lui réclamer l'argent. Mais Athalia ne comptait pas le payer. Son séjour s'était prolongé, et de toute façon elle n'avait pas assez d'argent. Et l'homme avait été assez stupide pour ne pas lui réclamer une garantie à son arrivée. Il l'interpella lorsqu'elle lui passa devant, et au lieu de lui répondre, elle lui décocha un coup de pied dans la mâchoire. Il tomba à la renverse et lorsqu'il voulut se relever, tout en criant qu'elle allait le payer, il reçut en retour une vague de sable soulevé par les roues du scooter.

La jeune fille ne se retourna pas et roula le plus vite qu'elle le pouvait sans écraser personne en direction de la sortie de la ville.

Le mercenaire l'avait enfermée. Elle avait frôlé la mort. Par sa faute. Il le méritait. Elle avait voulu se venger, et garantir en même temps la réussite de sa mission. En quoi était-ce mal ? Au fond d'elle, elle savait qu'il aurait fait pareil. Elle aussi l'aurait sûrement enfermé s'il l'avait gênée dans sa mission. Voire pire, elle l'aurait aussitôt tué, sans hésitation. Ainsi allait la vie des mercenaires. Se battre, se tuer, au service des clans qui étaient vraiment en guerre, mais qui ne mourraient jamais. Et ça n'allait pas changer. Ce ne serait pas la première, ni la dernière fois qu'elle serait confrontée à ce genre de situation. Elle savait désormais qu'elle n'hésiterait pas à tuer de nouveau, si cela lui rapportait assez d'argent pour vivre et les nourrir, elle et Eduardo.

Bientôt, elle franchit l'arche de Santa Gabriela, laissant derrière elle le cadavre du mercenaire qu'elle avait tué. Elle ne connaissait même pas son nom. Et, au fond, elle s'en fichait.

Chapitre 14

Perdue dans Santa María, elle ne savait pas vraiment où aller. Elle devait trouver un endroit où soigner sa main. Si elle voulait reprendre sa mission au plus vite, elle en aurait besoin.

Le voyage pour revenir de Santa Gabriela avait beau être très court, il n'en avait pas moins été épuisant pour la jeune fille qui était déjà dans un piètre état. Elle avait conduit son scooter d'une seule main, l'autre étant invalide, et elle avait plusieurs fois manqué de tomber à cause de ses pertes d'équilibre. Elle avait cependant surmonté la douleur et réussi à rentrer. Mais elle savait qu'elle allait avoir besoin d'aide, et rapidement.

Elle arrêta son scooter devant le garage de Diego, s'assit dans un coin et sortit son téléphone. Elle appela Ed, qui devait être mort d'inquiétude vu tous ses appels et ses messages auxquels elle n'avait pas répondu.

Il décrocha presque aussitôt.

– Athalia ! J'ai bien cru que tu étais morte ! Où étais-tu ?

Visiblement, sa peur l'avait emporté sur sa colère.

– À Santa Gabriela. J'ai…

Elle marqua une pause.

– Athalia ?

– Tu peux me rejoindre ? C'est long à expliquer.

Au fond d'elle, elle avait surtout envie de le voir, de pouvoir discuter avec quelqu'un. La solitude totale ressentie ces derniers jours avait besoin d'être comblée.

– Bien sûr ! J'arrive tout de suite.

Elle lui expliqua rapidement comment la rejoindre, et ils raccrochèrent.

Elle ouvrit ensuite la porte du garage et posa le scooter à l'intérieur. Elle s'apprêtait à la refermer, quand elle se rappela qu'elle voulait appeler Agacia, pour lui annoncer la mort du mercenaire des López. C'était le moment idéal, en attendant qu'Ed arrive, dans le garage elle était à l'abri des oreilles indiscrètes.

– Allô ?

Elle dut écarter son oreille du téléphone sous la forte voix d'Agacia, qui criait presque.

– Qu'est-ce que tu faisais ? Ça fait presque cinq jours qu'on n'a aucune nouvelle ! Dois-je te rappeler que tu avais une mission à accomplir de toute urgence ?

– Le mercenaire est mort.

Il y eut un petit silence, comme si Agacia attendait que sa colère retombe.

– Bien. Mais je peux savoir ce qui t'a pris tout ce temps ?

La jeune fille ne répondit pas. Elle avait assez honte de s'être fait piéger dans ce trou à rats, elle ne voulait surtout pas raconter son aventure aux Alvarado.

– Poursuivre un mercenaire est plus dur que ce que vous pensez.

Agacia soupira, mais ne dit rien. Athalia en profita pour poser la question qui la tracassait depuis plusieurs jours.

– Comment vous êtes-vous occupés des López ?

– Nous leur avons juste fait peur.

Athalia s'en doutait. Les Alvarado n'allaient pas se laisser marcher dessus par un petit clan.

– Nous sommes venus à Santa Gabriela, poursuivit Agacia. Mais il n'y a eu aucune bataille. Seulement un blessé, un homme qui a tenté de s'approcher de leur demeure. Il s'est enfui, on ne l'a pas retrouvé.

Le mercenaire. Voilà pourquoi la jeune fille était restée si longtemps enfermée : il avait voulu prévenir les López de sa capture, mais les Alvarado étaient déjà là. Il s'était caché pendant plusieurs jours, et il était revenu après pour voir si elle était encore en vie, et dans le cas contraire faire passer sa mort pour un accident. Ça expliquait également sa blessure.

– Les López ne viendront plus me gêner dans l'enquête alors ?

Elle put presque sentir le sourire mauvais d'Agacia à travers le téléphone.

– Ça m'étonnerait bien. Nous avons été très clairs : ils ne viendront plus fouiller chez nous, et ne s'en prendront plus à l'un de nos mercenaires. Yolanda n'est pas assez folle pour me contredire.

Personne ne serait assez fou pour ça… Athalia raccrocha quelques temps après qu'Agacia lui eut rappelé sa véritable mission : retrouver Enrique et l'interroger sur l'enfant. Elle se mettrait à sa poursuite dès qu'elle aurait complètement guéri de son séjour à Santa Gabriela.

Elle sortit du garage, referma le volet métallique et se dirigea vers le bar. La porte s'ouvrit accompagnée d'un petit bruit de clochette, et elle s'approcha du comptoir.

– Salut ! lui lança Diego lorsqu'il la reconnut. Alors, quoi de neuf ?

– Rien de spécial.

Il fit une pause, l'examina de haut en bas. Elle cacha ses mains dans ses poches.

– Qu'est-ce qu'il t'est arrivé ? demanda-t-il finalement. On dirait que tu n'as pas mangé pendant des jours.

– C'est rien, répondit-elle.

Elle lui dit rapidement qu'elle n'avait pas utilisé le garage ces derniers jours, et qu'elle ne voulait pas qu'il l'oublie lorsqu'elle le payerait. Elle le prévint ensuite qu'un ami allait la rejoindre, et qu'ils commanderaient à ce moment-là.

Elle partit s'assoir à une table et attendit. Elle cacha sa main sous la table, et essaya de la bouger doucement. Peine perdue. Elle ne ressentait que quelques frissons dans les doigts qui refusaient de bouger. Un filet de sang recommença à couler et elle l'essuya en serrant les dents. La balle devait encore être dedans. Elle releva la tête au son de la cloche, et fit un petit signe à Eduardo. Il s'approcha d'elle et la salua. Il s'arrêta en voyant son état, et son sourire disparut. Il laissa cependant Athalia lui raconter rapidement ce qui s'était passé sans l'interrompre, puis s'assura une bonne dizaine de fois qu'elle allait mieux et qu'elle allait se rétablir. Quand il fut assuré qu'elle ne souffrait plus, elle sortit ses mains de dessous la table.

– Tu peux m'aider ? demanda-t-elle.

– Enlève les bandages.

Elle défit d'abord celui de la main droite, dont les cloques, les crevasses et les griffures commençaient à cicatriser, bien qu'il restait quelques plaies au niveau de ses phalanges. Elle se retint de hurler en retirant le tissu de sa main gauche, car le moindre frottement la faisait atrocement souffrir.

Ce n'était vraiment pas beau à voir. Le trou au milieu de sa paume était presque noir, et sa peau était si pâle qu'on aurait pu croire qu'elle appartenait à un cadavre.

– OK, il faut qu'on retire la balle au plus vite, déclara Eduardo qui peinait à regarder la blessure.

Elle lui tendit la main, et il approcha tout doucement ses doigts. Mais à peine l'eut-il effleuré, qu'un hurlement se fit entendre. Elle retira vivement la main, et jeta un coup d'œil inquiet autour d'elle. Heureusement qu'il n'y avait pas beaucoup de clients. Le cri ne semblait pas les avoir interpellés.

– Ça va poser problème.

– Non, sans blague ? lui lança la jeune fille d'un ton cinglant.

Elle inspira un grand coup, prit le coin de sa veste et mordit dedans pour étouffer ses prochains cris.

– Recommence.

– Tu es sûre ?

– Fais-le !

Ed ne chercha pas à répliquer sous le ton d'Athalia, et il rapprocha prudemment ses doigts de la blessure.

La mercenaire crut qu'elle allait s'évanouir. La douleur était atroce, elle se répandait dans tout son corps pour la poignarder de tous les côtés. Des gouttes de sueur perlaient sur son front, et elle crut à maintes reprises qu'elle ne tiendrait pas plus longtemps. Ses cris étaient heureusement étouffés par le cuir de la veste.

Ses muscles se détendirent soudain lorsqu'Eduardo recula.

– Je suis désolé, je n'y arrive pas.

Elle allait répondre, quand une autre voix intervint.

– Qu'est-ce qu'il se passe ?

Elle releva la tête pour voir Diego contempler entre horreur et surprise ses mains.

– Comment tu t'es fait ça ?

– Occupe-toi de tes affaires, maugréa la jeune fille.

Il fit la sourde oreille, et leur dit, en désignant une porte près du comptoir.

– Attendez-moi là-bas, j'ai peut-être de quoi vous aider.

Il partit sans attendre leur réponse. Les deux mercenaires échangèrent un regard, et Eduardo se leva. Il l'incita à le suivre, et ils se faufilèrent discrètement dans la pièce désignée par le serveur. C'était un petit entrepôt où des bouteilles s'entassaient sur ses étagères. Il y avait dans un coin un évier, qui semblait bien fonctionnel.

Athalia s'y dirigea sans attendre, et commença à nettoyer tout le sang séché. Comme Diego n'arrivait pas tout de suite, elle en profita aussi pour nettoyer rapidement ses cheveux. Elle mit sa tête sous le jet du robinet et frotta pour faire tomber toute la poussière et le sang. Lorsqu'elle eut fini, elle se redressa et secoua la tête. Elle se sentait déjà mieux comme ça. Diego revint, avec dans la main des bandages, des mouchoirs, de quoi désinfecter ainsi qu'une petite pince. Il étala le tout sur une vieille table, prit une compresse qu'il mouilla avec le désinfectant, et sans rien demander, il attrapa les mains de la jeune fille et les nettoya. Lorsqu'il passa sur la grosse plaie, elle hurla mais il continua son nettoyage sans y prêter attention. Il finit assez vite, et recula.

– Ça a déjà meilleure mine comme ça.

– Merci, répondit Ed à la place de la jeune fille.

Il prit la pince mais Athalia l'arrêta.

– Donne, je vais le faire.

Il eut l'air dubitatif.

– Tu es sûre ?

– J'aurais moins mal si c'est moi.

Elle tendit la main, et attrapa la pince. Elle appuya sa main sur la table, inspira un grand coup, puis approcha le petit outil. Elle cria malgré tout, lorsqu'elle celle-ci pénétra dans sa chair, mais elle serra les dents et continua. Elle cria toutes les insultes qu'elle connaissait, tandis qu'elle réussissait à saisir la balle logée sous sa peau. Et, comme elle savait qu'elle ne tiendrait pas longtemps sous la douleur, elle l'arracha d'un grand coup. Un dernier cri lui échappa, et elle laissa tomber la pince pour compresser sa blessure. Ed s'approcha aussitôt d'elle pour la féliciter et la réconforter, pendant que Diego préparait une nouvelle compresse de désinfectant. Athalia la prit pour le faire elle-même, mais elle eut moins mal qu'avant. Elle allait pouvoir cicatriser rapidement maintenant, et la douleur ne l'empêcherait sûrement pas de repartir bientôt en mission.

Ils aidèrent Diego à tout ranger, puis les deux mercenaires retournèrent s'asseoir à leur table. Le serveur leur apporta deux sodas, comme ils avaient demandé, et Athalia le remercia pour son aide. Elle but doucement une gorgée, tout en souriant. Elle allait pouvoir continuer sa mission. Enrique De la Vega ne perdait rien pour attendre.

Deux ou trois jours passèrent. Athalia avait trouvé un petit coin où se terrer dans une rue, et elle avait concentré toute son énergie à boire, manger, dormir, et se remuscler les jambes et les bras, pour être prête à se battre de nouveau si nécessaire. Les nuits étaient froides, mais sa couverture ainsi que le manteau du mercenaire lui étaient d'une aide précieuse. Elle avait donné les chaussures à Ed, qui faisait à peu près la bonne pointure. Parfois, pendant la nuit, elle revoyait le cadavre du mercenaire, et se réveillait alors en sursaut, en dégainant un couteau, comme s'il allait venir se venger. Bien entendu, elle était seule. Elle n'aimait pas admettre qu'il lui faisait peur, mais parfois son esprit se focalisait dessus, et elle n'arrivait plus à le faire sortir de sa tête.

Un matin, réveillée de nouveau en sueur, elle comprit comment arranger ça. Elle n'allait pas l'oublier tout simplement en marchant et en mangeant. Elle devait repartir en mission. Ses mains avaient presque guéri, ses membres étaient de nouveau solides. Elle repensa à son épaule, qui avait été blessée lors de sa capture par les De la Vega. Elle la regarda, et ne vit qu'une fine cicatrice rose, qu'elle ne sentait plus du tout. Elle était complètement rétablie de ce côté-là. Sa main en ferait bientôt de même. Elle était déjà en bien meilleur état, en partie grâce aux bandages qu'elle changeait régulièrement pour éviter que ça ne s'infecte.

Elle se leva, rangea ses affaires dans son sac. Il était lourd, et si elle devait poursuivre Enrique, il allait être handicapant. Elle partit en direction du garage, vola une pomme sur la route qu'elle prit un grand plaisir à déguster, et se mit à arpenter les rues d'un œil observateur. Le soleil montait dans le ciel, au fur et à mesure que les heures passaient, sans aucun signe suspect.

Athalia marchait désormais dans une rue assez peuplée, dans l'espoir de trouver un quelconque indice quand soudain un mouvement suspect attira son regard. Une silhouette vêtue de noir venait de disparaître derrière un coin de rue, non loin de là. Son sang se glaça, et elle se figea. La bouche légèrement entrouverte, incapable de bouger, elle resta là, le cœur battant à tout rompre. Peut-être n'était-ce pas qu'un rêve. Peut-être que le mercenaire avait vraiment survécu, qu'il était là, à sa recherche. Peut-être venait-il se venger.

Elle se ressaisit. Non, c'était impossible. Et puis, il n'avait pas la carrure du mercenaire. Cet homme avait l'air de fuir, quelque chose, ou quelqu'un. Ou peut-être était-il juste effrayé et tentait d'être discret. Athalia n'était sûre de rien, elle l'avait à peine aperçu du coin de l'œil. Peut-être venait-elle de laisser échapper l'homme qu'elle recherchait ?

Elle ne savait pas vraiment quoi faire, puis, choisissant de laisser de côté sa prudence, elle se ressaisit et partit au pas de course.

Elle commençait à connaître les rues de ce quartier : plutôt que de prendre la ruelle où la silhouette avait tourné, elle bifurqua avant. À partir de ce moment-là, elle ignorait où l'homme était allé. Elle devait le voir sans être vue, être presque invisible.

Elle réfléchit à toute vitesse, puis examina ce qui l'entourait. Sur sa droite, il y avait un mur de pierre haut d'environ deux mètres. Ses extrémités rejoignaient deux bâtiments, un derrière elle, et un devant qui était plus bas que le premier. À sa gauche, il n'y avait que la longue façade de plusieurs petits immeubles en terre, coupée par quelques ruelles qui ne lui offriraient aucun abri.

Elle était perdue dans un labyrinthe, et sa proie était certainement une personne qui connaissait exactement chaque rue. Sans aucun doute, ce serait sa plus grosse course-poursuite depuis ces derniers jours. Elle devait avoir une vue d'ensemble sur les allées du quartier. Elle tourna la tête vers le mur sur sa droite. C'était sa meilleure option.

Elle s'éloigna, prit son élan et courut sur le mur de briques. Mais elle ne put s'agripper, car les pierres n'offraient pas beaucoup de prise, et elle retomba lourdement sur le sol. Elle se maudissait d'avoir laissé son sac au garage quelques minutes plus tôt car elle avait à l'intérieur une corde qui aurait pu lui être utile.

Alors, elle ne perdit pas de temps, sachant bien qu'il lui était compté, et s'engagea dans une des petites ruelles derrière elle, celle qui était déserte. Elle ramassa sur les bords quelques vieux cartons et autres déchets que les gens avaient déposés, et qui étaient assez grands pour lui servir d'une manière ou d'une autre de marchepied.

Elle ramena tout ce qu'elle put devant le mur, mais elle dut vite se rendre à l'évidence : sans élan, elle n'y arriverait pas.

Mais elle ne renonçait pas facilement, aussi son esprit qui était en ébullition lui dicta quoi faire. Elle attrapa son tas de déchets, et le recula à environ un mètre du mur. Elle s'éloigna de nouveau, respira un grand coup, puis courut le plus vite qu'elle put. Elle sauta une première fois sur le gros amas de vieux cartons, et s'élança vers le mur. Elle agrippa le haut d'une de ses mains, et leva vite son autre bras pour se rattraper avant de tomber, même s'il ne lui était pas très utile à cause de sa blessure à la main qui criait de nouveau. Tous les muscles de son corps se tendirent lorsqu'elle se hissa sur le mur, et elle tenta d'ignorer la douleur. Il n'était pas très large, aussi elle eut un peu de mal à rester en équilibre. Elle prit un morceau de brique qu'elle trouva sur le mur et le lança sur le tas qu'elle avait fait au milieu de la rue afin de le disperser et éviter qu'il n'attire pas l'attention. De l'autre côté du mur, les passants emplissaient la rue principale, et un brouhaha de discussion enveloppait les habitants. Athalia se baissa pour ne pas qu'on la remarque, et scruta les gens qu'elle voyait marcher. L'homme ne devait pas être très loin, étant donné la circulation, c'était dur d'avancer. Elle le repéra soudain, plus loin devant elle. Elle avança sur le mur, en posant un pied devant l'autre pour ne pas tomber, jusqu'à arriver presque à sa hauteur.

Elle vit une petite mèche châtain ondulée s'échapper de la capuche de l'homme. Elle sut aussitôt que c'était bien Enrique. Elle jubilait de l'avoir trouvé. Elle avait eu une chance inouïe de tomber sur lui, parmi tous les autres habitants de Santa María. Et elle refusait catégoriquement de le laisser s'échapper.

Il fallait qu'elle trouve un moyen de le surprendre car s'il la voyait avant, il risquait de s'enfuir. Elle devait le coincer dans un lieu désert. Il était sûrement armé, et contrairement à leur dernier affrontement, Eduardo n'était pas là pour la sauver de son coup de feu.

Il avait du mal à avancer, et restait souvent bloqué au milieu des groupes de gens. La jeune fille vit néanmoins qu'il essayait d'aller vers la gauche. Elle sentit son pouls s'accélérer. Comment pourrait-elle le suivre comme ça ? C'était la seule rue qu'elle ne pouvait pas rejoindre depuis son perchoir. Il ne devrait pas lui échapper.

Elle réfléchissait à toute vitesse à une solution, tournant la tête de tous les côtés pour observer ce qui l'entourait. Son regard s'arrêta sur l'extrémité du mur en face d'elle qui était collé à un petit immeuble. Une idée complètement folle lui traversa l'esprit, et trop paniquée de perdre sa cible, elle ne réfléchit pas et commença à courir. Elle accéléra pour ne pas perdre l'équilibre et, lorsqu'elle arriva contre l'immeuble de terre en face d'elle, elle s'arrêta. Elle tendit les bras pour attraper le rebord de la fenêtre la plus basse, et tout en poussant sur ses jambes, elle se hissa. Avant de monter dessus, elle laissa juste dépasser ses yeux, et lorsqu'elle s'assura qu'il n'y avait personne dans la pièce, elle monta sur le rebord. Elle répéta l'opération, jusqu'à arriver à la plus haute fenêtre. Elle se retint de regarder au sol, car même si elle n'avait pas le vertige elle savait très bien que regarder la hauteur qui la séparait de la terre ne l'aiderait pas à garder l'équilibre. Elle leva alors les bras pour essayer de s'accrocher au toit, mais elle se rendit compte avec désespoir qu'elle était trop petite. Elle faillit hurler de rage, mais inspira un grand coup au lieu de cela pour se calmer. Alors, elle prit un énorme risque et sauta. Ses doigts touchèrent le sommet, mais ils ne réussirent pas à s'accrocher et ripèrent. Elle retomba sur le bord de la fenêtre, en s'accrochant à la poignée pour ne pas tomber, le vide derrière elle essayant de l'avaler. Elle retenta sa chance, sans vraiment plus de succès. La fois d'après, ses doigts réussirent à saisir le bord, mais lorsqu'elle lança sa deuxième main, son corps bascula et elle retomba. Elle s'apprêtait à sauter une nouvelle fois, lorsque, terrifiée, elle sentit soudain des morceaux de terre se détacher du rebord sur lequel elle se trouvait. Dans un cri, elle s'élança de toutes ses forces sur ses jambes au moment où le rebord croulait. Elle réussit à attraper le bord du toit et monta sans plus attendre au sommet. Elle se baissa, pour ne pas se faire repérer des passants qui avaient pour certains tourné la tête au bruit des fracas de terre.

Elle tenta de retrouver une respiration normale, et elle remercia ses jambes d'avoir sauté à temps, sans quoi son corps serait étendu au sol gisant dans une mare de sang.

Elle ne perdit pas plus de temps, et s'approcha du bord opposé du toit sur lequel elle se trouvait. Allongée, elle laissa dépasser sa tête dans le vide et chercha l'homme du regard. Elle fut étonnée de voir qu'il n'était qu'au début de la grande rue qu'il venait d'emprunter. Il avait semblé à la jeune fille qu'il lui avait fallu des heures pour arriver là où elle était, mais apparemment ce n'était que le stress qui lui avait donné cette impression.

Elle se releva et c'est en regardant le toit de l'immeuble d'en face sur lequel elle avait prévu de sauter qu'elle se rendit compte à quel point sa témérité pouvait la pousser à faire des choses dangereuses. Heureusement qu'Eduardo n'était pas là ! Sa première impulsion disparut soudain, elle hésita à sauter. Elle savait qu'elle y parviendrait, l'écart qui séparait les deux toits était assez court, mais la vision du vide la bloquait. Puis son regard revint vers sa cible, qui s'éloignait de plus en plus vite, car la rue qu'il avait empruntée était moins animée ; alors, elle se ressaisit. Elle inspira, prit de l'élan et s'élança par-dessus les toits. Elle ferma les yeux un bref instant, pour ne pas perdre son équilibre, et sa sensation de légèreté disparut lorsqu'elle retomba lourdement sur le toit de pierre, et qu'elle dut s'accrocher pour ne pas tomber. Elle se remit debout et commença à courir.

Elle avait observé ce coin-là du village plusieurs fois, et elle savait que l'immeuble sur lequel elle se trouvait était un grand bâtiment très long, et qui était très facile à escalader : il était entouré de plus petites maisons, ou de murets, toutes de différentes tailles, mais qui étaient assez proches pour pouvoir sauter des unes aux autres facilement.

Elle arriva bientôt à la hauteur d'Enrique. Elle se baissa et le suivit plus doucement. À sa grande satisfaction, elle vit qu'il allait dans une petite ruelle longue et coupée par d'autres petites impasses complètement désertes.

Athalia traça mentalement le chemin qu'elle allait suivre, et s'élança aussitôt. En cours de route, elle dégaina un revolver, prête à se battre.

Elle sautait de mur en mur, s'accrochait aux gouttières, marchait telle une funambule, son arme au poing. Ses cheveux claquaient dans le vent lorsqu'elle sautait. En ce moment précis, elle ressentait un sentiment inexplicable, une sorte d'exaltation mêlée à de la peur, le tout accompagné par l'adrénaline qui lui envahissait l'esprit à chaque fois qu'elle sautait sur un autre mur.

Elle ralentit, car elle se rapprochait de plus en plus du sol. Elle s'arrêta au début d'un mur naissant et s'appuya contre le bâtiment qu'il rejoignait. Elle était à l'entrée de l'impasse dans laquelle l'homme s'était engagé. Elle se baissa, se fit presque invisible et l'observa attentivement.

Il ne devait pas être très malin, pensa-t-elle, pour se réfugier dans une impasse alors qu'il pouvait être chassé par n'importe qui dans la ville. Enrique s'arrêta, posa ses mains sur ses genoux, et inspira lentement, comme pour reprendre son souffle. Il n'avait pas couru mais Athalia pensa que ça faisait un moment qu'il devait arpenter les allées du village avec tous les sens en alerte, ce qui pouvait vite devenir épuisant. Et puis, la manière dont il se tenait debout montrait que sa jambe, où Athalia lui avait tiré une balle plusieurs jours auparavant, le faisait encore souffrir. Elle aussi était blessée, mais elle ne le sentait presque plus, et c'était moins handicapant qu'à la jambe. Elle avait donc un gros avantage.

Il sortit de sa poche ce qui ressemblait à un biscuit, ou à une barre de céréales, qu'il croqua à pleines dents après avoir retiré l'emballage comme s'il n'avait pas mangé depuis trois jours.

Tandis qu'il mâchait lentement, sa méfiance relâchée, Athalia saisit l'opportunité qui se présentait à elle et avança à pas de loup sur le muret. Lorsqu'elle ne fut plus qu'à un mètre derrière lui, elle s'allongea sur le bord pour que son ombre n'attire pas le regard de l'homme, son pistolet toujours à la main et dans l'autre un poignard qu'elle venait de sortir. Elle choisit de ne pas le blesser, car elle avait peur qu'il réussisse quand même à s'échapper et qu'elle perde ainsi sa seule chance. Mais les Alvarado avaient été clairs, elle ne devait pas le tuer. Pas tout de suite en tout cas. Ce qui lui compliquait la tâche.

Allongée sur le muret, la main gauche contre son corps avec le poignard, et sa tête tournée vers la droite, là où l'homme se trouvait, elle leva lentement son bras vers lui, le plus doucement possible, jusqu'à ce que son pistolet soit pointé vers lui. Soudain, l'homme se retourna, car l'ombre du bras d'Athalia, exposé au soleil, l'avait alerté. Elle se redressa aussitôt et lui dit d'une voix forte :

– Pas un geste ou je tire.

Il ne cilla pas, mais la jeune fille guettait quand même sa main qui pouvait à tout moment dégainer une arme.

Elle sauta du muret et retomba doucement. Son regard fut attiré par un mouvement presque imperceptible et, sans réfléchir, elle se jeta au sol pour éviter la balle qui fonçait droit vers elle. Elle releva la tête et, voyant l'homme fuir, elle se releva et le poursuivit. Il n'eut même pas le temps de sortir de l'impasse, que déjà la mercenaire l'avait rattrapé. Sa jambe blessée le ralentissait considérablement. Elle se plaça entre lui et la sortie, et lança son poignard qui tourna sur lui-même dans la direction du pistolet de l'homme. La lame ne le blessa pas mais envoya son revolver voltiger derrière lui.

– J'ai dit, pas un geste.

Il leva légèrement les bras, et la fixa, toute peur envolée. Ou du moins la cachait-il bien.

– On s'est déjà croisé, commença-t-il. Qu'est-ce que tu veux ?

– En premier lieu, ta mort. Mais j'ai quelques petites choses à te demander avant.

– Qui est-ce qui t'envoie ? Les De la Vega ?

Devant le silence de la jeune fille, il continua.

– Les Alvarado alors ?

– Pourquoi crois-tu que je travaille pour quelqu'un ?

– Qu'est-ce que tu me voudrais sinon ? Je ne possède rien.

Elle se retourna, sans bouger son pistolet qui était pointé sur lui, alertée par un bruit. Il y avait quelques passants qui marchaient dans l'allée, vaquant à leurs occupations. Athalia fit reculer Enrique vers le fond de l'impasse, où personne ne pouvait les voir.

– Bien, reprit-elle, tu vas répondre à quelques questions.

Elle enserra un peu plus son pistolet comme un avertissement.

– Le garçon que les De la Vega recherchent et que les Alvarado pensaient mort, c'est ton fils ?

Un voile de tristesse passa sur son visage et il acquiesça, les yeux dans le vide. Impassible, Athalia continua.

– Quel est le lien entre lui et les Alvarado ?

Athalia savait que ce n'était pas la question qu'elle était censée poser mais elle devait savoir, ce mystère la tracassait depuis bien longtemps. Enrique garda le silence, la gorge nouée. Elle leva un peu plus son arme, insistante, et il répondit :

– Sa mère était la fille d'Agacia.

Surprise, la jeune fille tournait et retournait cette phrase dans sa tête. Elle ne l'avait pas imaginé une seule seconde. Mais maintenant qu'elle y pensait, ça semblait logique, même si beaucoup de questions restaient sans réponse. Les mariages forcés entre grandes familles étaient très courants. Même pour les personnes modestes d'ailleurs, tout était question d'affaires. Et puis, pour les gens vraiment pauvres, le mariage n'existait pas. Peut-être les De la Vega et les Alvarado entretenaient-ils de bonnes relations et avaient décidé pour une raison quelconque d'allier leurs clans. Il y avait probablement eu un conflit quelconque, qui avait ruiné l'alliance. Mais pourquoi l'enfant était-il recherché ? Et surtout pourquoi avait-il disparu ?

– Comment s'appelait la fille d'Agacia ? demanda déjà la mercenaire.

Enrique répondit, avec une voix tremblante, qu'il semblait avoir du mal à maitriser.

– Adriana.

– Et… elle est morte ?

– Oui, à l'accouchement.

Athalia n'éprouva aucune émotion, même face à l'expression qu'Enrique avait sur son visage. Elle voyait des gens mourir chaque jour. Et elle ne connaissait pas Adriana, alors pourquoi devrait-elle pleurer sa mort ?

– Tu comptes me laisser partir ? demanda Enrique, la voix plus dure, interrompant la jeune fille dans ses pensées.

– Pas encore. Il ne me reste plus qu'une question.

Il lui fit signe de continuer.

– Où est l'enfant ?

– Je ne sais pas.

Elle se redressa d'un coup et posa le pistolet sur le front d'Enrique.

– Dis-moi où il est, articula-t-elle doucement.

– Je te l'ai dit, je ne le sais pas.

Ils se toisèrent, dans un vrai duel de regards, la jeune fille armée et l'homme au visage fatigué. Ils restèrent longtemps ainsi, silencieux.

Athalia savait bien qu'il ferait sûrement tout pour le protéger. C'était d'ailleurs quelque chose qu'elle ne comprenait pas. Le lien d'un parent et d'un enfant. Surtout quand, comme dans le cas d'Enrique, il s'agissait d'un mariage forcé. Mais en même temps, elle ne pouvait s'empêcher de se demander s'il disait vrai. L'enfant devait avoir presque dix-huit ans. Il était fort probable qu'il l'ait perdu de vue depuis.

Elle ne savait pas quoi faire, et ça l'énervait au plus haut point.

– Tu n'es pas obligée de me croire, reprit Enrique, mais tu n'obtiendras rien de moi. Je l'ai confié il y a longtemps à une famille dont j'ignore complètement le nom. Il ne sait sûrement pas que ce ne sont pas ses vrais parents. Je ne sais même pas s'il est encore ici à Santa María.

Athalia reçut comme un coup de poing cette phrase. Elle n'y avait même pas songé. Peut-être que l'enfant était à San Pedro. Mais comment en être sûre ? Et puis il y avait des dizaines d'orphelins pris en charge par d'autres familles ; sans un nom, elle ne parviendrait jamais à le trouver.

– Quel est son prénom ?

– Je l'ai confié à cette famille quelques jours à peine après sa naissance. Je ne lui ai donné aucun prénom.

Ce n'était pas si illogique que ça. Si Enrique était assez malin, il avait dû en effet abandonner l'enfant dans une famille dont il ignorait tout ; ainsi, il ne pourrait pas le trahir, s'il était retrouvé, torturé, ou forcé à parler.

Elle chassa ces pensées et se concentra sur Enrique. Elle ne savait pas s'il disait vrai. Dans le doute, elle préférait ne pas le tuer pour le moment. Peut-être il avait menti et il savait où trouver le gamin. Peut-être qu'en le laissant partir, il la guiderait jusqu'à lui. Athalia aurait juste à suivre la piste de l'homme qu'elle savait reconnaître à plusieurs mètres. Si elle le tuait sans avoir obtenu aucune information, les Alvarado risquaient d'être furieux. Ils ne la croiraient pas si elle affirmait qu'Enrique ne savait pas où se cachait son fils. Sa dernière hésitation s'envola lorsque l'image du cadavre du mercenaire s'imposa à son esprit.

Alors, lentement, elle baissa son arme. Surpris, l'homme lui lança un regard interrogateur. Elle lui répondit par un signe de tête en direction de la sortie de l'impasse, et il ne la fit pas répéter. Il partit en hâte, récupéra au passage son arme encore sur le sol, et elle le vit disparaître derrière le coin du bâtiment. Elle avait pensé à le suivre, mais elle se dit que ce serait du temps perdu. Elle avait une autre idée en tête, très risquée, mais son instinct la poussait à la suivre. Le fait que l'enfant soit peut-être à San Pedro l'avait perturbée. Elle devait en avoir le cœur net. Et pour l'instant, la seule personne qui était susceptible de l'éclairer était Hermelinda De la Vega.

Chapitre 15

Athalia arpentait les rues, tout en réfléchissant à ce qu'elle pouvait faire. Voilà au moins trois jours qu'elle vagabondait, sans avancer. Elle n'était pas du genre à rester sans agir, ou à hésiter, mais là elle ne savait vraiment pas comment s'y prendre. Chercher l'enfant ? Ed était déjà sur le coup, comme beaucoup d'autres mercenaires, elle n'avancerait pas plus vite qu'eux. Surtout que leur seul indice était qu'il vivait chez sa « famille adoptive », et d'après son père, lui-même ne le savait peut-être pas. Rechercher Enrique ne servait à rien, elle ne pourrait pas en tirer plus de lui, et elle n'avait pas avancé depuis leur dernière rencontre. Elle savait, à son grand regret, que pour l'instant la seule chose qui ferait progresser son enquête serait de rencontrer Hermelinda. Mais il ne fallait pas prendre cette tâche à la légère.

Elle n'était pas vraiment la bienvenue chez les De la Vega, et figurait même sur leur liste noire. Son but n'était pas de mourir, ni de se refaire enfermer, mais bel et bien d'en sortir vivante. Les souvenirs de sa cellule revinrent, et elle se frotta instinctivement l'épaule. Celle-ci ne la faisait plus du tout souffrir, bien que sa folle traversée sur les toits de Santa María ne lui eût pas fait beaucoup de bien. Mais elle n'y prêtait pas vraiment attention.

Elle ne voulait pas aller dans le quartier des De la Vega seule. La dernière fois, c'était son ignorance des rues de ce coin de la ville qui l'avait rendue vulnérable. À San Pedro, elle n'avait pas ce problème, car elle connaissait mieux que personne les moindres endroits du village. Elle n'aimait pas vraiment l'idée d'avoir un guide, car il pourrait la ralentir, ou attirer l'attention sur eux, mais elle n'avait pas le choix.

Maintenant, elle devait trouver quelqu'un. Quelqu'un qui ne lui demanderait pas une somme d'argent énorme, qui ne poserait pas trop de questions, et qui ne risquait pas d'être un agent des De la Vega. Elle venait de penser à une personne, et même si elle n'était guère enchantée, elle devait reconnaître qu'il avait le profil parfait. Sauf pour la tonne de questions qu'il posait par minute, mais il en savait déjà assez pour la laisser tranquille un moment. Elle prit donc le chemin du bar où travaillait Diego.

Elle poussa la porte, et la petite cloche suspendue en haut de celle-ci résonna. Elle s'approcha du comptoir. Esteban la vit, et lorsqu'il sembla la reconnaître, il ne vint pas vers elle mais partit prévenir Diego, qui était à l'autre bout du comptoir. Esteban lui donna un petit coup de coude et le garçon se retourna. Il sourit à la jeune fille et s'approcha d'elle.

– Tiens donc, voici la pro des ennuis, la salua-t-il.

Elle lui répondit par un regard noir, et tout en rigolant, il lui demanda si elle voulait boire quelque chose. Elle s'assit sur un tabouret et lui demanda une bière. Tandis qu'il attrapait une bouteille, et qu'il la décapsulait, il s'approcha et lui demanda si sa main allait mieux. Elle lui présenta sa paume presque guérie, et il parut satisfait du résultat. Il lui demanda ensuite :

– Alors, qu'est-ce qui t'amène ici ? J'imagine que ce n'est pas juste parce que tu mourrais d'envie de me revoir.

– Pas tout à fait. J'ai besoin de toi.

Il leva aussitôt les yeux sur elle, les sourcils haussés, et son fameux sourire en coin encore plus marqué que d'habitude.

– Comme guide, dit-elle aussitôt, avant qu'il ne trouve une autre façon d'interpréter sa phrase pour la taquiner. Il faut que j'aille chez les De la Vega et je ne connais pas bien le coin.

Le sourire du garçon disparut et il se pencha vers elle, les coudes appuyés sur le comptoir.

– T'es sérieuse ? Ce n'est pas une bonne idée du tout, Athalia.

Elle fut surprise qu'il emploie son prénom, elle n'avait pas l'habitude qu'on l'appelle ainsi. À part Eduardo, les gens l'appelaient par son nom. Mais bien que ce fut un peu trop familier à son goût, ça ne la gêna pas, et elle se douta qu'il l'avait employé juste pour donner plus d'autorité à sa phrase.

– J'irai là-bas, et j'ai besoin d'un guide. Je ne veux pas prendre le risque d'y aller sans connaître les rues, les raccourcis, et les moindres endroits du quartier. Soit tu connais bien le coin et tu acceptes, soit je trouve quelqu'un d'autre.

Il la fixa, sans rien dire. Il se redressa, posa sa bière devant elle. Il repartit servir quelques clients, tandis qu'elle sortait de l'argent pour payer. Il revint bientôt vers elle, récupéra les pièces, et lui dit :

– C'est d'accord.

– On peut se mettre en route dès que tu peux.

— Mon service finit dans dix minutes. Prépare-toi, on part tout de suite après. Je ne veux pas traîner. On discutera des prix en chemin.

Et il repartit de nouveau servir des verres sur un plateau aux habitants qui venaient se détendre en terrasse.

Après avoir fini sa bouteille, Athalia suivit Diego dans la petite impasse où se situait le garage. Ils l'ouvrirent et commencèrent à débattre sur comment ils s'y rendraient. Athalia voulait prendre deux véhicules, pour ne pas être gênée ou ralentie. Diego finit par la convaincre que ça serait plus simple et moins bruyant de prendre le sien pour eux deux. En plus, sa moto était plus grande, plus rapide, et bien moins bruyante. Elle attirerait aussi moins l'attention dans ce quartier assez riche que l'épave d'Athalia. Et la jeune fille savait que les De la Vega l'avaient sûrement épiée en dehors de leur quartier, ils sauraient reconnaître son scooter. Mais ils n'étaient toujours pas d'accord pour savoir qui conduirait. La jeune mercenaire ne voulait même pas imaginer accorder sa confiance à quelqu'un d'autre pour la conduite. Quant à Diego, il affirmait que c'était au guide de prendre les commandes, et pas l'inverse. C'était lui qui connaîtrait les endroits où se réfugier en cas de problème et ceux qu'il valait mieux éviter. La dispute semblait ne jamais pouvoir prendre fin, jusqu'à ce qu'ils décident qu'Athalia allait conduire jusqu'au quartier des De la Vega et qu'ensuite Diego prendrait la relève. Mais la jeune fille n'était pas sincère et elle avait accepté ce marché juste pour qu'ils se mettent en route plus rapidement. Ils enfilèrent chacun un casque, même si Athalia ne le mettait en aucun cas pour la sécurité mais pour qu'on ne la reconnaisse pas.

Elle enjamba la moto, qui était beaucoup plus grande et plus lourde que son petit scooter, bientôt suivie par Diego. Il passa ses bras autour de sa taille, et la jeune fille tourna la clé. Le moteur vrombit, et ils partirent.

Athalia ne mit pas longtemps à s'habituer à ce nouveau véhicule, avec l'aide du garçon, et ils purent rouler à une allure régulière au milieu des habitants. Diego, apparemment en manque de conversation, commença à raconter quelques anecdotes sur les bâtiments qu'ils croisaient, ou sur les passants qu'il reconnaissait. La jeune fille l'écoutait sans rien dire, même si elle aurait préféré pouvoir se plonger dans ses pensées sans avoir à entendre son bavardage incessant. Elle était déjà nerveuse d'être aussi proche de lui.

– Ralentis un peu, lui dit le garçon.

Athalia l'écouta, et elle freina légèrement en grognant. C'était au moins la troisième fois qu'il le lui disait depuis leur départ, deux minutes plus tôt. Ils arrivèrent bientôt dans une rue plus animée, et la jeune fille devait se faufiler au milieu des habitants.

– Attention ! dit Diego lorsqu'elle passa très près d'un enfant qui courait par là.

– C'est moi qui conduis, alors tes remarques tu les gardes ! ne put-elle s'empêcher de lui dire.

– C'est ma moto, et je ne veux pas mourir aujourd'hui, d'accord ?

– Alors laisse-moi me concentrer et tais-toi.

Il arrêta de parler aussitôt, et Athalia vit dans le rétroviseur qu'il arborait tout de même son petit sourire taquin. Agacée, elle détourna le regard vers la route. Mais elle fut de nouveau coupée.

– Dis, j'aimerais juste être sûr d'une chose, demanda Diego. Je ne vais pas avoir d'ennuis à cause de toi ?

Énervée, elle répondit :

– La dernière fois que je suis venue ici, j'ai été pourchassée par cinq hommes de deux mètres de haut, armés jusqu'aux dents, puis un savant fou avec une seringue m'a droguée pour m'emmener dans une salle de torture où la femme la plus flippante que j'ai jamais vue m'a interdit de revenir par ici. Tu ne risques rien.

Elle sentit le garçon se raidir et déglutir, et elle devina qu'il ne souriait plus vraiment.

– C'est bon à savoir, répondit-il finalement.

Athalia ne put s'empêcher à son tour d'esquisser un sourire, amusée de le voir effrayé.

Ils arrivèrent enfin au début du quartier du riche clan de Santa María.

– Arrête-toi, c'est à moi de conduire.

Comme Athalia ne réagissait pas aux paroles du garçon, celui-ci réitéra sa demande. Elle l'ignora encore une fois. Alors il se pencha et appuya sur les manettes de frein. Surprise, la jeune fille bascula en avant, et la moto s'arrêta tout en tombant sur le côté. Ils réussirent à rester debout, mais la chute avait été proche. Furieuse, elle se retourna et fusilla Diego du regard.

– T'es malade ? On aurait pu se faire mal !

– C'est à moi de conduire.

– Je m'en fous, je continue.

– T'as besoin de moi comme guide, et c'est ma moto. Je peux aussi te laisser en plan ici et repartir.

La jeune fille n'avait plus d'arguments. Ça ne lui arrivait pas souvent, aussi elle lui rétorqua :

– On dirait un gamin qui fait du chantage.

– C'est toi qui as commencé.

Il répondit à son regard qui lançait des éclairs par un petit clin d'œil et il s'assit à l'avant du véhicule. Athalia resta un moment debout, se maudissant de faire assez confiance à Diego pour conduire. Mais avant d'avoir pu changer d'avis elle monta derrière lui.

– Il va falloir que tu t'accroches à moi, dit-il en souriant, sinon tu risques de ne pas aller bien loin.

Elle s'exécuta, et il décolla. Son corps ne cessait de lui envoyer des signaux d'alerte, comme si elle était en danger, mais en même temps, bien qu'elle était en vigilance absolue, elle n'avait pas aussi peur qu'au début. Le garçon maitrisait le véhicule, il roulait régulièrement, et il semblait parfaitement détendu. Alors la mercenaire fit un effort et essaya aussi de relâcher ses épaules crispées et de se concentrer sur les rues.

Diego commença à parler et à lui montrer les différentes allées ou les commerces. Il détailla chaque impasse, la hauteur des murs, où les voleurs avaient l'habitude de se cacher, ou encore les différents vendeurs, marchands et commerçants qui étaient plus ou moins proches des De la Vega. Athalia était étonnée de voir à quel point ce quartier lui était familier. Elle pensait bien qu'il devait connaître toutes les personnes qui venaient à son bar, mais elle ne l'aurait pas imaginé fréquentant aussi ce quartier-là. Elle l'écoutait attentivement, et elle imprimait dans sa tête chaque endroit avec l'explication qu'il lui donnait. Elle observait en même temps les passants, pour tenter de repérer ceux qui les regardaient bizarrement ou qui semblaient les suivre. Pour l'instant, personne n'avait l'air suspect, et ça l'inquiétait malgré elle.

– Déstresse, lui dit Diego. Tu es tellement tendue que je pourrais le sentir à des kilomètres. Et j'aurai bientôt du mal à respirer, ajouta-t-il avec un sourire.

Gênée, Athalia desserra ses bras qui, en effet, étaient à deux doigts de casser une côte au garçon.

Elle entendit son estomac gargouiller, et ça lui rappela qu'elle n'avait rien mangé de la journée, à part une pomme. De plus, il allait bientôt faire nuit. Elle demanda à Diego pour combien de temps encore en auraient-ils.

– On a presque fini le tour. Le seul endroit où on n'est pas allé est la résidence des De la Vega, mais je ne sais pas si c'est une bonne idée d'aller tourner autour.

– On va éviter en effet. Est-ce qu'il y a un endroit où on peut s'arrêter pour manger ?

– Tu veux vraiment t'arrêter dans un restaurant ? Les commerçants sont payés par Hermelinda pour l'informer de toutes les personnes qui viennent chez eux.

La jeune fille tapota son sac à dos, qu'elle avait un peu vidé avant de partir pour qu'il soit moins lourd et qu'elle transportait depuis le début de leur voyage.

– J'ai amené de quoi manger.

– OK. Je pense savoir où on pourra s'arrêter. Tu peux attendre encore un peu ?

Elle acquiesça et le garçon accéléra. Quelques minutes plus tard, il s'engouffra dans une impasse sombre. Elle était longue, et on ne voyait presque rien, car elle était entourée par d'immenses murs de bâtiments.

– Je préfère éviter les impasses d'où on ne peut pas sortir facilement, dit Athalia, tandis que les souvenirs de sa précédente prison refaisaient surface malgré elle.

Elle sentit le sourire fier et moqueur de Diego.

– Je commence à te connaître, tu crois vraiment que je t'aurais amené dans un cul-de-sac ?

La jeune fille ne comprit pas tout de suite ce qu'il voulait dire, jusqu'à ce qu'ils atteignent le bout de la ruelle. À droite, le mur était découpé en une petite arche, que la jeune fille franchit sans problème, mais Diego dut se pencher pour ne pas se cogner.

De l'autre côté, il y avait une autre impasse, bien plus lumineuse car les murs étaient moins hauts, et celui qui se trouvait au bout était si bas qu'il ne leur faudrait que quelques secondes pour l'escalader. L'allée était assez large, complètement déserte, et recouverte de vieux meubles, matelas, couvertures et vêtements abandonnés. L'endroit rêvé pour la jeune fille, qui s'y sentait en sécurité, à la fois bien caché et facile à fuir. Les morceaux de tissus qui jonchaient le sol étaient certes sales, mais donnaient un aspect très confortable. Ils n'étaient sûrement pas les premiers à venir ici, à en juger par tous les emballages et les bouteilles vides.

– Comment connais-tu des endroits comme ça, toi ? demanda Athalia.

– Je ne suis pas le seul à aimer connaître tout ce qui m'entoure.

Il lui adressa un de ses petits clins d'œil et il s'avança vers le fond de l'allée. Il fouilla parmi les draps et les tissus, une grimace dégoûtée sur le visage lorsqu'il en attrapait un sale, jusqu'à sortir tous ceux qui étaient à peu près propres de sous les autres. Il les étala pour leur faire un petit coin où ils pourraient s'asseoir pour manger, et lui fit un signe de la main. Elle le rejoignit, plutôt heureuse étant donné les circonstances, et elle sortit de son sac de quoi manger pour tous les deux. Ils s'assirent, en silence. On entendait uniquement le bruit de mastication, et de temps à autre le cri d'un oiseau qui survolait la ville. Parfois, Athalia sentait sur elle se poser le regard de Diego, et elle l'ignorait, pour essayer de se concentrer sur sa mission.

– Alors ? demanda Diego, la coupant dans ses réflexions.

– Quoi, alors ?

– Tu es décidée à me parler un peu de toi ou tu ne me fais toujours pas confiance ?

La jeune fille se redressa.

– Ne te méprends pas, si je t'ai demandé de m'accompagner, c'est juste parce que j'avais besoin d'un guide, ç'aurait pu être n'importe qui. Et si tu me suis, c'est parce que je vais te payer.

– Si tu avais vraiment pu prendre n'importe qui, pourquoi tu es venue vers moi ?

– …

– Parce que je t'ai déjà aidée ?

– Non, parce que même si tu poses beaucoup trop de questions, au moins tu en sais déjà un peu sur moi, alors j'espérais que tu ne me demanderais pas pourquoi j'ai besoin d'aller voir les De la Vega.

– Oh… alors tu ne me fais pas confiance ? dit-il avec des yeux de chien battu et une voix pleurante.

Elle rit.

– Tu rêves !

– Je devrais commencer à m'y faire…

Ils continuèrent leur repas en silence et Athalia, du coin de l'œil, observait Diego manger. Il semblait perdu dans ses pensées. Elle se demandait comment était sa vie, avec un appartement, un métier légal… Il s'en sortait bien pour un jeune de dix-sept ans.

Elle arrêta le cours de ses pensées. Elle venait de caler sur ces derniers mots. Dix-sept ans… était-ce possible que…

– Dis, est-ce que t'as été adopté ?

Diego sortit de ses pensées, eut un temps d'arrêt après avoir entendu la question, et s'exclama dans un demi-rire :

– Quoi ?

– T'es adopté ou pas ?

– Ben… non. Pourquoi ?

– Tu es sûr ?

Il avait d'abord été amusé et surpris, mais maintenant il semblait vraiment perdu.

– Pourquoi tu me demandes ça ? Bien sûr que oui, j'en suis persuadé. J'ai aucun doute là-dessus même.

Après tout, il ne pouvait pas être sûr, si on lui avait toujours caché la vérité. Mais il ne semblait pas du tout hésitant sur sa réponse.

– Mais imaginons que tes parents te l'auraient caché…

– Athalia, je ne sais pas ce qui te prend tout d'un coup, mais je suis sûr plus que tout que ma famille ne m'a pas adopté. Désolé de te décevoir, je suis bien Diego Flores, ajouta-t-il en riant.

Elle eut un faible sourire pour lui répondre, mais intérieurement elle était déçue. En même temps, elle ne savait pas vraiment à quoi elle s'attendait. Ce n'était pas parce qu'il avait l'âge qui correspondait que c'était forcément l'enfant De la Vega. Ça ne pouvait pas être si facile, elle le pensait bien.

– J'ai la chance d'avoir une famille sur qui compter, même si on n'est pas très proche. Je me demande à quoi ressemblerait ma vie si ça n'avait pas été le cas.

– Elle serait sûrement comme la mienne.

Le garçon releva aussitôt la tête vers elle. Il semblait content de ce maigre pas en avant, qui représentait pourtant une grande avancée pour la jeune fille. Comme elle ne continuait pas, il lui tendit une perche.

– Tu as connu tes parents ?

– Oui.

– Ils sont morts ?

– Oui.

– Ah.

C'était sûrement l'échange le plus gênant que la jeune fille avait eu. Il faut dire qu'elle ne parlait pas souvent avec d'autres personnes. Voyant que le garçon la suppliait des yeux de continuer son histoire, elle décida, à sa propre surprise, de lui raconter son enfance.

– J'ai vécu un moment avec mes parents dans une sorte de bidonville. Un coin où s'entassaient beaucoup de gens, à la bordure de la ville. Ils sont morts vers mes six ans. De faim sûrement. J'étais plus solide qu'eux, et j'arrivais toujours à voler quelque chose.

– Je suis désolé…

– Pourquoi ?

– Ben, pour tes parents.

– Je m'en fous, t'excuse pas.

Le garçon paraissait vraiment perplexe.

– C'étaient tes parents, et tu t'en fous ?

– J'étais pas plus attachée à eux qu'à d'autres.

– Et ce que tu volais, tu ne leur en apportais pas ?

– Chacun pour soi. Si eux avaient ramené un peu plus que d'habitude, ils l'auraient gardé.

– Tu en es sûre ?

– …

Elle n'en savait rien. Elle s'en fichait pas mal, la question ne s'était jamais imposée à elle.

– Athalia ?

– J'en sais rien, dit-elle d'un ton sec.

Un silence pesant s'installa entre les deux jeunes, chacun de leur regard perdu dans le vide. Diego le brisa.

– Et ton pote, là…

– Ed ?

– Ouais c'est ça. Comment tu l'as connu ?

– Il habitait avec sa famille au même endroit que nous. On se connaissait depuis tout petits. Sa mère est morte juste après sa naissance et son père n'a pas tenu bien longtemps, à un an et demi il était orphelin. Ses frères et sœurs sont partis chacun de leur côté, et il est venu avec nous. Je ne peux pas dire qu'il faisait partie de la famille, mais malgré tout on le nourrissait chaque jour.

Le silence revint rapidement, et comme Athalia voyait que le garçon du bar voulait en savoir plus, elle revint malgré elle sur leur discussion précédente.

– Ils avaient sûrement senti qu'ils allaient de plus en plus mal. Ma mère est morte, et avant de l'imiter, mon père a passé un accord avec une femme qu'il connaissait au village. Après, quand je fus seule, j'ai pu rester habiter chez elle, en échange du ménage, de la cuisine, des courses, et aussi des livraisons de drogues qu'elle prenait tous les soirs. Je pouvais manger les restes, et dormir sur le paillasson. Le rêve pour n'importe qui, quoi. Elle n'était pas méchante, elle s'en fichait juste pas mal de moi, et c'était réciproque. J'amenais à Ed, qui vivait dans les rues, de quoi manger, quand il y en avait pour deux. Puis un jour, j'en ai eu marre de recevoir des ordres. C'est pas trop fait pour moi. Alors je suis partie. J'avais onze ans. J'ai vécu toute seule depuis, enfin avec Ed, on s'entraidait, et je m'en suis mieux sortie que jamais.

– Comment tu faisais pour avoir de l'argent ?

– Depuis que je vivais chez la dame, j'avais eu l'occasion de rencontrer presque tous les dealers du coin. Au début, je faisais des livraisons à plein temps, mais c'était mal payé, et j'ai failli me faire chopper par les flics une bonne dizaine de fois, alors j'ai commencé à chercher d'autres boulots, plus risqués mais mieux payés.

Il désigna alors sa cicatrice sur son sourcil, qui semblait l'intriguer depuis un moment.

– Et ça, tu te l'es fait comment ?

Elle sourit à ce souvenir, et porta instinctivement sa main dessus.

– À ma première vraie mission.

Elle réfléchit un instant par où commencer son histoire, puis elle se lança.

– J'étais allée voir les m, je crois, pour trouver un boulot. On m'avait dit qu'ils cherchaient des mercenaires, et je me suis dit, pourquoi pas ? Alors je suis allée les voir. Ils ont été… disons assez surpris de me voir. J'avais treize ans, je ne dépassais pas les un mètre quarante, j'étais très maigre et pas vraiment musclée, sans aucune expérience, et ma seule arme était un petit poignard mal aiguisé. Autant dire que je n'étais pas très impressionnante. Ils ne me prirent pas du tout au sérieux. Mais comme j'insistais, ils m'ont finalement donné la mission. Je devais retrouver un voleur assez connu dans la région, le blesser et récupérer un objet qu'il avait volé aux Rodríguez. Il avait une grande valeur sentimentale pour eux. Je pense qu'ils se moquaient de moi, surtout quand j'ai commencé à vouloir négocier des prix. Sur le moment, ça m'énervait, de les sentir rigoler. Mais après je ne l'ai pas regretté. Ils ont accepté de monter le prix très haut, puisqu'ils ne pensaient pas que je réussirais. D'autres avant moi avaient échoué, même armés jusqu'aux dents.

– Et toi, tu y es arrivée ?

– Laisse-moi finir ! Donc je suis partie, avec mon petit poignard. J'ai cherché le gars pendant plusieurs jours. Je savais que très peu de gens l'avaient trouvé, et qu'aucun ne l'avait attrapé, mais avoir des tonnes d'armes ne sert à rien pour ça, il faut juste être astucieux.

– Tu te vantes ? demanda Diego, un regard taquin.

– Un peu, répondit-elle en riant. Donc je l'ai trouvé. Il ne me prenait pas au sérieux non plus quand il m'a vue, mais même si ça ne se voit pas, je suis très forte au combat singulier. J'ai réussi à lui enfoncer mon poignard dans les côtes, et à récupérer le bijou qu'il avait volé. Pendant le combat, il m'a blessée.

Elle désigna sa cicatrice.

– Mais je m'en fichais, j'avais réussi. À m'échapper, à le blesser, et à trouver l'objet. J'étais même fière d'avoir une blessure. Sauf quand Ed a failli faire une crise cardiaque à mon retour : le sang coulait, il a cru que je m'étais fait arracher un œil. Bref, je suis allée voir les Rodríguez, qui étaient abasourdis, avec ma cicatrice toute fraîche, et ce qu'ils m'avaient demandé de ramener. Ce sont des gens de parole, contrairement à d'autres clans, alors ils ont été obligés de me verser la somme d'argent que j'avais demandée. Je n'ai jamais été aussi fière. Depuis, les clans me connaissent pour la plupart, et je n'ai pas trop de mal à trouver du boulot.

– Eh ben ! Une terreur depuis son plus jeune âge !

Ils rigolèrent doucement, et gardèrent le silence pendant qu'ils finissaient leur repas. Athalia observait Diego du coin de l'œil. Il semblait réfléchir, comme s'il hésitait à dire quelque chose. Il se lança finalement.

– Tu sais, commença prudemment le garçon, tu dis que tes parents s'en fichaient de toi…

La mercenaire perdit aussitôt son sourire, et soupira. Pourquoi avait-il l'air si tracassé par ce qu'elle avait dit à propos de sa famille ? Ce n'était pas ses affaires, et la jeune fille détestait en parler.

– S'ils ont vraiment passé un accord avec cette dame…

– Mon père. Seulement mon père. Ma mère s'en foutait de mon existence encore plus que lui.

– … s'ils ont vraiment fait ça, c'est qu'ils avaient un minimum d'attention pour toi. Si ce n'était pas le cas, ils t'auraient laissée en plan.

– Tu ne les connaissais pas, tu ne me connaissais pas, ni notre vie, alors ne t'avance pas trop.

– Mais je dis juste que…

– Et moi je te dis que non.

– Mais si…

– Arrête !

La jeune fille était stupéfaite. Le cri lui avait échappé. Sans prévenir. Diego semblait choqué, il ne s'y attendait visiblement pas.

– Laisse tomber, marmonna la jeune fille, incapable de prononcer une excuse et vraiment confuse.

Elle se leva et partit marcher nerveusement le long de la rue. Diego, qui s'était remis de sa surprise, décida de la laisser seule. Il sortit de sa poche une cigarette, l'alluma, et fit des ronds de fumée en l'air. Athalia lui demanda d'une voix grave si ça le dérangeait de dormir là. Elle ne comptait pas aller voir Hermelinda aussi tard et, si le garçon partait maintenant, elle n'aurait pas de guide pour le lendemain. Il ne semblait pas dérangé à l'idée, alors la jeune fille commença à installer les tissus jonchant le sol pour faire un coin confortable. Elle s'y installa, pour rêvasser et réfléchir comme elle avait l'habitude de le faire le soir, mais elle se sentait trop enfermée, étouffée dans ce petit nid. Alors elle se releva, prit un peu d'élan et entreprit d'escalader le muret. Elle y parvint sans difficultés. Avant de s'asseoir dessus, elle jeta un œil de l'autre côté et constata qu'il donnait sur une grande rue totalement déserte et silencieuse. Alors elle s'y assit, en travers, une jambe repliée contre elle, et elle laissa l'autre pendre dans le vide. Ses pensées commencèrent à l'emporter dans une sorte de transe, les yeux perdus dans le ciel vide inondé par la lumière rougeâtre du soleil couchant. Elle ferma même les yeux un instant, comme elle sentait qu'elle ne craignait aucun danger, et se laissa porter par la brise du vent frais qui faisait voler ses cheveux emmêlés. Ce n'était pas le même souffle qu'à San Pedro, pensa-t-elle, avec un sentiment de nostalgie. Elle se sentait loin de chez elle. Là-bas, le vent était plus dur et plus poignant, lorsqu'il se frottait à ses joues il était brûlant et âpre, mais il était aussi joueur et léger quand il le voulait, et venait s'amuser à tournoyer autour d'elle. À Santa María, ce n'était pas la même chose.

Athalia repensa malgré elle à son échange avec Diego, et au cri qui lui avait échappé. Elle ne savait pas vraiment pourquoi, mais admettre que ses parents lui avaient accordé de l'importance la perturbait. Elle savait qu'ils ne l'aimaient pas, mais peut-être le garçon avait-il raison, peut-être qu'ils pensaient à elle parfois ? Elle se prit la tête entre les mains, pour chasser l'idée. Elle n'avait jamais été attristée de leur mort, et ce n'était pas le moment de l'être. Petite, elle savait que ça devait arriver. C'était normal de voir ses parents mourir, de ne pas les connaître. Alors elle avait passé cette étape de la vie comme n'importe laquelle. Certains trouvent ça normal de passer le balai tous les jours. Pour elle, c'était pareil lorsqu'on parlait de la mort de ses parents. Mais le fait de penser qu'ils étaient heureux de l'avoir eue comme fille… Non, ça ils s'en fichaient, c'était sûr, ils ne la connaissaient pas vraiment. Mais rien que d'imaginer qu'ils puissent affirmer que c'était leur fille, qu'ils faisaient attention à elle, ce n'était pas normal pour Athalia. Et elle avait senti, lorsque Diego lui avait fait envisager cette idée, une émotion qu'elle ne connaissait pas : la tristesse. Juste un soupçon de tristesse, de peine, l'avait effleurée, et elle avait eu peur. Et lorsqu'elle avait peur, elle se mettait en colère. Tout simplement.

Plongée dans ses pensées, la jeune fille si vigilante habituellement n'entendit pas Diego venir se glisser doucement à côté d'elle. Elle sursauta lorsqu'il s'approcha d'elle, et se retourna vers lui d'un air interrogateur.

— Désolé, commença-t-il.

Elle se détourna et haussa les épaules.

— Non, je suis sérieux. T'as raison, ça ne me regarde pas.

— C'est moi qui ai commencé à t'en parler.

Diego se tourna soudain vers elle, un sourire victorieux sur les lèvres.

— Je n'aurais jamais cru que ce jour arriverait !

— De quoi tu parles ? demanda-t-elle, perplexe.

— Tu as assumé avoir tort ! Et même plus, ce n'était pas réellement de ta faute et tu t'es indirectement excusée !

Athalia se sentit offensée.

— Quoi ? Bien sûr que non ! Je…

Elle se tut, lançant un regard noir à Diego qui était plié de rire à côté d'elle.

— T'étais pas venu pour t'excuser toi ? Au lieu d'empirer les choses ?

Le garçon calma son rire, et il la fixa intensément.

— Si, c'est vrai.

Athalia commença à se détourner pour se replonger dans ses pensées, mais Diego lui attrapa délicatement la joue et la ramena vers lui. Puis, sans prévenir, il se pencha vers elle jusqu'à ce que leurs lèvres se touchent.

Elle avait découvert beaucoup d'émotions nouvelles ces derniers jours, la curiosité, la tristesse. Celle-ci, c'était sûrement la moins forte, mais la plus étrange. En fait, elle ne ressentait rien de particulier, c'était juste… nouveau. Ça n'avait rien à voir avec l'amour fou dont on parlait dans les histoires. Elle se laissa faire, jusqu'à ce qu'une lumière vienne se glisser dans son esprit et éclairer la réponse à sa plus grande question.

Elle se détacha de Diego d'un seul coup et s'écria, sans même s'en rendre compte.

– Mais oui !

Le garçon était perdu, mais il semblait assez amusé.

– Pardon ? demanda-t-il en l'étudiant du regard, un franc sourire sur les lèvres.

– L'amour !

Diego appuya sa tête sur son genou, de côté, tout en observant Athalia, qui réfléchissait à toute vitesse.

La jeune fille venait enfin de comprendre. De tout comprendre

Chapitre 16

Elle avait d'abord pensé à un mariage forcé entre Enrique et Adriana, mais ça n'avait aucun sens. Maintenant tout semblait logique !

Lorsque Diego lui demanda ce qu'elle avait trouvé, elle lui expliqua rapidement le reste de l'histoire, qu'il ne connaissait pas, et lui débita à toute vitesse ce qu'elle venait de comprendre.

– Je n'y avais pas pensé avant, dit la jeune fille après avoir repris son souffle, car ça me semblait trop irréel. Dans mon monde, on n'a pas le temps pour ça, et on ne pense pas que la vie puisse ressembler aux histoires. L'amour, c'est un sentiment que je n'ai jamais connu, que je ne connaitrais peut-être jamais, et…

Diego se releva, offusqué, et la coupa en gardant néanmoins un semblant de sourire.

– Je viens de t'embrasser !

La jeune fille le fixa, droit dans les yeux pour la première fois, et lui rétorqua :

– C'était de l'amour ?

Le garçon réfléchit un moment.

– Non, sûrement pas…

Athalia détourna la tête, et se replongea dans ses pensées, pour essayer de les démêler et de faire un peu d'ordre. Enrique et Adriana étaient sûrement tombés amoureux, sans l'accord de leurs clans, qui devaient être ennemis depuis déjà bien longtemps. Peut-être se voyaient-ils en cachette. Mais ça, la jeune fille s'en fichait. Elle ne comprenait déjà pas ce sentiment, qui à l'évidence causait plus d'ennuis qu'autre chose. Elle avait déjà été attirée par quelqu'un, même si elle avait encore du mal à admettre que c'était le cas avec Diego. Mais visiblement, ça n'avait rien à voir avec les Roméo et Juliette du désert de Sonora. Toujours est-il qu'ils ont dû avoir un enfant. Le fameux gamin que tout le monde cherchait. Une dispute a dû éclater entre les deux clans, lorsqu'ils l'ont appris, et pire encore lorsqu'Adriana est morte à l'accouchement. Athalia le savait bien, si cette histoire venait à se savoir, ça ferait scandale. Pour les deux familles. Deux membres si importants des Alvarado et des De la Vega, qui trahissent les leurs par amour ? Pas étonnant non plus que tout le monde cherche cet enfant, qui était comme maudit. Même si les Alvarado le croyaient mort jusque-là… Après la mort d'Adriana, Enrique avait sûrement confié l'enfant à une famille insoupçonnable pour l'élever. L'homme du désert ne mentait probablement pas lorsqu'il disait qu'il ne savait pas où il était : le suivre pendant toutes ses années aurait éveillé les soupçons, et il avait été banni du village. Cependant il restait un espoir : il devait bien se rappeler de quelque chose par rapport à la famille où vivait désormais le garçon, par exemple où ils s'étaient rencontrés. La jeune fille était sûre qu'il ne l'avait pas abandonné. De ce qu'elle savait des histoires d'amour, elle pouvait en déduire que s'il aimait vraiment Adriana, au point de trahir son clan, il aimait aussi cet enfant. Mais, une fois l'enfant bien caché, Enrique avait dû s'enfuir, ou bien Hermelinda l'avait chassé, ne pouvant pas se résoudre à tuer son propre frère. Et la jeune fille comprit aussi que si les Alvarado lui avaient demandé de chercher Enrique, alors qu'ils pensaient l'enfant mort, c'était simplement par vengeance. Agacia avait vu sa fille se détacher d'elle, lui désobéir, pour finir par mourir en plein conflit. Athalia pouvait comprendre qu'elle veuille la mort de l'homme plus que tout.

Elle lâcha un long soupir, encore éberluée d'avoir compris toute l'histoire. Il restait encore quelques pièces manquantes, comme où était l'enfant, s'il était à San Pedro ou à Santa María. C'était d'ailleurs le but de sa visite à Hermelinda : tout d'abord confirmer ses déductions, et ensuite récolter un maximum d'indices. Les De la Vega cherchaient l'enfant depuis bientôt dix-huit ans. Il serait forcément utile de les questionner. Du moins, elle l'espérait.

Un enfant, qui n'avait jamais connu sa mère, et qui avait vite été confié à quelqu'un d'autre par son père. Qui pouvait être dans n'importe quel village. Athalia essayait de repenser à toutes les personnes qu'elle connaissait susceptibles d'être l'enfant. Mais personne ne correspondait à ce profil. Sauf peut-être…

Elle sursauta de surprise. Eduardo correspondait à tous les critères. Enfin, son père était mort, d'après ce qu'il disait, mais il était trop petit, il n'en savait rien. Il était plus jeune que celui de la description des De la Vega. Mais l'idée que son ami puisse être le gamin l'avait tout de même effleurée. Et si…

Elle ferma les yeux, chassant cette pensée, qui était bien trop invraisemblable. C'était impossible. Elle se dit qu'elle avait assez cogité pour la soirée, et elle enfouit tout ce qui était lié à la mission au fond d'elle, pour laisser reposer son esprit. Elle allait finir par devenir folle. Et une fois tout le brouillard parti, de nouvelles pensées l'assommèrent. Elle entrouvrit un œil, et découvrit Diego, la tête encore appuyée sur son genou qu'il avait replié contre lui, et qui l'observait depuis tout ce temps. Elle esquissa un petit sourire.

– J'aime bien te regarder réfléchir, dit-il. Mais tu devrais défroncer tes sourcils de temps en temps, ou tu vas finir par avoir des rides avant l'âge.

Elle fit mine de le bousculer, et ils rigolèrent doucement. Derrière eux, le soleil finissait de cacher ses dernières lueurs. Ils décidèrent donc qu'il était temps d'aller se reposer. Ils sautèrent du mur, et Athalia s'enroula dans une vieille couverture qui traînait. Diego fit de même, et il colla son dos à celui de la jeune fille. Ils ne mirent pas longtemps à s'endormir, et bientôt on entendit leurs faibles ronflements paisibles se mêler au souffle du vent.

Athalia s'éveilla doucement, lorsque les premiers rayons du soleil commencèrent à apparaître. Elle se frotta les yeux, cligna une ou deux fois, puis les ouvrit. Elle dut attendre quelques minutes qu'ils s'habituent à la lumière. Elle avait si bien dormi, enroulée dans toutes ces couvertures, qu'elle avait les jambes encore engourdies. Elle se retourna, et vit que Diego dormait toujours. Elle se leva doucement, se glissa hors des couvertures et se dirigea vers son sac. Elle prit de quoi déjeuner, en laissa un peu pour le garçon, puis elle s'installa sur le petit muret pour manger. Quand elle eut fini, elle réveilla Diego, lui donna de quoi manger, pendant qu'elle réfléchissait au moyen d'aller voir les De la Vega.

Elle avait plusieurs fois pensé à s'introduire chez eux comme une voleuse, mais elle ne doutait pas que leur résidence devait être impénétrable, et puis elle ne serait pas bien accueillie par la suite. Elle classa cette idée dans sa liste « idées pour mourir » et réfléchit à un autre moyen.

– À quoi penses-tu de bon matin ? lui demanda Diego, la faisant sursauter.

– À la mission, comme toujours. Il faut que je trouve comment entrer.

Il avala la dernière bouchée de sa collation et vint s'assoir en dessous du muret sur lequel elle s'était perchée.

– Il faudrait s'approcher de leur maison pour observer comment elle est fichue. L'air innocent, comme un simple passant.

– Les simples passants ne vont pas traîner par là-bas.

– Il faudra avoir l'air très convaincant.

– C'est une bonne idée… si on oublie le fait que je suis classée comme indésirable numéro un dans ce quartier, riposta-t-elle d'un ton cinglant. Et ce n'est pas en rabattant une capuche noire sur ma tête que j'aurais l'air moins louche.

– Je n'ai jamais dit que tu devrais y aller toi.

Elle resta silencieuse et le regarda droit dans les yeux. Est-ce qu'il venait d'insinuer qu'il l'aiderait dans sa mission ? Elle en eut bien l'impression, car il lui lança un petit sourire.

– Ils ne me connaissent pas, je n'ai rien de suspect, rien de valeur sur moi, et puis, je sais très bien jouer les innocents.

Elle allait le remercier quand elle fronça aussitôt les sourcils et lui demanda :

– Qu'est-ce que tu vas me réclamer en échange ?

– Rien, répondit-il avec un petit rire. Tu m'as payé comme guide pour rentrer dans la résidence des De la Vega, alors je fais mon travail.

Ce n'était pas vraiment ce qu'elle avait dit, elle lui avait simplement demandé de lui faire visiter les quartiers. Mais comme il ne semblait pas dérangé à l'idée de l'aider, elle ne répliqua pas et sauta du muret. Elle retomba souplement sur ses jambes, et se dirigea vers son sac pour se préparer. Elle avait déposé la veille toutes ses armes dedans, et elle voulait s'équiper. Elle attrapa un pistolet, mais Diego l'arrêta.

– Tu n'en as pas besoin, laisse tes armes ici.

– J'en ai toujours besoin.

– Tu vas juste rester cachée derrière un mur et me regarder ! Je ne vois pas en quoi c'est dangereux.

– Si tu as un problème, elles me seront utiles lorsque j'interviendrai.

– Je n'aurais pas de problème.

– Mais si jamais ?

Il semblait exaspéré.

– Alors tu vas gentiment te cacher et attendre que je règle tout ça, au lieu de venir aggraver la situation.

Il avait raison, ce serait la meilleure chose à faire. Mais tout de même, elle détestait être sans défense.

– Tu vas attirer l'attention, ça ne servirait à rien.

Il ignorait probablement qu'elle les dissimulait plutôt bien. Mais après tout, il avait raison. Peut-être que pour une fois, elle devrait essayer de se balader « normalement ». Même si elle n'aimait pas ça, surtout quand elle se trouvait en terrain ennemi. Mais elle l'avait déjà fait à San Pedro, et il ne s'était rien passé. Et puis, ça serait plus confortable avec la chaleur qui régnait dès le bon matin.

– D'accord, à une condition. Je repasse les prendre avant d'aller chez eux.

Il accepta et lui lança un franc sourire.

– Je n'arrive pas à croire que tu m'aies écouté pour une fois.

Elle leva sa main qui tenait toujours le revolver qu'elle avait pris.

– Je prends quand même celui-là, au cas où j'en aurais besoin, et aussi parce que j'aime bien avoir le dernier mot.

Elle ne put s'empêcher de sourire lorsqu'il leva les yeux au ciel. Ils se préparèrent ensuite à partir, et quelques minutes plus tard ils étaient sur la moto. La jeune fille avait réussi à convaincre Diego de conduire, et il lui dictait les directions à prendre, accompagnées d'explications sur les bâtiments devant lesquels ils passaient.

– Tourne à droite, on va arriver devant leur résidence.

Athalia s'exécuta, et en effet elle reconnut la rue, et bientôt la grande maison dans laquelle elle avait été enfermée. Elle déglutit imperceptiblement, et ralentit. Elle s'arrêta derrière un mur, d'où elle pourrait observer le garçon sans attirer l'attention. Elle gara la moto quelques pas derrière elle, et s'approcha de l'angle. Elle resta un moment silencieuse à observer l'énorme bâtisse, puis revint vers Diego.

– Tu es sûr de ton coup ?

– Je vais juste devoir passer devant chez eux et flâner un peu, il n'y a rien d'extraordinaire.

Elle ne répliqua pas, même si elle n'était pas totalement convaincue. Il réajusta sa veste, réfléchit quelques instants, puis partit d'un pas nonchalant. La jeune mercenaire le suivit des yeux, le cœur battant à tout rompre. Finalement, elle aurait dû prendre ses armes. Elle se sentait très vulnérable en plein dans la tanière de l'ennemi.

Mais elle devait avouer que Diego jouait son rôle à merveille. Quand elle le regardait, elle voyait un habitant avec un air naïf, qui se promenait tout en observant ce qui l'entourait. Elle plissa les yeux lorsqu'elle le vit hésiter. Peut-être voyait-il quelque chose, mais il voulait sûrement s'approcher car il fit mine de contempler un tronc d'arbre à moitié mort devant leur résidence.

Athalia sentit son pouls accélérer lorsqu'elle vit un homme s'approcher de Diego à grand pas. Probablement une sorte de garde, qui veillait à ce que personne ne s'approche. Et il ne devait pas aimer ce garçon qui tournait en rond devant la maison.

Il s'approcha de lui, l'air mécontent. La jeune fille voyait seulement le dos de Diego, et elle ne pouvait deviner ce qu'il racontait. Mais le garde semblait pris au dépourvu, ce qui était une bonne chose. Elle ne put s'empêcher de sortir son pistolet de son étui, juste pour se rassurer, mais aussi pour être prête à intervenir en cas de problème. Elle espérait que ce ne serait pas le cas, car si ça venait à se produire, tout son plan serait fichu en l'air. Elle priait pour que Diego soit assez bon acteur et qu'elle n'ait pas besoin d'en arriver là, et elle se jurait mentalement que s'il l'obligeait à intervenir, elle le tuerait dès qu'ils seraient hors d'atteinte des De la Vega.

Elle ne perdait pas un seul de leurs gestes. Son esprit était entièrement fixé sur la scène, lorsque soudain elle sentit une main la saisir par l'épaule avec force. Son instinct de bête sauvage se réveilla, et sans réfléchir elle attrapa le bras avec sa main et se dégagea brutalement. Elle tomba au sol sous l'effort, et rattrapa son pistolet qui venait de tomber. Les De la Vega l'avaient trouvée. Et elle n'avait presque aucune arme pour se défendre.

Elle se releva et se retourna pour faire face à son agresseur, mais se stoppa net de surprise. Elle était à la fois soulagée, contrariée, et apeurée. L'homme en uniforme bleu, avec un écusson de la police locale agrafée sur sa chemise, la fixait, les bras croisés, un air dur collé sur le visage. En voilà un beau pétrin.

Il désigna d'un air autoritaire l'arme qu'elle avait à la main.
— Fais voir ton permis.
— Pardon ?

Un permis ? Pour posséder une arme ? Depuis quand les policiers vous arrêtaient pour ça ? Il faut croire qu'à Santa María, la police était plus rigoureuse, peut-être parce que le village était bien plus grand que San Pedro.

— Je te demande ton permis pour posséder une arme, qu'est-ce que tu ne comprends pas là-dedans ? rugit-il.

Athalia avait bien envie de lui envoyer son poing dans le nez. Non, mais pour qui se prenait-il pour lui parler sur ce ton ? Elle se retint cependant, ce n'était ni l'endroit, ni le moment pour être poursuivie par la police. Elle pensa avec effroi que s'il la fouillait, elle risquait gros. Mais une lueur de réconfort vint l'éclairer. Elle ne les avait pas, à part ce petit pistolet qu'elle tenait bêtement dans sa main. Finalement, sans le savoir, Diego lui avait sauvé la vie ce matin. Elle réfléchit à sa réponse, quand une pensée lui traversa l'esprit.

– Je… bafouilla-t-elle de façon moyennement convaincante. Je l'ai trouvé par terre et je voulais l'amener au commissariat.

– Tu voulais le ramener ? demanda-t-il avec dédain. Cachée derrière ce mur, à espionner je ne sais quoi ?

Son plan tomba à l'eau comme une pierre qu'on lâcherait dans un lac. Elle ne répondit rien, sachant que ça ne ferait qu'empirer les choses, mais le policier répliqua, coupant court à ses pensées :

– Si tu penses que c'est un jouet, tu te trompes. La prochaine fois que tu trouves une arme dans la rue, n'essaye pas de la garder. Suis-moi au poste. Et donne-moi ça, ajouta-t-il en désignant le revolver.

Elle eut un mouvement de recul devant sa main tendue, mais elle savait qu'elle ne pouvait rien faire pour l'instant. Elle lui tendit à contrecœur, et après un dernier regard en arrière, dans la direction de Diego qu'elle ne réussit malheureusement pas à voir derrière l'angle du mur, elle suivit l'agent. Il s'arrêta deux pas plus loin devant la moto de Diego, arrêtée contre le mur.

– C'est à toi, ça ?

Comprenant que le véhicule était mal garé et qu'elle risquerait une autre amende, elle secoua frénétiquement la tête. Il l'étudia du regard, perplexe mais n'ajouta rien et se contenta d'un coup d'œil mauvais en direction de l'engin. Il continua sa route, la jeune fille sur ses pas. Athalia réfléchissait de plus en plus au moyen de s'enfuir, mais pour le faire il fallait un endroit désert, et où elle pourrait facilement semer le policier. Ce n'était pas San Pedro, et elle devait absolument savoir où elle allait, sinon elle n'aurait aucune chance de s'échapper. De toute façon, à San Pedro, les risques de se faire arrêter par la police étaient quasiment inexistants.

Une pensée lui vint, et elle déglutit. Les De la Vega contrôlaient sûrement d'une façon ou d'une autre la police du village. Elle risquait d'avoir de gros problèmes, car elle n'aurait pas l'occasion de discuter avec eux et de leur exposer la raison de sa venue ici. Elle ne devait surtout pas aller au commissariat.

Son esprit en ébullition, elle regardait partout autour d'elle pour trouver une échappatoire. Elle ne doutait pas que l'agent courait très vite, étant donné la taille de ses jambes. Mais elle était plus petite et plus agile. Elle devait trouver une petite rue, coupée par plein d'autres, un labyrinthe où il serait facile de se faufiler, enjamber des murs ou se glisser par de petits passages creusés dans la pierre.

Ils ne marchèrent pas cinq minutes qu'ils arrivaient dans l'endroit parfait pour sa fuite. Athalia tourna la tête de chaque côté pour bien évaluer le lieu dans lequel elle se trouvait. Elle était déjà venue là, même si elle n'en avait que très peu de souvenirs. Le policier lui jeta un regard étrange, alerté par le fait qu'elle observait chaque détail de la rue.

Alors, elle sut que c'était le moment. Sans demander son reste, elle lui arracha son arme des mains, et détala le plus vite qu'elle le pouvait dans les rues.

– Hé, attends !

Elle rangea son revolver dans sa housse, qui pendait à sa ceinture, et continua sa course sans s'arrêter, en empruntant le plus de virages possible.

– Reviens ici !

Elle constata avec satisfaction que la voix de l'agent semblait déjà plus lointaine. Elle ne se retourna pas pour vérifier et continua son chemin. Devant elle, un mur se dressait. Il n'était pas bien haut, et un gros tonneau couché sur le sol pourrait lui servir de marchepied. Elle accéléra, sauta sur le tonneau et s'élança sur le mur. Elle passa sans aucun mal de l'autre côté, sans prêter attention aux cris du policier. Elle devrait se méfier désormais, lorsqu'elle marcherait dans Santa María, à ne pas croiser un agent de police. Personne n'allait la proclamer ennemi public juste pour ça, bien sûr, mais mieux valait être prudente. Ses pensées divergèrent vers Diego. S'en était-il sorti ? Au fond, ce n'était pas vraiment son problème, mais elle avait encore besoin d'un guide. Et puis, Diego risquait de la dénoncer, et s'il s'était vraiment fait prendre, ça prouvait qu'elle n'avait aucun espoir d'entrer chez les De la Vega. Elle pensait aussi qu'il avait seulement voulu l'aider, et que même si elle n'avait jamais ressenti de culpabilité, elle s'en voudrait s'il lui arrivait malheur à cause d'elle.

Après avoir couru pendant plusieurs minutes, à bout de souffle et sentant son cœur cogner dans sa poitrine à chaque battement, elle s'arrêta pour reprendre ses esprits. L'agent devait être loin maintenant, et il avait probablement arrêté sa course. Elle resta néanmoins sur ses gardes, et se fit discrète, tandis qu'elle repartit pour retrouver Diego. Elle emprunta une route différente pour approcher la résidence des De la Vega par un autre côté. Comme ça, si le policier était revenu là où il l'avait trouvée, elle le verrait la première.

Elle dut marcher pendant au moins quinze minutes avant d'arriver enfin à quelques pas de la résidence des De la Vega. Elle se pencha le long du mur, et vit que Diego n'était pas devant chez eux. Pas étonnant en même temps, elle avait dû s'absenter trop longtemps. Elle fit demi-tour et traversa une mini ruelle pour arriver à l'endroit où elle était avant. Elle vit la moto, qui n'avait pas bougé, mais aucun visage familier. Elle s'approcha de la moto, comme si elle allait lui souffler un indice, puis décida de partir à la recherche du garçon. Elle pivota et eut un petit cri de surprise. Elle était nez à nez avec Diego, qui semblait soulagé de la voir.

– Je t'ai cherchée partout ! dit-il dans un soupir à la fois énervé et rassuré. Où étais-tu passée ?

– Un flic m'a choppée, maugréa-t-elle. À cause de mon arme.

Il haussa un sourcil, surpris, et lui adressa un clin d'œil taquin.

– On remercie qui de t'avoir prévenue de ne pas prendre tout ton arsenal ?

Elle fit la moue.

– Tu n'en savais rien, c'était du hasard. Ça ne compte pas.

Elle repartit vers la moto, vexée, sous le rire de Diego.

Ils repartirent dans leur repaire, pour grignoter un petit en-cas, boire un coup et se reposer.

– Alors, tu sais comment on peut y entrer ? demanda la jeune fille.

– Ils surveillent en permanence la rue. Il y a des caméras partout devant chez eux, ils voient chacun de tes mouvements. S'ils ont envie de t'ouvrir, ils le feront au moment où tu seras devant la porte.

– Le truc, c'est que je ne suis même pas censée être ici...

Mais peut-être que si elle se présentait d'un pas assuré devant la porte, en montrant à la caméra qu'elle venait en paix, simplement pour discuter, elle avait ses chances. Ils allaient peut-être penser à un message des Alvarado, ou ils pourraient tout simplement être curieux de savoir ce qu'elle leur voulait, alors avec un peu de chance ils lui ouvriraient. De toute manière, si elle leur voulait vraiment du mal, jamais elle ne se présenterait à leur porte, en se servant elle-même sur un plateau d'argent, emballée de joli papier cadeau.

Déterminée, la jeune mercenaire se leva et partit vers son sac, où était caché son tas d'armes. Elle enfila sa veste, qu'elle avait quittée quelques instants plus tôt, sa ceinture adaptée, et elle commença à les ranger dans toutes les poches conçues pour. Elle ne voulait prendre aucun risque. Elle sentit le regard de Diego, estomaqué de la voir avec tous ces pistolets, ces poignards, qu'elle rangeait machinalement dans ses poches. À l'évidence, il n'imaginait pas qu'elle en cachait autant. Il se prépara lui aussi, et ils eurent terminé à peu près en même temps. Comme elle voulait en finir au plus vite, Athalia lui enjoignit de partir tout de suite.

Ils laissèrent derrière eux la petite décharge et la moto démarra doucement. La jeune fille retrouva toute seule le chemin, et s'arrêta un peu avant d'entrer dans l'allée. Elle dit à Diego de l'attendre là, en restant le plus discret possible, et prêt à décoller si jamais elle devait prendre la fuite. Elle ne voulait pas qu'il s'arrête juste devant chez eux, où il s'exposait au danger, surtout après avoir fait le guet. Même si le garde l'avait laissé tranquille tout à l'heure, Diego ne devait plus être vu par ici. Les De la Vega risqueraient d'être plus méfiants, ils pourraient penser qu'elle avait amené des renforts, voire qu'elle préparait un mauvais coup.

Elle continua donc le chemin à pied, sous le regard attentif et inquiet de Diego, jusqu'à arriver devant l'entrée. Elle pouvait presque sentir leurs regards à travers les caméras qui étaient dissimulées partout. Elle n'était pas très sereine, et elle vérifia plusieurs fois que son masque de pierre était bien en place. Elle ne voulait afficher aucune expression, encore plus que d'habitude, pour être le moins vulnérable possible. Elle retint un sursaut lorsque la porte s'ouvrit, laissant apparaître Hermelinda. Son sourire supérieur et rusé sur ses lèvres, ses bras croisés, et les gardes aux pistolets chargés dans sa direction, Athalia était clairement en position de d'infériorité. Mais elle ne laissa rien paraître de sa vulnérabilité, resta totalement impavide et déclara plutôt, d'une voix forte :

– J'aimerais m'entretenir avec vous.

– Je croyais avoir été assez claire la dernière fois.

Les cliquetis de pistolets qu'on recharge montraient en effet qu'ils n'avaient pas vraiment envie de discuter.

– J'ai une offre à vous faire, reprit la jeune fille, en maitrisant les tremblements de sa voix.

Comme Hermelinda ne bougeait toujours pas, elle tenta une autre approche.

– Et j'ai des informations sur votre frère.

Elle avait fait mouche. Bien qu'elle tentât de le masquer, Hermelinda voulait en savoir plus.

– Je t'écoute.

– Je vous pensais plus accueillants avec vos invités.

Elle insista sur le dernier mot. La cheffe du clan la toisa longuement, puis finalement elle se recula et la fit entrer. Un garde referma la porte, mais avant que la jeune fille n'ait pu aller plus loin, un autre s'approcha d'elle, sa mitraillette toujours pointée sur sa tête.

– Tes armes, dit-il d'une voix grave et puissante.

La jeune fille déposa le pistolet, et le long poignard qui pendaient à sa ceinture. Elle leva les mains en signe de coopération.

– Toutes tes armes.

Elle le fixa droit dans les yeux, mais voyant qu'il n'était pas dupe, elle sortit aussi les deux revolvers qui se trouvaient dans les poches intérieures de sa veste, vers les hanches.

– J'ai dit, toutes tes armes, répéta-t-il en insistant sur chaque syllabe.

– Je les ai toutes… OK, OK, c'est bon je vais le faire ! s'empressa-t-elle de dire lorsque la mitraille chargée du garde s'appuya contre sa tempe.

Elle rajouta, les deux poignards qu'elle cachait dans son dos.

– Maintenant, les couteaux qui sont dans tes manches.

– Vous pensez vraiment que j'irais mettre des couteaux dans mes manches ?

Sous le regard du garde, elle comprit qu'il savait très bien où elle les cachait. Ils avaient sûrement tous été mis au courant, après que Sergio l'eut dépouillée de ses armes lors de sa capture. Elle posa donc ses couteaux par terre, et rajouta au passage celui qui était dans la poche intérieure de son pantalon, qu'elle pouvait attraper par un petit trou qu'elle avait fait dans ce dernier. Elle se releva, un air exaspéré sur le visage, jusqu'à ce qu'Hermelinda intervienne.

– N'oublions pas le revolver de secours que tu gardes dans ta botte droite, et les lames dans la gauche.

Elle était malheureusement obligée de s'exécuter, consciente que si elle ne se retrouvait pas complètement dépouillée, jamais elle n'entrerait plus loin dans la résidence, ou plutôt jamais n'en sortirait-elle. Il faudrait vraiment qu'elle prenne le temps de rajouter des cachettes à sa tenue, mais toutes ses armes avaient déjà été dissimulées avec grande difficulté, et elles pesaient bien assez lourd comme ça.

Hermelinda la conduisit ensuite dans une grande pièce, presque vide, qui était vraisemblablement son bureau. Une grande table et une chaise trônaient au milieu, et sur les bords des armoires, étagères, et tiroirs pleins à craquer de papiers remplissaient l'espace. La grande dame s'assit derrière son bureau et invita d'un signe de la main Athalia à prendre place en face. Celle-ci s'assit prudemment, un regard méfiant vers les deux gardes postés à l'entrée de la pièce.

– Ne t'inquiète pas, dit Hermelinda en suivant son regard, tu peux parler en sécurité ils ne répèteront rien. J'ai confiance en eux. Maintenant, j'aimerais que tu m'expliques la raison de ta venue. J'espère pour toi que c'est intéressant, et que je ne vais pas regretter de t'avoir fait entrer. Tu as déjà beaucoup abusé de ma patience, mercenaire.

– J'ai abandonné ma mission auprès des Alvarado, après leur avoir livré le message, mentit-elle.

– Alors pourquoi continues-tu tes recherches ?

Bien sûr, Athalia aurait dû s'en douter, les De la Vega l'épiaient. Elle ne savait pas quoi dire, aussi elle répondit la première chose qui lui traversa l'esprit.

– Par curiosité. J'avais envie d'en savoir plus, cette histoire m'intrigue.

Comme elle ne connaissait pas vraiment ce sentiment, elle s'était basée sur ce qu'elle avait ressenti lorsqu'elle avait ouvert la lettre avant de la donner aux Alvarado.

– Les mercenaires dans ton genre ne sont pas curieux, vous voulez seulement de l'argent. Qu'est-ce qui t'amène réellement ?

Hermelinda ne se laisserait pas berner aussi facilement, Athalia le savait. Elle décida donc de changer de tactique.

– Comme je vous l'ai dit, j'ai abandonné ma mission. J'ai continué mes recherches, dans l'espoir que si je trouvais l'enfant, et que je vous le ramenais, vous m'offrirez une plus grosse somme qu'eux.

Athalia fit bien attention à ne pas mentionner Enrique. Quand elle était en cellule, elle avait fait croire à la cheffe du clan que sa mission était de trouver l'enfant.

Hermelinda semblait intéressée. Elle avait dû comprendre que la jeune fille était assez maligne, et qu'elle avait sûrement des pistes.

– Si tu le trouves et que tu le ramènes, je te payerai. Plus que ce qu'ils t'avaient promis.

Elle mentait. Athalia le savait très bien. Elle mentait, et même si elle savait le faire à merveille, la jeune fille le voyait, elle avait appris à la connaître assez bien pour le savoir. Mais elle ne dit rien, et fit comme si elle la croyait. Après tout, elle aussi mentait depuis le début. Si elle trouvait l'enfant, elle le ramènerait aux Alvarado. Elle leur faisait plus confiance pour la prime.

– J'imagine que si je trouve Enrique, vous serez intéressée aussi…

– En effet. Mais qu'est-ce qui te fait croire que tu réussiras à les trouver ? Tous les deux ?

– J'ai pas mal de pistes. Mais j'aurais quelques questions à vous poser, qui pourraient m'aider.

– Je t'écoute.

– Je pense savoir ce qui s'est passé, il y a bientôt dix-huit ans. Mais si vous aviez des détails à m'apporter, ça me serait utile.

– Pourquoi aurais-tu besoin de savoir ça ? Je ne te demande pas de résoudre un mystère du passé, simplement de trouver quelqu'un.

La jeune fille comprit qu'elle devrait être plus maligne si elle voulait avoir quelques informations supplémentaires. Elle savait qu'il était mieux de s'appuyer sur la réalité lorsqu'on trompait quelqu'un, aussi elle se servit de ses soupçons :

– Je pense que l'enfant est à San Pedro. Du moins, c'est fort possible.

Hermelinda semblait ne pas y avoir encore songé, ou en tout cas pas sérieusement.

– Si vous me racontiez l'histoire à votre façon, reprit la jeune fille, peut-être que j'y verrais un indice.

À sa grande surprise, car elle pensait qu'il lui faudrait encore négocier pendant des heures, Hermelinda déclara :

– Mon frère, et la fille de nos ennemis étaient tombés amoureux. Malgré nos interdictions et nos avertissements. Si ça venait à se savoir, notre réputation aurait été salie, et nous avions peur que des secrets de famille soient révélés. Nous savions tous que cette alliance n'était pas possible. Mais ils désobéissaient. Et un jour Adriana est morte. Je n'ai pas besoin de t'expliquer le scandale que ça a causé.

Elle fit une pause, et s'approcha de la fenêtre, en plongeant son regard vide dans le paysage.

– Je ne savais pas encore qu'ils avaient eu un enfant. Ni moi, ni ma mère, qui dirigeait le clan à l'époque, ni le reste de notre famille. Nous ne l'avons appris qu'un an après, lorsqu'Enrique est venu nous menacer, accompagné de ce maudit enfant.

Elle avait proféré ces derniers mots avec mépris. Athalia pensa qu'elle cachait quelque chose. Elle voulait le tuer pour une raison encore inconnue de la jeune fille, et pas uniquement pour une histoire de vengeance ou d'honneur.

– De quoi vous a-t-il menacée ? demanda-t-elle.

Hermelinda ne répondit pas, et l'ignora complètement. Elle n'en dirait pas plus, c'était peine perdue. La mercenaire avait déjà beaucoup de chance qu'elle ait accepté de lui parler.

– Après ça, reprit finalement Hermelinda, il a caché l'enfant, je ne sais où. Nous ne connaissons pas son prénom, et je ne l'ai pas vu assez pour pouvoir le reconnaître. Et je suis parfaitement sûre que l'enfant sait qui il est. Il doit également essayer de se cacher, et nous fuir.

Athalia n'était pas aussi persuadée qu'elle que l'enfant connaissait son histoire, mais Hermelinda semblait bien décidée, et la rage qu'elle avait contre lui l'empêchait sûrement de se raisonner.

– Mais Enrique sait où il se cache, si on le retrouve, on retrouve l'enfant avec. Je ne l'ai plus revu depuis, il sait très bien que s'il remet les pieds dans la ville, je le saurai. Depuis, nous ne cessons d'épier chaque coin de rue, en permanence.

Athalia pensa qu'elle devait en rajouter un peu, pour lui faire passer un avertissement, car si c'était vrai, elle l'aurait déjà vu lorsqu'il se baladait en ville. Peut-être y était-il encore, avec sa capuche noire, à se cacher. Mais ce que la jeune fille retint le plus de cette histoire, c'était le fait qu'Enrique était revenu voir les De la Vega.

– Pourquoi voulez-vous absolument mettre la main sur l'enfant avant les Alvarado ? tenta à nouveau Athalia. Si vous avez si honte de lui, pourquoi ne pas le laisser dans la ville, là où même vous, peut-être même lui, ne savent pas qui il est ?

– Pour le tuer bien sûr. Il ne devrait pas exister, il est né d'une union maudite, jamais notre famille ne sera tranquille tant qu'il sera en vie.

La jeune fille restait méfiante face aux paroles de la cheffe des De la Vega. Même si Athalia lui avait dit avoir démissionné, la sœur d'Enrique était bien trop maligne pour se laisser berner. Certes, elle ne lui avait rien révélé de compromettant, peut-être que ça lui importait peu que les Alvarado soient au courant.

Une chose était sûre en tout cas, elle cachait quelque chose. La jeune mercenaire avait d'abord pensé enquêter, mais après réflexion, elle se dit que ça ne servirait à rien. Elle se doutait qu'une histoire d'argent et de pouvoir se cachait derrière cette envie de meurtre. Probablement en rapport avec l'héritage des De la Vega : après tout, même si Enrique avait été banni, l'enfant était toujours l'héritier légitime du clan, avec Hermelinda. Celle-ci avait de bonnes raisons de vouloir le faire disparaître. Surtout qu'à l'entendre, l'enfant connaîtrait tout de son identité et pourrait donc réclamer son dû à n'importe quel moment.

Ça semblait logique. Après tout, lorsque les Alvarado avaient appris que l'enfant était vivant, bien qu'ils aient voulu aussitôt le retrouver, leur priorité restait Enrique. Par vraie vengeance cette fois. Ou peut-être avaient-ils entendu des bribes de cette histoire d'héritage, et ils espéraient alors, en ayant l'enfant sous leur contrôle, pouvoir faire du chantage à Hermelinda.

Athalia chassa de ses pensées toutes ces questions. Connaître le fond de l'histoire ne l'aiderait pas à retrouver l'enfant.

Elle sursauta lorsqu'Hermelinda déclara :

– Si tu me ramènes Enrique ou l'enfant, vivants bien sûr, je te promets une grosse somme. Mais je te laisse deux semaines, pas plus. Passé ce délai, si mes hommes te voient ils auront l'ordre de te tuer.

La jeune fille la défia du regard en signe d'approbation, mais elle savait qu'elle ne plaisantait pas. De toute façon, elle comptait chercher encore un petit peu à Santa María, et ensuite elle irait à San Pedro, au cas où elle aurait plus de chance. Elle avait d'abord pensé à retrouver Enrique, maintenant qu'elle en savait plus, mais, même si Hermelinda semblait convaincue qu'il savait où se trouvait l'enfant, Athalia, elle, doutait encore. L'homme s'était montré très persuasif la dernière fois.

Elle se leva doucement. Elle n'obtiendrait pas plus d'informations, et elle était pressée de sortir de cet endroit. Elle était un peu déçue, elle avait espéré en apprendre davantage en venant ici, mais elle se contenterait de ce qu'elle avait appris. Et puis, elle pouvait déjà se réjouir de ne pas avoir été jetée en cellule. Enfin, pour l'instant du moins, mais il ne lui semblait pas que c'était l'intention d'Hermelinda.

La grande dame se leva également, avec un sourire sur les lèvres qui ne l'avait pas quittée du début à la fin. Elle la laissa récupérer ses armes, puis elle la raccompagna jusqu'à la sortie, et lorsqu'Athalia commença à suivre le petit chemin jusqu'à la route, elle entendit derrière elle Hermelinda lui dire, d'une voix malveillante :

– Souviens toi : deux semaines, et pas plus.

Chapitre 17

– Alors ? demanda Diego lorsqu'elle revint vers lui.
Athalia haussa les épaules.
– Rien de super important. Mais ça aurait pu être pire.
– J'ai un peu soif. On va boire un coup ?
Elle acquiesça, et il l'emmena dans un petit bar à quelques pas d'eux. Athalia ne savait pas si c'était une bonne idée de rester dans ce quartier, mais après tout elle avait deux semaines de liberté de circulation à Santa María, autant en profiter. Ils burent tranquillement un café, et tandis qu'il allumait une cigarette, Diego lui demanda de raconter ce qu'Hermelinda De la Vega lui avait dit. La jeune fille résuma sa conversation, sans trop en dire non plus. Après, ils discutèrent du prix pour la visite guidée, et lorsqu'ils tombèrent d'accord, elle sortit d'une poche secrète de sa veste une petite liasse de billets.
Ils profitèrent du soleil matinal qui planait au-dessus d'eux, puis, comme elle savait qu'elle n'avait pas beaucoup de temps, Athalia demanda à repartir.

Elle s'apprêtait à monter sur la moto, mais elle vit une faible lumière traverser sa poche. Elle sortit son téléphone : quelqu'un essayait de l'appeler. Elle fit un geste de la main à Diego pour le lui signaler, et elle décrocha.

– Ed ?

– Salut ! Tu vas bien ?

– Oui oui. Et toi ? Pourquoi tu m'appelles ? Un problème ?

– Non, au contraire. Un indice. Sur l'enfant. Et de taille !

Athalia s'éveilla aussitôt, cachant avec difficulté son impatience.

– Qu'est-ce que tu attends ? Dis !

– Je ne peux pas. Il faut que je te montre.

– Ok. Rejoins-moi au bar de Diego. Tu sais ? Celui qui m'avait aidée. J'y serai dans une vingtaine de minutes.

– Ça marche.

Très enthousiaste, elle sauta sur la moto, prit les commandes, et pressa Diego pour qu'il monte derrière elle. Elle démarra aussitôt, très vite, malgré les injonctions de Diego à ralentir. Il finit par se taire, comprenant bien qu'elle ne l'écoutait pas, et se contenta de s'accrocher un peu plus fort. Elle ne mit même pas dix minutes pour arriver au bar, et elle vit avec déception qu'Eduardo n'était toujours pas là. Elle amena la moto au garage, où Diego s'empressa de la récupérer pour la ranger, il avait à l'évidence trop peur que dans sa précipitation Athalia la renverse. Il referma la porte métallique et rattrapa au pas de course la jeune fille qui était retournée en direction du bar.

– Est-ce qu'il y aurait un endroit plus tranquille ?

Diego lui désigna sans hésiter un petit coin, où une table vide était éloignée des autres. Athalia y prit place, et elle patienta, tapotant la table en signe d'impatience, ne pouvant pas attendre sans rien faire. Diego partit saluer Esteban, récupéra trois bières et retourna avec elle à la table. Une petite clochette retentit, et Athalia sursauta en se redressant, mais tout espoir s'envola quand elle vit une femme qu'elle ne connaissait pas entrer. Elle fixait la pendule en face d'elle, voyant les secondes défiler. Elle n'avait aucune idée de ce que pouvait être l'indice « de taille » dont Eduardo avait parlé, mais ce dont elle était sûre, c'est que c'était la seule piste qu'elle avait pour l'instant, et que son meilleur ami avait surgi au bon moment pour remettre un peu de lumière dans ses pensées noires d'échec et de confusion.

Diego s'excusa, coupant les pensées de la jeune fille, car il devait aller aider Esteban à travailler. Il lui fit promettre cependant de tout lui raconter après, et avant de partir, elle lui demanda si elle pouvait charger son téléphone qui était à deux doigts de tomber en panne de batterie. Il lui prit son appareil et son chargeur, et partit le brancher derrière le comptoir, avant de se mettre au travail. Quelques minutes s'écoulèrent encore, qui parurent durer des heures, et enfin, un visage connu de la jeune fille franchit l'entrée. Elle lui fit un signe de la main et Eduardo la rejoignit avec un sourire. Tandis qu'elle lui tendait la bière encore fraîche, elle lui demanda précipitamment :

– Alors, qu'est-ce que tu as trouvé ?

Eduardo prit un air faussement indigné.

– Tu pourrais déjà te montrer heureuse de me revoir, non ?

– Allez, bouge ! répliqua-t-elle sous les rires du garçon. Tu ne sais pas combien de temps tu m'as fait attendre.

– Je suis à l'heure !

– Et moi, j'étais dix minutes en avance. Donc par rapport à moi, tu es en retard. J'attends des excuses. Et pour te faire pardonner, j'aimerais que tu me donnes ton indice.

Il la toisa d'un air moqueur, comme s'il avait du mal à décider combien de temps il continuerait à l'embêter, et Athalia crut qu'elle était à deux doigts de l'étrangler.

– C'est mon indice. Alors je te le dis, à une condition.

– Quoi ?

– Raconte-moi tout ce que tu as appris de cette affaire « enfant maudit », et tout en détail ! Ça ne sert à rien d'omettre des choses juste pour aller plus vite.

Athalia le fixa, la bouche ouverte, tâchant de savoir s'il était sérieux, et après avoir contrôlé ses envies de meurtre, elle inspira et commença par tout lui raconter, lentement. Qu'est-ce qu'il pouvait être pénible parfois ! Mais elle le savait, c'était le seul moyen d'avoir ce qu'elle voulait. Alors elle se remémora chaque détail qu'elle avait appris, soit parce qu'on lui avait dit, soit parce qu'elle l'avait elle-même déduit. Elle répondit avec patience à toutes ses questions, et lorsqu'enfin elle n'eut plus rien à dire, elle changea de ton, et lui cria presque :

– Et maintenant que tu sais tout de cette foutue histoire, j'aimerais que tu m'aides à régler le foutu mystère de ce foutu enfant ! Et pour ça j'attends ton foutu indice !

Il éclata de rire, et Athalia remarqua qu'elle avait peut-être parlé un peu fort, lorsqu'elle vit le visage de quelques clients se tourner vers elle. Elle sentit aussi les yeux moqueurs et amusés de Diego, derrière le comptoir.

Ed vit qu'elle le regardait. Il se tourna vers le serveur, puis vers Athalia, et lui demanda :

– Il était avec toi hier et ce matin, pas vrai ?

– Ed… grinça Athalia. Ton indice !

– Non, avant je vais te poser quelques questions par rapport à lui, parce que sans moyen de pression, tu ne me répondras jamais.

Elle laissa sa tête tomber de désespoir entre ses mains, pensant que jamais elle n'aurait cet indice. Eduardo croisa ses mains devant lui, comme s'il se préparait à une grande interview. Mais lors d'une interview, celui qui vous interroge n'a pas ce sourire sadique qui n'annonce rien de bon.

– Alors ? demanda-t-il d'une petite voix pleine de sous-entendus.

– Alors quoi ?

– T'as déjà oublié ma question ! Tu me dis de me dépêcher mais avoue que tu n'y mets pas du tien. Il était avec toi aujourd'hui ? Et hier ?

– Oui, il m'a servi de guide. Dans le quartier des De la Vega.

– Et ?

– Et quoi ?

Ce fut au tour d'Eduardo de se passer une main désespérément sur le visage.

– Athalia, je vois tout, et je sais tout. Surtout quand ça te concerne.

– Et alors ? J'ai rien à ajouter. Tu veux une description détaillée de ce que tu sais déjà ?

– J'ai presque envie de dire oui pour t'embêter… mais je vais m'en passer.

– C'est tout ? demanda Athalia, toujours aussi impatiente de découvrir enfin ce qu'il était venu lui dire.

– Je voulais juste te dire que je suis content. Pour toi.

– Eh, oh, ça sert à rien de s'emballer !

– Je sais, et je ne m'emballe pas. C'est juste que maintenant, tu as grandi, d'un certain côté.

Athalia ne savait pas vraiment quoi répondre. Bien qu'elle n'aimait pas l'admettre, elle avait aussi l'impression qu'une petite partie d'elle, dont elle ignorait l'existence, venait de s'éveiller. Certes, elle était attirée par Diego, mais sans plus, et pourtant ça avait suffi pour qu'elle comprenne certains mots, certaines émotions qui n'avaient jusque-là aucun sens pour elle.

– Allez, tu as assez attendu.

Il fouilla dans sa poche, et avant de lui donner l'objet qu'il tenait, qui était de la taille d'une petite carte postale, il lui expliqua :

– Je suis passé chez les De la Vega, d'après ce que tu m'as raconté, seulement quelques minutes après toi. Ça faisait un moment que la patronne m'avait dit qu'ils recherchaient un objet, qui pourrait m'être vraiment utile. Et ils l'ont retrouvé !

Il retourna la carte du bon côté vers Athalia, un grand sourire plein de fierté sur visage.

– Une photo ! dit-il tout content.

Athalia n'en croyait pas ses yeux. Une photo de l'enfant. Ce qui lui permettrait de le trouver. Elle attrapa le petit cliché, tout doucement, comme s'il pouvait se briser en mille morceaux.

– Il avait un an dessus, dit Eduardo. Au début, je ne comprenais pas comment ils avaient pu le prendre, puisque le gosse était censé être caché dès sa naissance. Mais d'après ce que tu m'as dit, c'est sûrement quand Enrique est revenu les menacer.

Athalia regarda plus attentivement la photo. Elle était prise légèrement de haut, il s'agissait probablement d'une caméra cachée dans la pièce. En effet, Athalia reconnut le carrelage du bureau d'Hermelinda. Son attention se reporta sur le visage du gamin. Elle perdit un peu d'enthousiasme lorsqu'elle pensa qu'aujourd'hui, le garçon devait avoir presque dix-huit ans. Alors que sur la photo, il n'en avait qu'un. Mais elle était douée pour repérer chaque détail d'un visage, peut-être que cela l'aiderait à le retrouver. L'enfant regardait légèrement vers le haut, cramponné à une main qui devait sûrement être celle de son père. Il semblait admirer ce qui l'entourait, tout en restant concentré pour tenir debout sur ses petites jambes potelées. Ce qui était sûr, c'est qu'il était totalement désintéressé de la conversation l'entourant, qui devait ressembler à de grands cris incompréhensibles pour lui. Il avait de petites bouclettes blondes, de petites joues bien roses. Athalia n'arrivait pas à voir la couleur de ses yeux, ni à se rendre compte de sa taille, probablement à cause de la qualité de la photo. Il ne fallait pas oublier qu'elle datait de plusieurs années, et en plus qu'elle avait été prise par une caméra de surveillance, pas avec un appareil professionnel. Cependant, malgré le flou et la couleur sombre, l'enfant, lui, avait un air étrangement familier… mais elle n'aurait su dire d'où. C'était extrêmement frustrant, il semblait si près et si loin à la fois. Une chose était sûre cependant, à son grand soulagement, c'est que l'enfant ne ressemblait en aucun point à Eduardo. Athalia ne pouvait en détacher ses yeux, espérant qu'en le regardant ainsi, sans s'arrêter, elle arriverait à retrouver à qui il la faisait penser.

– Il ne me dit rien, dit Ed. Mais je n'ai pas une aussi bonne mémoire des visages que toi. Et je n'arrive pas non plus à observer les moindres détails comme tu le fais.

Il ne dit plus rien, voyant que la jeune fille était absorbée par la photo.

– Elle l'avait sûrement déjà trouvée quand je suis allé la voir… Pourquoi est-ce qu'elle ne me l'a pas donnée ? demanda-t-elle, plus pour elle-même que pour le garçon.

– Honnêtement, répondit Ed, même si tu es très persuasive, elle est assez maligne pour ne pas te faire entièrement confiance.

Il avait raison, bien évidemment. Elle avait eu tort de croire qu'elle lui révélerait tous ses indices comme ça.

– Mais ce qu'elle ne sait pas, reprit le garçon avec un sourire vainqueur, c'est qu'on se connaît ! Elle ne s'attend pas à ce que tu le trouves, et moins encore à ce que tu voies la photo.

C'était tout à fait juste, bien sûr, et pouvoir regarder cette photo était d'ailleurs une sacrée chance pour elle. Elle n'aurait eu aucun moyen de retrouver l'enfant sinon.

Athalia se passa d'un geste machinal la main dans les cheveux, déjà exaspérée de ne rien trouver. Elle qui n'aimait pas échouer, ou rester dans l'ignorance, était comblée. La soirée promettait d'être longue. Dès le lendemain, elle prévoyait de faire le tour de la ville, la photo dans la main, et de regarder chaque visage passer, pour trouver une ressemblance. Mais cette sensation de déjà-vu la rendait hors d'elle, elle avait l'impression que son esprit s'amusait à lui cacher ce que son inconscient savait déjà.

– J'ai des sandwichs dans mon sac, lui dit doucement Eduardo pour ne pas la brusquer. Je les ai posés dehors, à côté du scooter que j'ai loué, je reviens.

Athalia acquiesça d'un air absent. Manger lui ferait probablement du bien, on réfléchit toujours mieux l'estomac plein.

La jeune fille se concentra de nouveau. Elle observait chaque détail, la forme du nez, de la bouche, les cheveux, leur implantation… le cou, la posture… mais elle ne trouvait toujours pas. Elle commençait sincèrement à s'énerver, d'avoir l'enfant juste devant elle, sous ses yeux, elle pouvait le toucher, le sentir, et pourtant elle ne savait toujours pas qui il était.

– Et si au lieu d'observer chaque détail tu regardais l'ensemble ? lui murmura une voix en face d'elle. Une vue générale ?

La main de Diego attrapa délicatement la photo et la recula. Athalia vit le visage sous un angle nouveau. Elle leva la tête pour remercier le garçon, quand elle eut un déclic. Elle avait comme reçu un coup de poing. Elle resta bouche bée, sous le choc. Elle rattrapa précipitamment la photo, la fixa, releva la tête, et revint encore une fois sur la photo.

– Qu'est-ce qu'il y a ?

Diego ne comprenait pas pourquoi Athalia paraissait aussi choquée. Diego De la Vega, le fils d'Enrique De la Vega et d'Adriana Alvarado. L'enfant qu'elle cherchait depuis si longtemps se tenait là, devant elle.

Chapitre 18

Athalia n'en croyait toujours pas ses yeux. Mais elle en était sûre maintenant, c'était bien Diego sur la photo. Le garçon, en face d'elle, la regardait avec incompréhension, mais ne disait rien, voyant bien qu'elle ne serait pas capable de lui répondre tout de suite. Ed revint, un sourire aux lèvres et deux sandwichs à la main. Il s'apprêtait à dire quelque chose, mais lorsqu'il vit la tête de la jeune fille, il stoppa net et approcha au pas de course.

– Athalia ! Tu l'as trouvé ? Tu sais qui c'est ? Il est ici, à Santa María ?

Elle acquiesça doucement, en gardant les yeux rivés sur la photo.

– C'est génial ! reprit le garçon plein d'enthousiasme. Athalia, si je réussis cette mission, si je ramène ce gosse, on se fera plus d'argent que jamais !

– Tu ne le ramèneras pas… souffla la mercenaire.

Elle était la première étonnée de dire ça. Quelques jours seulement auparavant, l'enfant aurait pu être n'importe qui, elle s'en fichait bien. Un boulot était un boulot, tout comme l'argent était nourriture, et nourriture était survie. Ça aurait pu être Diego ou un autre, ça n'aurait rien changé. Mais aujourd'hui, c'était différent. Elle s'était attachée à quelqu'un, autre qu'Eduardo. Bien sûr, le lien était d'une autre nature, Eduardo faisait partie de sa vie depuis son enfance. Mais elle ne voulait pas voir Diego tué par les De la Vega, et encore moins devoir le ramener de force là-bas.

– Pourquoi ? demanda Eduardo, perplexe lui aussi.

Elle leva les yeux vers lui, lentement, puis vers Diego. Elle tendit à nouveau la photo à son coéquipier. Il l'examina attentivement, et sembla soudain comprendre. Les plis de concentration sur son front se détendirent, ses sourcils se haussèrent et il écarquilla les yeux.

– Oh... souffla-t-il.

– Qu'est-ce qu'il y a ? demanda Diego, qui à l'évidence en avait marre d'attendre dans l'ignorance.

Eduardo murmura à Athalia, sous les yeux agacés du serveur.

– On ne peut pas être sûrs... cette photo date d'il y a plus de seize ans.

– Ed, je ne sais pas comment le prouver, mais je te parie tout ce que tu veux que c'est lui.

Le jeune mercenaire attrapa le cliché, l'approcha de son œil, concentré, puis il le reposa et s'approcha d'un pas déterminé vers Diego.

– Qu'est-ce que tu fais ? demanda celui-ci, complètement perdu.

Eduardo l'ignora, et il lui attrapa le bras. Le garçon ne se dégagea pas, mais il se mit sur ses gardes.

– Qu'est-ce qu'il y a ?

Le mercenaire ne répondit toujours pas, et releva la manche de Diego. Il effleura du bout des doigts un petit point noir, qu'il avait sur l'avant-bras. Athalia comprit aussitôt. Elle regarda une nouvelle fois la photo, plus attentivement, et discerna un petit grain de beauté sur le bras nu de l'enfant.

Ed revint s'asseoir à côté d'elle, mi-satisfait, mi-embêté, et comme Diego commençait à vraiment perdre patience, la jeune fille prit la parole, en articulant bien ses mots et en faisant tout particulièrement attention à ceux qu'elle employait.

– Tu… tu m'as dit que tu étais bien sûr de ne pas avoir été adopté ?

– Athalia, ne recommence pas avec cette question ! Évidemment, j'en suis convaincu.

– Pourtant tu te trompes.

– Pardon ?

– Écoutes, c'est dur à admettre, mais il faut me croire. Demande à tes parents, tu verras.

– Quoi ? Non, je le saurais. Athalia, qu'est-ce qu'il se passe ?

– Ton père, ton vrai père, t'a confié aux Flores à tes un an. Tu ne t'en souviens juste pas. Et ils ont gardé le secret pour te protéger.

Il ne dit rien, les sourcils froncés. Il ne semblait pas vraiment croire à toute cette histoire. Athalia lui tendit la photo, qu'il attrapa brusquement. Il semblait perplexe, mais aussi surpris.

– C'est qui ? C'est moi ?

Elle hocha la tête. Diego resta un moment à observer d'un regard étrange le cliché, puis redressa la tête.

– Je croyais que c'était le fils des De la Vega, l'enfant que tu recherches, dit-il en pointant un doigt vers Eduardo.

– C'est toi.

– Quoi ? Non ! Je le saurais !

– Comment ? Tu étais trop petit, tu ne peux pas t'en souvenir. Même si… c'est dur à admettre.

Il semblait sur le point d'exploser, mais il respira lentement et réussit finalement à se calmer. Il marmonna quelque chose, qu'Athalia traduisit vaguement comme une excuse, et qu'il devait retourner aider Esteban. Elle le regarda s'éloigner, impassible. Elle ne comprenait pas vraiment sa réaction, même si elle imaginait que ça n'était pas facile de découvrir soudain qu'il était issu d'une histoire aussi compliquée, « l'enfant maudit » des deux plus grands clans du désert. Elle se demanda comment elle-même aurait réagi, même si c'était dur de l'imaginer lorsqu'on ne le vivait pas vraiment. Mais elle pensa qu'à part se cacher et s'enfuir d'ici, pour rester en vie, elle ne s'en ferait pas trop. Elle repensa soudain au moment où il était allé devant la maison des De la Vega, pour l'aider dans sa mission, et qu'un garde l'avait abordé. Si seulement Hermelinda savait qu'il s'était tenu aussi près d'eux…

La jeune fille observa un instant le garçon qui était retourné à son rôle de serveur. Il souriait aux clients, mais on voyait tout de même qu'il était nerveux et qu'il avait l'esprit ailleurs. Il était assez mauvais pour cacher ses émotions.

– Donc, on ne leur livre pas ? demanda Eduardo en prenant place en face d'elle et en mordant à pleines dents dans le sandwich, après en avoir passé un à Athalia.

– Non, répondit celle-ci.

– Je respecte ton choix, bien sûr. Mais on a perdu plusieurs jours juste pour cette histoire, alors il faudra quand même se débrouiller pour se faire payer, au moins l'un de nous.

La jeune fille fit un signe de tête en direction de Diego.

– Son père, répondit-elle tout simplement. Je l'ai déjà attrapé plusieurs fois, et maintenant qu'on sait qui est l'enfant, je peux le tuer sans problème. Il se balade quelque part dans Santa María.

– Ça me va. Je viens avec toi. On part quand ?

Elle allait retrouver Enrique. Elle allait le tuer, comme elle l'avait fait avec le mercenaire. Elle n'avait pas peur, elle était prête.

– Après manger. On a perdu assez de temps.

Lorsqu'ils finirent leur repas, ils se levèrent, et s'apprêtèrent à sortir.

– Attendez !

Diego les rattrapa au pas de course.

– Vous allez où ?

Les deux mercenaires échangèrent un regard en silence.

– Peu importe, reprit le serveur. Je viens avec vous.

Athalia allait protester, mais Ed l'arrêta.

– Bien sûr. Mais prends ta moto, il vaut mieux que nous soyons chacun de notre côté, au cas où nous devrions nous séparer.

Il hocha la tête pour dire qu'il avait compris, et il partit avec Athalia au garage. La jeune fille hésita, devait-elle prendre son sac ? Non, il la ralentirait. Et puis, il n'y avait presque plus rien d'utile dedans. Ses armes étaient sur elle, son téléphone aussi. Elle venait de manger, et de toute façon elle n'avait plus aucune provision. Elle sortit son scooter en le poussant, puis l'enjamba. Elle laissa également son casque. Les De la Vega lui laissaient le droit de circuler librement, à quoi bon s'encombrer ? Elle démarra doucement et rejoignit Eduardo, qui était prêt à partir.

Après un signe de tête en direction de Diego, qui leva un pouce en l'air en retour. Elle fit vrombir le moteur, la pétarade se joignit bientôt à celle de ses compagnons, et ils partirent tous trois explorer les rues de Santa María à la recherche d'Enrique De la Vega.

Le soleil perçait les nuages pour étendre ses rayons les plus chauds de la journée sur le désert. Athalia, qui sentait de petites gouttes de sueur couler le long de son front s'essuya du revers de la main. Rouler, avec sa veste en cuir noir à cette heure-ci, ce n'était pas très agréable. Mais elle savait que c'était un mal nécessaire. Elle avait besoin de ses armes. Et d'une protection. Même si une balle pouvait facilement traverser la veste, ça lui ferait toujours une plus petite blessure.

Elle vérifia d'un petit coup d'œil que les deux garçons étaient toujours à côté d'elle. Elle reporta son attention sur les passants. Elle ne savait pas combien de temps ils mettraient pour retrouver Enrique. Ils avaient pensé à se séparer, pour aller trois fois plus vite. Mais Diego ne savait pas à quoi il ressemblait, il n'avait aucune arme, et Eduardo n'était pas aussi doué qu'elle pour les combats. De plus, si l'un le trouvait, il aurait sûrement besoin de quelqu'un d'autre pour l'aider à le coincer. La mercenaire dirigeait leurs recherches. Elle avait la meilleure vue, meilleure ouïe, et elle savait mieux que quiconque repérer quelqu'un qui essayait de se cacher dans une foule. Elle était la seule à avoir vraiment vu à quoi il ressemblait, et elle connaissait toutes ses réactions et ses tactiques, elle aurait plus de chances de le coincer. Elle l'avait déjà affronté, et en plus de ça, elle était de loin la meilleure tireuse. Bref, elle savait qu'elle pouvait largement s'en occuper seule, mais les deux garçons avaient insisté pour l'accompagner, et ils seraient toujours là en cas de problème.

Elle bifurqua soudain à droite. Vers des rues plus désertes. Enrique devait se cacher de plus en plus, car le temps passait vite et il risquait à chaque minute de se faire reconnaître.

Diego avait continué ses recherches, avant de l'accompagner comme guide, et quelques clients de son bar, qui avaient déjà vu Enrique des années auparavant, le décrivait comme grand, fort, propre sur lui, des cheveux très courts et châtains. Il avait sûrement beaucoup changé depuis presque dix-huit ans, mais de près on reconnaitrait forcément son visage.

La jeune fille commençait à désespérer. Il n'y avait pas beaucoup de rues à Santa María, ce qui causait problème c'était toutes les petites allées, impasses ou ruelles qui coupaient les plus grandes avenues. Il faudrait des heures pour toutes les traverser. Et puis, Athalia ne connaissait pas très bien la ville, seulement quelques coins qu'elle avait eu l'occasion de traverser. Diego lui indiquait parfois un meilleur itinéraire. Heureusement il connaissait mieux que personne cette ville. Même Eduardo avait eu plus le temps d'arpenter les rues, et il arrivait à se repérer.

Athalia n'avait presque plus aucun espoir. Il lui fallait une vraie tactique. Elle devait réfléchir et trouver précisément où Enrique irait. Mais elle ne le connaissait pas assez bien pour ça.

Elle se creusa la tête, et tenta d'organiser ses pensées. Elle devait trouver quels étaient, en ce moment même, les objectifs d'Enrique. Survivre, déjà, pouvoir se nourrir et boire. Mais ça n'aiderait pas la jeune mercenaire à trouver un endroit précis. Il lui fallait également rester dans un endroit où il passait inaperçu. Encore une fois, ça ne lui était pas d'une grande aide, car il pouvait tout aussi bien se trouver au milieu de la foule, noyé sous les habitants qui vaquaient à leurs occupations, que dans de petites rues sombres et désertes. Athalia penchait quand même plus pour la deuxième solution, mais elle ne voulait pas s'avancer. Ensuite, il voulait se tenir loin des De la Vega, et de leurs quartiers… peut-être était-il près de chez les Flores ? S'il cherchait des protecteurs. S'il cherchait son fils…

– Diego, appela la jeune fille, assez fort pour couvrir le bruit du moteur, quand tu étais petit, tes parents avaient le même bar que maintenant ?

– Non, un plus petit, près des remparts.

– Tu saurais me conduire à ce bar ?

Il lui lança un sourire, en signe d'approbation. Il fit gronder son moteur pour dépasser les deux mercenaires, qui le suivirent, enthousiastes à l'idée d'avoir enfin une piste.

Athalia n'était pas sûre de son hypothèse. Si Enrique disait vrai, et qu'il ignorait où se cachait Diego, il ne serait pas vers leur maison. Mais s'il tenait vraiment à lui, et à le protéger, alors il ferait tout pour le retrouver et le mettre en sécurité. Et pour ça il fallait qu'il le trouve. Quand on cherche quelque chose, quelqu'un, on va toujours à son point d'origine, là où tout a commencé.

– C'est là.

Athalia redressa la tête. Elle contemplait un petit bar, modeste et sobre, qui se trouvait dans une allée peu animée, fréquentée seulement par quelques passants affairés. Elle tourna la tête pour observer ce qui l'entourait, et elle vit plusieurs petits chemins qui la coupaient et qui s'entremêlaient. Un endroit parfait pour Enrique De la Vega. Soudain, la jeune fille eut une impression de déjà-vu. Elle était déjà passé par là, lors de ses recherches !

Sa mémoire était bonne, et elle serait sans doute capable de se rappeler bon nombre de ruelles. Elle pénétra dans la plus large, de laquelle partaient toutes les autres. Elle s'arrêta.

– Attendez-moi ici, intima-t-elle aux garçons.

– Tu ne veux pas qu'on vienne t'aider ? demanda Diego.

– Elle va se débrouiller, lui répondit Eduardo, coupant la parole à Athalia. Elle y arrivera mieux sans nous dans ses pattes.

– Mais…

– Je t'assure, je la supporte depuis beaucoup d'années, je commence à la connaître.

La jeune fille eut un sourire, que le garçon lui rendit.

– Les murs ne sont pas très hauts. Si j'ai un problème, vous m'entendrez.

Elle regarda Diego, et lui dit, pour le rassurer :

– Tu connais par cœur chaque coin de la ville. Tu n'auras pas de mal à me retrouver. Et puis, c'est pas comme si je partais à la recherche d'un psychopathe en furie.

Elle n'attendit pas plus, soucieuse du temps qu'ils avaient, et s'avança dans les petites ruelles désertes. Certaines étaient juste vides, un petit passage entre les façades arrière de deux bâtiments, et d'autres laissaient voir sur les murs des portes, parfois même une petite échoppe, mais dans l'ensemble il n'y avait presque personne. Elle traversa les ruelles pendant encore quelques minutes, au cas où elle puisse avoir un coup de chance, mais elle savait très bien que ce ne serait pas comme ça qu'elle le trouverait. Les petites allées étaient essentiellement séparées par des murs qui ne dépassaient pas les deux ou trois mètres. Il y avait seulement quatre ou cinq gros bâtiments. Elle entreprit donc d'escalader un mur, le plus bas de tous, et elle y parvint sans grand mal. Elle l'avait fait tellement de fois ces derniers jours qu'elle se sentait capable de tous les exploits. Elle ferma les yeux et inspira un grand coup, pour rester en équilibre, et une fois que ses jambes s'habituèrent à l'étroitesse du mur, elle commença à marcher, d'abord doucement, pour accélérer peu à peu. Tout en jetant des coups d'œil à l'endroit où ses pieds se posaient, elle scrutait les petites rues pour apercevoir Enrique. Elle était presque sûre qu'il se trouvait par là, c'était comme une intuition. Mais elle devait le repérer vite, avant qu'il s'en aille. S'il la voyait, il prendrait la fuite. Il l'avait assez vue pour la reconnaître et savoir qu'elle n'avait pas de bonnes intentions à son égard. Elle se hissait parfois sur la pointe des pieds, lorsqu'elle voulait voir derrière un mur plus haut que les autres. Elle se déplaça ainsi pendant plusieurs minutes qui semblaient durer des heures. Elle allait bientôt perdre espoir, lorsqu'elle aperçut, au coin d'une bâtisse, un bout de tissu noir disparaître derrière l'angle. Elle ne perdit pas de temps et sauta sur le sol pour rejoindre la silhouette qu'elle avait aperçue. Par chance, il se trouvait dans les quelques allées qu'elle avait traversées plusieurs fois, elle savait donc très bien se repérer. Elle atteignit enfin la ruelle où elle l'avait aperçu, et ralentit son pas. Au coin où elle l'avait vu tourner, elle se plaqua contre les briques, et fit dépasser lentement sa tête. Elle vit la silhouette à l'autre bout de la rue, prête à tourner une nouvelle fois. Pas de doute, c'était bien lui. Elle reconnaissait son allure et sa façon de marcher. Elle remarqua avec une touche d'agacement qu'il ne semblait plus boiter, et qu'il serait plus difficile à atteindre. Lorsqu'il disparut de nouveau au coin du mur à l'autre bout de l'allée, elle sortit de sa cachette et traversa la rue. Elle se colla encore une fois au mur, derrière lui. Elle remarqua soudain que quelques rues plus loin, on atteignait l'endroit où les deux garçons l'attendaient.

Elle comptait le tuer avant d'arriver à leur point de rendez-vous, car Diego ignorait encore ce qu'ils étaient venus faire, bien qu'il l'ait sûrement deviné, et Athalia ne savait pas comment il réagirait. Il avait beau ne pas connaître son père, peut-être qu'il ne lui pardonnerait pas de le tuer sous ses yeux. La jeune mercenaire s'en fichait un peu, elle devait accomplir sa mission quoi qu'il arrive, mais elle préférait éviter d'en arriver là.

Elle réfléchit à toute vitesse, se demandant comment procéder. Il risquait de prendre la fuite, et même si elle courait vite il était bien plus grand qu'elle. Elle se dit qu'elle essayerait de le rabattre vers le point de rendez-vous avec Diego et Ed. Elle espérait le tuer avant, mais si elle n'y parvenait pas, au moins son coéquipier serait là pour l'arrêter dans sa fuite.

Athalia dégaina une arme et sortit de sa cachette. Enrique, qui semblait avoir entendu un bruit, se retourna, et en un éclair il détala. La jeune fille tira un coup, mais elle le manqua. Elle partit à sa poursuite, car elle savait qu'elle ne pourrait pas l'atteindre à cette distance. Elle espérait aussi que le coup de feu ne s'était pas fait entendre de tous les habitants du coin. Son arme était équipée d'un silencieux, mais elle préférait rester sur ses gardes. Si les De la Vega venaient à savoir qu'elle l'avait retrouvé, tout espoir de le ramener aux Alvarado serait perdu.

Elle tira une nouvelle fois, sans grand succès. La balle frôla l'homme en fuite, mais ne réussit qu'à arracher un morceau de son gilet. Sans prévenir, il sortit lui-même un pistolet de sa poche et tira un coup en arrière. Pour l'éviter, Athalia dut se jeter sur le côté. Elle roula dans le sable, projetant des nuages de poussière autour d'elle. Elle reprit assez vite ses esprits, même si le choc l'avait un peu étourdie. Elle toussa, les grains de poussière lui irritaient la gorge, et se releva en époussetant son pantalon qui s'était déchiré au niveau des genoux. Sans perdre plus de temps elle repartit en courant. Pas question qu'il lui échappe. Elle devait le tuer maintenant.

Un mélange de rage et de détermination s'éleva en elle, mêlées à l'adrénaline, et elle courut plus vite que jamais. Bientôt, elle rattrapa l'homme. À quelques mètres seulement de lui, elle croisa les bras et tira les deux poignards qu'elle cachait dans son dos. Elle les lança de toutes ses forces, en prenant bien soin de viser. L'un fila dans le vide, car Enrique avait eu le temps de se pencher sur le côté, mais le second fonça se nicher au creux de son omoplate droite. Il lâcha un grognement de douleur, mais ne s'arrêta pas, même avec le sang qui coulait le long de son dos. Il était ralenti cependant, et Athalia eut un petit sourire lorsqu'elle reconnut que la rue suivante était celle où Eduardo les attendait sûrement, pistolet à la main après avoir entendu le cri du fugitif.

Elle accéléra encore un peu, et lorsqu'il tourna, elle s'arrêta, tira de sa bottine une des lames en forme d'étoile, et la lança dans sa direction. Elle savait qu'elle ne pourrait pas le tuer avec, alors elle visa la jambe. Les dents acérées du petit bout de métal tranchèrent la chair de sa cuisse, et il trébucha avant de s'étaler sur le sol. Eduardo, qui en effet les avaient entendu venir, fit un bond en avant et lorsqu'Enrique tenta de se relever, il se retrouva nez à nez avec l'extrémité d'un revolver.

Athalia s'approcha doucement, reprenant petit à petit son souffle. Elle avait réussi. Enrique De la Vega était coincé, et cette fois il n'avait aucune échappatoire. Elle s'approcha de l'homme, mais il ne la remarqua même pas. Son regard était fixé vers un point derrière Eduardo. Diego se tenait debout, les épaules tendues et la tête haute. Il ne savait visiblement pas trop comment réagir, face à ce père dont il avait toujours ignoré l'existence, ce père qui l'avait abandonné et qui se tenait là, devant lui, en chair et en os.

Chapitre 19

— C'est lui, n'est-ce pas ? demanda-t-il, avec une voix grave qui surprit la jeune fille.

Elle acquiesça, de mauvaise grâce. Elle était impatiente d'en finir, et ne voulait pas que ça s'éternise. Bien qu'elle n'eût croisé personne pour l'instant, elle ne voulait pas traîner dans le coin, avec un homme au sol blessé de tous les côtés, et baignant dans une mare de sang qui s'agrandissait peu à peu. Elle s'approcha de lui, son pistolet chargé dans la main, mais Eduardo lui fit un signe de la main désapprobateur. Frustrée, elle lui lança un regard noir et baissa son arme. Elle s'avança vers Enrique, l'attrapa brutalement par le bras et le releva. Eduardo, sans lâcher son pistolet, lui retira l'étoile métallique et le poignard, ses gestes suivis à chaque fois par un nouveau grognement de douleur.

— Vous pouvez baisser votre arme, dit l'homme d'une voix qui trahissait sa faiblesse. Je ne suis pas en état d'aller bien loin.

Diego s'approcha doucement. Athalia crut d'abord qu'il allait lui dire quelque chose, mais au lieu de cela, contre toute attente, le garçon accéléra ses pas, leva la main et asséna un grand coup à son père, qui retomba sur le sol. Diego s'approcha de nouveau, le poing levé, criant, et les deux mercenaires durent se placer entre eux deux pour éviter qu'il se défoule sur Enrique.

– Lâchez-moi ! cria-t-il, presque inconscient sous l'effet de la colère.

– Ce n'est pas comme ça que tu vas te sentir mieux ! lui cria Athalia en retour, et en le repoussant d'un geste brusque plus loin du blessé. Laisse-moi le tuer, en un seul coup, ça vous épargnera une souffrance inutile, à vous deux.

– Comme si tu te souciais qu'il souffre ou pas, lui cracha de nouveau le garçon au visage. Je ne veux pas le tuer, seulement qu'il paye pour m'avoir abandonné. Toi, tu veux l'assassiner juste pour gagner un peu d'argent, qu'est-ce que ça peut te faire qu'il ait mal, hein ?

Athalia resta sans voix. Elle sentit sa bouche se crisper, et son nez se plisser doucement sous la colère qu'elle sentait monter en elle. Pendant un instant, où elle ne se sentait plus elle-même, elle crut que son poing allait partir, jusqu'à ce qu'Eduardo intervienne.

– Oh, oh, oh, on se calme, d'accord ? On a compris, tout le monde est en colère, mais on se disputera après. Pour l'instant, j'essaye de réanimer le corps qui a été envoyé valser au sol, ajouta-t-il avec un regard lourd de sens vers Diego.

– A quoi bon ? intervint Athalia. Je vais devoir le tuer, quoi qu'il arrive.

Pour appuyer ses propos, elle chargea son pistolet.

— Pas tout de suite, d'accord ? lui répondit le mercenaire avec un petit signe de tête imperceptible en direction de Diego.

Résignée, elle fit la moue mais rangea son arme dans sa ceinture. Elle vint aider Eduardo, et secoua le corps inconscient. Tandis qu'Enrique recouvrait ses esprits, elle lui arracha le bas de son pantalon et s'en servit pour compresser ses blessures, espérant que son ami cesserait ses regards lourds de sous-entendus. Enrique se redressa, s'appuya sur les deux adolescents pour se remettre debout. Il serra ses pansements improvisés, et se tourna vers la jeune fille pour la remercier.

Elle n'en croyait pas ses oreilles. L'homme qu'elle devait tuer depuis des jours, qu'elle avait juste en face d'elle, qu'elle pouvait achever en moins d'une seconde, se tenait debout à la remercier de l'avoir aidé à arrêter l'hémorragie. Quelle blague ! Elle lui répondit par un regard des plus noirs, mais il n'y fit pas bien attention et se retourna vers Diego. Celui-ci avait calmé sa colère, mais il regardait quand même son père avec un dédain peu habituel chez lui.

Il y eut un silence très gênant, où personne n'osait prendre la parole en premier, ne sachant quoi dire d'ailleurs. Enrique s'approcha du garçon, et celui-ci fit un pas en arrière.

— Ne m'approche pas ! On n'est pas là pour faire des retrouvailles comme si de rien n'était. Et tu pues le sang et la poussière.

L'homme eut un petit sourire, amusé ou triste, Athalia n'aurait su le dire. Elle s'en fichait bien, tout ce qui lui importait pour l'instant c'était qu'ils se dépêchent et qu'elle trouve un moyen pour en finir. Elle pensa à toute cette histoire entre les deux clans qu'elle avait mis si longtemps à comprendre. Ça y est, c'était terminé, elle allait pouvoir rentrer chez elle. Gagner l'argent. Enfin, presque.

Diego baissa la tête, les yeux fixés dans le vide, et demanda à Enrique de lui raconter toute l'histoire qui le concernait. Il la connaissait déjà, mais peut-être voulait-il l'entendre de son père.
Athalia écouta attentivement ce qu'il racontait. Pour l'instant, tout ce qu'il disait, elle le savait déjà, même s'il le formulait d'une autre façon et de son point de vue. Mais lorsque Diego lui demanda comment sa mère était morte, il lui répondit :
– Quelques jours après que tu sois né. Elle était très affaiblie, et le stress permanent que lui causaient la pression et les disputes de son clan avait dépassé le stade psychologique pour venir lui causer des maladies physiques. Elle... n'a pas survécu.
Sa voix se brisa sur la dernière phrase, et Athalia se maudit à ressentir de la compassion pour lui. Diego gardait les yeux rivés sur le sol. Il sembla hésiter, puis demanda doucement :
– Elle était comment ?
Enrique sourit, et il fouilla dans sa poche. Il en sortit une petite photo jaunie, qu'il tendit au garçon. Athalia se pencha pour l'observer. On voyait un homme et une femme, jeunes, souriants. Elle n'eut aucun mal à reconnaître Enrique. À côté de lui se trouvait probablement Adriana. Elle était belle, avec de longs cheveux, lumineuse. Enrique aussi dégageait beaucoup de joie. Rien à voir avec celui que la jeune fille connaissait, triste, morne, seul.
Diego rendit la photo à son père. En cet instant, on ne pouvait déceler que de la concentration sur son visage, comme s'il essayait de se convaincre que tout ça était vrai. Il ne laissait

transparaître aucune émotion. Mais soudain, son visage se déforma sous la haine, et il lui cracha presque au visage :

– Tu m'as abandonné. Tu m'as laissé à une famille, qui heureusement s'avéra gentille, mais ç'aurait pu être n'importe qui, tu t'en fichais pas mal ! Tu aurais pu me laisser par terre dans la rue, ça ne t'aurait pas dérangé ! Tu ne savais même pas comment ils s'appelaient !

Il hurlait presque, mais Enrique resta très calme, et répondit doucement :

– Tu aurais préféré quoi, que je t'emmène vivre dans le désert, clandestinement, que je te laisse mourir de faim ? Non, tu étais mieux avec eux. Et tu te trompes. Je connais leur nom.

– Pardon ?

Cette fois, le cri venait de la jeune fille, qui s'était interposé entre le père et le fils. Enrique eut un petit sourire moqueur.

– Je suis bon acteur n'est-ce pas ?

– Vous voulez dire... vous saviez où il se cachait ? Vous saviez tout ? Vous m'avez menti ?

Athalia n'en croyait pas ses oreilles. Elle l'aurait probablement étranglé si Eduardo ne l'avait pas retenue. Il s'était moqué d'elle, et en plus il osait arborer un sourire fier et narquois en face d'elle.

– Bien sûr que je le savais. Son prénom, c'est moi qui l'ai choisi. Je connaissais les Flores depuis un moment. Ils étaient voisins et grands amis d'un ancien employé de ma mère qui m'est toujours resté fidèle et qui a eu l'idée de leur confier Diego. Il vit toujours dans le même quartier, vers là où tu m'as trouvé, car je me cache parfois chez lui quand je viens à Santa María.

– Enrique De la Vega, je vous promets que je vous tuerai...

Elle fulminait de s'être laissée berner. Mais elle devait admettre qu'il avait été très bon. Même elle avait réussi à douter de ses propos. Même pire, elle l'avait cru, l'avait épargné. Quelle imbécile elle faisait.

Elle s'écarta pour évacuer sa colère, et laisser Diego reprendre la conversation avec son père.

– Donc… tu savais où j'étais.

– Je suis même venu te voir, de temps en temps, de loin.

– Et c'était trop demander de venir me parler ?

– Je risquais chaque jour d'être découvert. Les De la Vega n'auraient eu aucune pitié s'ils nous avaient trouvés. Je devais rester discret, et tout faire pour que tu ne sois pas impliqué.

Tandis que Diego semblait réfléchir pour assembler ce qu'il savait à ce qu'il venait d'apprendre, Enrique se tourna vers Athalia.

– Ta mission le concerne-t-il, lui aussi ?

– Je suis censée te forcer à me révéler où il se cache, rien de plus.

– La mienne, oui, intervint Eduardo. Mais je n'en ferai rien si c'est ce qui vous inquiète.

L'homme eut un sourire.

– Tant mieux. Je n'aurais pas aimé devoir vous forcer à abandonner votre mission.

– Comme si tu t'en souciais vraiment, grommela Diego.

Son père ignora la pique, et se tourna plutôt vers la jeune fille.

– Et toi ? Tu comptes leur livrer ?

Elle échangea un regard avec Diego. Elle fit ce qu'elle n'aurait jamais pensé faire devant d'autres gens, mais elle lui lança un franc sourire, et répondit :

– Non. Je ferai comme si je ne savais pas où il était. Je ne le tuerai pas, vous avez ma parole.

L'homme s'apprêtait à la remercier, mais il n'en eut pas le temps, car déjà la mercenaire dégainait à la vitesse de l'éclair son pistolet.

– Mais ça ne s'applique pas pour vous, dit-elle en le chargeant.

– Athalia, arrête ! crièrent les deux garçons en même temps.

Elle visa, mais soudain Diego se plaça entre son père et l'arme. Elle releva la tête, furieuse.

– Je ne compte pas abandonner ma mission, alors arrêtons de perdre du temps, et dégage de là.

– Athalia, s'il te plaît, implora-t-il. Il y a forcément un autre moyen, d'accord ?

– Ah oui, tu as une idée peut-être ?

– Moi, j'en ai une, intervint Eduardo.

Athalia avait beau adorer son meilleur ami, il y avait des moments comme celui-ci où une folle envie de l'étrangler lui venait.

– Il n'est pas obligé de mourir, reprit le garçon, ignorant le regard meurtrier de la jeune fille, du moment que les Alvarado le croient mort.

– Bien sûr que non ! Tout le monde doit le croire mort, le voir mort même ! Les Alvarado ne tarderont pas à le savoir sinon, et je te rappelle que nous vivons à San Pedro ! Si j'ai accepté cette mission, c'est pour pouvoir vivre, d'accord ? Je ne veux pas mourir à cause d'elle !

Eduardo s'approcha et posa une main sur son épaule, en gardant dans l'autre le pistolet pointé sur Enrique, au cas où il tenterait de s'échapper. Il la fixa droit dans les yeux, pour la calmer et capter toute son attention à la fois.

– Alors tout le monde va le croire. On va se débrouiller, mais on y arrivera. On y arrive toujours.

– Jusqu'à maintenant, oui, et je ne veux pas que cette fois soit l'exception.

– Ce n'est qu'une fois de plus. Tout va bien se passer, d'accord ?

Athalia n'était toujours pas convaincue, mais la voix apaisante de son ami et le regard confiant qu'il lui lançait finirent de la convaincre.

Elle se tourna vers Enrique, qui visiblement avait suivi toute la conversation. Normal, après tout, puisqu'il s'agissait de sa vie. Il affichait un faible sourire, et fit un petit hochement de tête à Athalia, une forme de remerciement, ou d'autre chose, elle n'en savait rien, mais elle lui rendit. Diego semblait assez content, mais il essayait de le cacher à son père, et à chaque fois que leurs regards se croisaient il le dévisageait avec le même dédain que quelques minutes plus tôt.

Athalia et Eduardo réfléchirent à voix basse à la meilleure façon de faire croire à la mort du frère d'Hermelinda. Diego abandonna vite l'idée de se joindre à eux, comprenant bien qu'ils avaient beaucoup d'expérience et qu'il ne leur serait pas d'une grande aide. Finalement, Athalia revint vers eux, ainsi qu'Eduardo, qui examina rapidement les blessures d'un œil expert. Il demanda à Enrique de faire différents mouvements et de lui décrire sa douleur, avant de déclarer finalement :

– Je pense que ça va t'embêter un moment, mais aucune artère ne semble avoir été touchée. Tu t'en remettras. Pense juste à compresser régulièrement pour ne pas perdre trop de sang.

– Je commence à avoir l'habitude, entre les coups de couteaux, ou encore les balles.

Son allusion agaça la jeune fille, mais elle ne releva pas et l'ignora.

– Bon, il ne faut pas qu'on traîne maintenant, déclara-t-elle plutôt avec agacement.

– Vous pouvez juste… nous laisser cinq minutes ? demanda Diego à la surprise générale.

Athalia ne comprenait pas pourquoi il voulait rester avec son père pour discuter alors qu'il semblait le détester tant, mais sous le regard insistant d'Ed elle ne posa pas plus de questions.

– D'accord, mais cinq minutes, pas plus. Après, on bouge.

Les deux amis se reculèrent et partirent dans la rue d'à côté guetter si des passants voulaient s'aventurer dans la ruelle. La jeune mercenaire en profita pour laisser vagabonder ses pensées. C'était presque terminé. Chaque minute qui passait les rapprochait de la fin. Elle allait rentrer. Revoir sa ville. Retrouver de petits boulots, simples, faciles, où il lui suffirait d'un petit combat, voire d'une seule balle pour en finir. De petites missions qui ne lui vaudraient pas d'être emprisonnée par un des clans les plus puissants, de mourir de faim et de soif, de devoir épargner sa cible, de se sentir menacée partout où elle allait. Elle allait retrouver son petit cabanon, avec ses coussins déchirés et son petit nid confortable. Les plats de pâtes simples qu'ils mangeaient le soir, sur leur petite gazinière de camping qu'ils avaient récupérée dans on ne sait quelle déchèterie. Les pommes, qu'elle volerait le matin en sortant de sa tanière, aux marchands qu'elle croisait si souvent. Cette dernière pensée lui mit l'eau à la bouche. Oui, elle était bien décidée à passer au moins un jour entier à se balader dans les rues qu'elle connaissait si bien, juste pour son plaisir.

Diego les interpella soudain. Ils revinrent vers eux, se demandant tout deux ce qu'ils avaient bien pu se dire. Athalia ne le saurait probablement jamais, mais à en juger par leur petit sourire, et leur posture détendue, ça ne s'était pas trop mal passé. Elle remarqua seulement à cet instant à quel point ils se ressemblaient. Physiquement, mais surtout leurs expressions et leur allure. Ils dégageaient la même image.

Eduardo expliqua ce qu'ils devaient faire à partir de maintenant.

– Athalia dira aux Alvarado qu'elle t'a tué, mais qu'à ce moment elle avait entendu des gens arriver, et qu'elle s'est enfuie, laissant là le corps. Elle n'a pu ramener aucune preuve.

– Ça ne peut pas marcher, le coupa la jeune fille. Ils ne me croiront jamais.

Elle réfléchit à ce qu'elle pourrait bien ramener. Quelque chose qui prouvait qu'elle avait bien tué Enrique. Un objet qui lui appartenait, qu'il gardait précieusement.

– Donnez-moi la photo de vous et d'Adriana.

– Il en est hors de question !

– C'est la moindre des choses, après tout je ne vous ai pas tué. Laissez-moi au moins le leur faire croire.

Comme il semblait encore hésitant, elle soupira et ajouta :

– Je la donnerai à Diego ensuite.

Il semblait convaincu par les paroles de la mercenaire, et après un dernier regard vers la petite photo qu'il tenait précieusement dans sa main, il la lui tendit avec résignation. Eduardo continua ses directives là où il s'était arrêté.

—Il faut que tu arraches des morceaux de tissus et que tu les laisses ici, au milieu du sang qu'il y a par terre. Les De la Vega vont forcément en entendre parler, et ils penseront immédiatement à ça, surtout lorsqu'ils verront Athalia et moi repartir.

– Je me demande encore pourquoi ils ne sont pas déjà là, grommela la jeune fille qui s'inquiétait de plus en plus du temps qui passait.

– Je ne pense pas qu'ils en voudront à Athalia, qui les avait dupés en prétendant qu'elle avait abandonné sa mission, ils n'y feront même pas attention. Et si c'est le cas, elle pourra toujours l'expliquer à Agacia. À San Pedro, aucun De la Vega ne rentrera. Peut-être que les Alvarado s'en ficheront, mais je pense que tu seras assez habile pour les convaincre d'une manière ou d'une autre de te protéger. Je te laisse improviser sur ce coup-là, dit-il à la jeune mercenaire.

Il se retourna vers Enrique.

– À partir de ce moment, on te fait confiance pour te cacher comme tu peux, et surtout ne pas te faire repérer. Pars le plus loin possible d'ici, dans le désert ou dans un autre village, change de nom et surtout fais tout ce que tu peux pour qu'on te croie mort.

– Je trouve quand même que cette partie du plan est légèrement risquée, intervint Athalia.

– On en a déjà parlé… répondit Eduardo avec exaspération.

« Faire confiance à Enrique ». Et puis quoi encore ? La seule personne en qui elle avait confiance était Eduardo. Même Diego n'avait pas ce privilège. Alors l'homme qu'elle était chargée de tuer depuis tout ce temps, qui lui avait causé tant d'ennuis, dont une blessure à l'épaule qui lui laisserait une cicatrice à vie, ainsi que tous ces jours de galère qu'elle avait vécus à cause de cette mission ? Autant lui demander de serrer dans ses bras Hermelinda. Non vraiment, elle détestait ce plan. Mais elle savait qu'elle n'avait pas vraiment le choix, alors elle ne répliqua pas. Elle s'approcha cependant d'Enrique, prit sa voix la plus menaçante et lui dit lentement, en détachant ses mots :

– Je vous préviens, si vous vous loupez sur ce coup-là, on y passe tous, d'accord ? Moi, Ed, et votre fils. Si vous faites une seule gaffe, je vous jure, Enrique De la Vega, que cette fois je vous tue vraiment.

Son regard et sa voix avaient dû suffire pour faire réfléchir un bon moment le concerné sur la discrétion qu'il devrait avoir le reste de sa vie.

– Bon, maintenant, on se casse.
– Attendez ! les arrêta Enrique.
– Quoi, finalement tu la veux, cette balle dans la tête ? dit Athalia avec un sourire narquois, qui n'en pouvait plus d'attendre dans cette rue.

Elle ne voulait pas l'admettre à voix haute, mais elle commençait sincèrement à craindre d'être repérée, et que ses rêves de pommes et de plat de pâtes s'envolent aussitôt, en même temps que sa vie.

– Diego. Il ne peut pas rester ici.
– Pourquoi ? Personne ne le reconnaîtra, s'il reste discret.
– Non, ce n'est pas ça le problème. Il va avoir dix-huit ans dans à peine deux mois, et il devra aller s'enregistrer à la mairie. Normalement, il n'y a pas de risque, les enfants adoptés, lorsqu'ils deviennent majeurs, prennent le nom de la famille dans laquelle ils vivent sans problème.
– Et ?

– Les De Le Vega sont assez intelligents, ils vont contrôler le bureau d'enregistrement. Ils connaissent son âge, et ils verront bien que les Flores n'ont pas eu d'enfants, à part Esteban. Et lorsqu'on a un métier légal, où on risque des contrôles, il nous faut un nom, une carte d'identité, et tout le reste.

Athalia se rappela soudain de ce qu'Hermelinda avait écrit à Agacia dans la lettre, qu'elle savait pourquoi cette dernière recherchait l'enfant si tardivement. Elle en avait demandé la raison à Carlos mais il l'ignorait. La jeune fille comprit que la cheffe des De la Vega voulait dire qu'une fois les dix-huit ans de l'enfant passés, ils étaient sûrs de mettre la main dessus, et Agacia n'aurait plus aucune chance.

– Mais, je vais aller où ? demanda le garçon, dont la voix laissa transparaître une panique croissante.

Il reprit aussitôt un ton dur.

– Si tu me demandes de venir avec toi, oublies tout de suite.

– Je ne vais pas te le demander, tu ne serais pas en sécurité avec moi.

– Je croyais que vous étiez un as de la discrétion, répliqua Athalia d'un ton sarcastique.

– Ok, ok, on arrête tout, intervint Eduardo en agitant les bras. Laissez-le au moins parler, il a peut-être une bonne idée.

Enrique reprit, avec cette fois deux paires d'yeux foudroyants braqués sur lui.

– Tu dois aller avec eux. À San Pedro.

– Et les Alvarado, vous y avez pensé ? demanda Athalia.

– Bien sûr. Ils ne se doutent de rien, ils pensent que Diego est à Santa María, et s'il était parti, jamais ils ne se douteront qu'il irait se mettre sous leur nez. Ils ne feront pas attention à l'enregistrement de ton nom, et continueront de chercher autre part.

Ce n'était pas si bête, Athalia devait l'admettre. Elle n'était pas vraiment enthousiaste à l'idée qu'il vienne, non qu'elle ne l'aimât pas, mais elle aurait du mal à s'habituer à ne plus être seule avec Ed. Mais elle devrait accepter des changements au long de sa vie, elle le savait. Et ce serait sûrement l'endroit le plus sûr pour lui : dans une rue, au fin fond de San Pedro, là où personne ne le chercherait. Où il n'aurait pas de problème avec son nom. Oui, c'était probablement la meilleure solution.

– Ça ne vous dérange pas ? demanda Diego, soucieux.

– Bien sûr que non ! dit Eduardo en souriant. Ça me fera un peu de compagnie.

Athalia haussa les sourcils.

– Une compagnie autre que cette tête de mule.

Elle lui tira la langue, et ils rigolèrent doucement. Enrique se redressa, massa un coup son omoplate blessée, et se prépara à partir.

– Je pense que tout est réglé maintenant…

– Il était temps.

Il s'approcha de Diego, mais celui-ci recula, comme la première fois.

– Je ne te considère pas comme mon père, ne l'oublie pas, dit-il avec froideur.

– J'espère qu'on se reverra un jour.

– Pas moi. On va gentiment s'oublier, et tenter de survivre chacun de notre côté. C'est à cause de toi que je suis dans cette situation.

– C'est aussi grâce à moi que tu te tiens ici, debout, pour le dire.

– Peut-être que pour ça aussi je devrais t'en vouloir...

Cette fois, lorsqu'Enrique s'approcha en boitant pour lui poser ses mains sur les épaules, il ne bougea pas.

– Prends le temps d'apprécier ta vie, même si elle n'est pas facile. Bats-toi tant que tu peux pour survivre, même si c'est dur. Aie la force de te tenir debout et de dire « je ne laisserai pas tomber ». Aie le courage et la volonté de rester en vie, pas parce qu'elle vaut la peine d'être vécue, mais parce que seuls les lâches baissent les bras et se laissent vaincre. Tu es plus fort que tout le reste, alors prouve-le.

Athalia était presque émue par ce discours. Encore une émotion qu'elle n'avait jamais vraiment ressentie. Elle sourit intérieurement, en écoutant les paroles d'Enrique. Peut-être qu'ils se ressemblaient un peu, finalement. Ils avaient la même façon de voir les choses. La même défiance face aux obstacles. La jeune fille n'avait pas la vie facile, elle s'en rendait bien compte. N'importe qui aurait eu envie d'abandonner bon nombre de fois. Mais elle, jamais. S'avouer vaincue ? Hors de question. Elle ne connaissait pas le mot défaite, elle ne le voulait pas, car sa fierté en serait ternie. Elle n'irait pas jusqu'à dire qu'elle avait de l'affection pour Enrique, loin de là, mais sa manière de défier tout ce qui l'entourait l'avait frappée dès qu'elle l'avait vu. Et pour ça, elle avait presque confiance en lui quant au fait de rester discret. La vie de son fils était en jeu, il ferait attention au moindre de ses gestes, elle le savait. Il y parviendrait, comme il était parvenu pendant dix-sept ans à se cacher sans jamais se faire repérer.

Elle espérait que Diego retiendrait ce qu'il lui avait enseigné. Elle l'avait appris toute seule, dès sa naissance. Le garçon, lui, avait connu une enfance confortable qui ne l'avait pas préparé à lutter pour sa survie. Mais s'il ressemblait autant à son père qu'on pouvait le croire, alors il y parviendrait. De plus, il n'était pas seul, et aurait encore de la compagnie dans les années à venir, comparé à son père, qui, même s'il savait qu'il devrait vivre tout le reste de ses jours caché, à se noyer dans sa solitude, ne renonçait pas à survivre.

Enrique se tourna vers elle. Ils échangèrent un long regard silencieux. Mais ça leur suffit pour se comprendre. Le fait d'être sans cesse chassé et chasseur, d'avoir failli s'entretuer plusieurs fois, les avait marqués. Une sorte de lien, un respect mutuel, s'était tissé entre eux sans qu'ils le veuillent.
Athalia s'approcha de lui et lui tendit la main, qu'il attrapa et qu'il serra avec force.
– Fais attention à mon fils, Athalia Figueroa.
– Et vous… faîtes attention à ne plus vous blesser pendant quelques jours. Vous avez eu votre dose.
Il lui sourit. Un petit sourire, franc, de remerciement, de respect et de reconnaissance. Et, sans réfléchir, parce que son instinct lui dictait de le faire, elle lui rendit.
Il leur tourna le dos, rabattit ce qu'il restait de sa capuche sur sa tête, et partit d'un pas boiteux mais sûr vers on ne sait quel village du désert de Sonora. Ils le regardèrent s'éloigner, pour la dernière fois, et le virent disparaître.
Athalia avait un peu pitié de cet homme. Il avait été rejeté par toute sa famille, même par son propre fils. La seule personne qui l'ait vraiment aimé était morte dix-huit ans auparavant.

Athalia et Diego arrêtèrent leurs deux véhicules devant le garage. Ils descendirent rapidement et la jeune fille le suivit jusqu'à son appartement. Pendant ce temps, Ed était en train de démissionner auprès d'Hermelinda, en lui servant son meilleur jeu d'acteur, et en exagérant sur l'épuisement qu'il avait après toutes ces journées vaines de recherche. Athalia n'était pas inquiète, mais elle ne pouvait s'empêcher de se demander si Hermelinda les avait vus, si elle était au courant. Elle ne les laisserait pas repartir.

– Eh, détends-toi, lui souffla Diego, la faisant sursauter.

Il prit un gros sac, où il fourra l'essentiel de ce dont il aurait besoin. Il remplit également ceux d'Athalia et d'Eduardo, que la jeune fille avait apportés. Il rajouta quelques provisions pour la route.

– Il faudra que je revienne, dit-il. Je pourrais vendre mon appartement, et les meubles, on aura assez de sous pour s'en trouver un chez toi.

– C'est hors de question.

– Quoi ?

– C'est quoi ton but, afficher un panneau au-dessus de la maison qui proclame « Ici a habité l'enfant que vous recherchez tous » ? Non, si tu tiens vraiment à le revendre, arrange-toi avec les Flores, qu'ils le fassent eux, ou trouve un autre moyen. Sinon, tu l'abandonnes tout simplement.

– Je peux prendre un autre nom, au moment de la vente.

– Diego, tu ne connais pas l'état d'esprit des différents clans. Quand ils cherchent quelqu'un, ils le trouvent.

– C'est pour ça qu'ils m'ont trouvé dès que mon père m'a caché ? lui répondit-il avec un sourire ironique.

Elle le fixa avec exaspération en réponse. Il rigola doucement, et sans qu'elle s'y attende il vint lui déposer un petit baiser sur les lèvres, avant de repartir fouiller les placards pour vérifier qu'il n'avait rien oublié. Surprise, elle resta d'abord en état de confusion totale, puis elle chassa ce moment de sa tête et partit l'aider.

Bientôt, ils redescendirent, les sacs pleins à craquer. Dans la rue, Diego eut un dernier regard vers la fenêtre de son appartement.

– Tu es sûre que…
– On y va.

Elle le tira par le bras pour le sortir de sa nostalgie, et ils retournèrent vers le bar. Athalia l'attendit tandis qu'il faisait des adieux rapides à Esteban, en inventant une excuse bidon sur son départ. Eduardo les rejoignit bientôt, à pied. Il avait rendu le scooter en location. Il monterait derrière Athalia pour le trajet. Ils allaient être très serrés, avec les deux sacs. Mais ce n'était que le temps d'aller à San Pedro, ils pourraient supporter. Diego revint bientôt, une larme perlant au coin de son œil qu'il essuya furtivement du revers de la main.

– Prêts ? demanda Eduardo, en enjambant le scooter derrière la jeune fille.

Ils hochèrent la tête, puis, après un dernier échange de regards, les moteurs vrombirent et ils partirent.

Ils s'en allaient, prenant la fuite de Santa María. Au moment de franchir ses portes, chacun d'eux lui disait silencieusement au revoir, avec hâte ou regret, sachant bien qu'ils n'y retourneraient sans doute jamais. Athalia s'était rarement senti aussi bien qu'en ce moment. À part peut-être lorsqu'elle mangeait une pomme.

Elle avait ses deux compagnons qu'elle sentait près d'elle, le soleil qui répandait sa chaleur autour de lui. L'étendue de désert, infinie, signe de liberté. Ils partaient enfin, c'était fini.

Ils rentraient à la maison.

Chapitre 20

Athalia marchait tranquillement sous la lueur matinale du soleil, se promenant au milieu des allées de San Pedro qui lui avaient tant manqué. Son visage était recouvert de son masque de pierre, comme d'habitude, mais intérieurement elle souriait. Pas pour longtemps, elle le savait, bientôt elle allait recommencer à chercher du travail. Mais pour l'instant, elle profitait juste de son village. Elle allait où bon lui semblait, libre comme jamais, et enfin sans prise de tête avec Santa María, les De la Vega et toute son enquête.

C'était fini.

Pendant ce temps, Eduardo devait être en train de fouiller les rues pour trouver des couvertures à ajouter dans leur repaire, et quelques planches pour l'agrandir. Il avait aussi pris un peu de l'argent gagné grâce à la mission pour refaire des provisions et acheter certaines choses nécessaires qu'ils n'avaient pas pu s'offrir jusqu'à maintenant. Diego, qui s'était difficilement résigné à vivre dans ce cabanon, recherchait un bar où il pourrait travailler. Il ne voulait pas tout abandonner de son ancienne vie ; et son travail, où il voyait des visages nouveaux chaque jour, lui tenait beaucoup à cœur. Athalia ne doutait pas que son sourire charmeur l'aiderait pour se faire accepter. Il devrait apprendre à se débrouiller dans cet autre monde. Grâce à son métier, il allait gagner probablement plus que ses deux compagnons réunis, mais il devrait parfois voler, arnaquer, pour s'offrir un minimum de confort, qui lui rappellerait sa vie d'avant. La jeune fille savait qu'il n'aurait aucun mal à apprendre, mais le problème était plutôt moral. Elle le voyait difficilement dépouiller un autre, surtout si cet autre était faible et mal en point.

Il avait aussi un peu de mal à accepter qu'il ne reverrait pas son appartement, Esteban, sa famille, et tout le reste. Il avait toujours vécu normalement, et en une journée à peine il avait découvert que les deux plus grands clans du désert le recherchaient. Pas facile à digérer, lorsqu'on voulait juste vivre paisiblement.

La veille, le trajet s'était bien déroulé. Il faisait une chaleur abominable, et les sacs étaient extrêmement lourds, mais à part ça rien ne s'était produit. Athalia avait même pu s'arrêter au petit point d'eau près de San Pedro pour faire tremper ses cheveux et les débarrasser de leur poussière.

Ils étaient rentrés vers le milieu de la nuit. Tout autant épuisés les uns que les autres, ils s'étaient écroulés sur les couvertures et à peine leur tête posée sur le coussin qu'ils dormaient déjà. Le matin, les rayons du soleil les avaient tirés de leur sommeil, et ils s'étaient tous attaqués à une tâche différente. Athalia était partie voir Chico pour lui rendre le scooter, et elle eut le droit à une remarque sur le temps qu'elle l'avait gardé, l'argent que ça allait lui couter et sur « toutes les dettes qu'elle n'était pas près de rembourser ». Maintenant, elle se baladait pour profiter un petit peu de la douce chaleur du matin, puis elle devrait repartir chercher du travail.

Elle ne trouva malheureusement rien, et dut se résigner à devoir retourner le soir ou le lendemain pour chercher une mission. Mais elle ne s'en fit pas trop, car avec tout l'argent qu'elle avait pu tirer des Alvarado, un jour de plus ou de moins ne ferait pas grande différence, pour l'instant en tout cas.

Ils avaient été assez sceptiques au début, mais lorsqu'Athalia leur avait tendu la photo, toute perplexité s'était envolée. Agacia l'avait prise, avec une main tremblante. Elle avait d'abord sourit, faiblement, en voyant le visage baignant de joie de sa fille. Mais l'homme qui était à côté avait obscurci son visage. Elle avait grommelé, en rendant à la mercenaire la photo, de s'en débarrasser. Athalia avait acquiescé, même si ses intentions étaient tout autres. Après ça, Agacia avait eu, au moment où elle prononçait les mots « Enrique De la Vega est mort », un petit sourire, accompagné d'une larme, comme si tout était enfin terminé. Sa fille avait été vengée. Celui qui était la cause de sa mort et de ses innombrables disputes avec sa mère était parti la rejoindre. Du moins, c'est ce qu'ils pensaient tous.

En réalité, l'homme au caractère de fer devait en ce moment même marcher à travers l'étendue de désert, après être sorti sans se faire repérer de sa ville natale. Peut-être était-il mort en cet instant, écrasé par les rayons du soleil. Mais Athalia en doutait.

Il n'était pas du genre à se laisser abattre par un petit peu de chaleur.

Diego faisait comme s'il n'avait jamais existé, même si au fond de lui il devait y penser de temps à autre. Sûrement à chaque instant. Peut-être aussi pensait-il parfois aux Flores. Même s'ils n'avaient pas développé de liens forts, il avait toujours vécu avec eux. Désormais, plus perdu que jamais, il tentait de s'accrocher à la vie telle qu'elle était, et donnait à tous l'impression d'un jeune homme courageux qui ne se laissait pas abattre. Mais le soir, à la lueur d'un rayon de lune, on le voyait recroquevillé, serrant fort dans ses doigts deux petites photos, seuls souvenirs qu'il avait de son enfance.

Athalia repensa aussi à ce qu'avait dit Diego, à propos de son appartement. S'il le revendait, peut-être pourraient-ils en avoir un, ici ? Vivre dans une maison à elle… voilà quelque chose d'étrange à laquelle la jeune fille n'avait jamais songé. Elle pourrait avoir un toit, se laver quand elle voulait, s'asseoir à une table pour manger. Pas de doute, le luxe assuré. Mais en même temps… elle regretterait sa vie de maintenant. Non pas qu'un cabanon soit mieux qu'un appartement, mais elle trouvait ça bien trop étrange. Elle n'appartenait pas à cette classe de personnes. Elle devrait passer sa vie à dormir dans les rues, à voler et à survivre comme elle pouvait, parfois à tuer. Comme elle l'avait déjà fait.

Souvent, dans les histoires qu'elle entendait raconter, un héros sorti de nulle part s'élevait pour casser les codes, vaincre les préjugés, rendre le monde plus juste, et tout le monde finissait heureux. Un paysan qui devient roi. Un voyou qui se transforme en guerrier. Le héros que tout le monde aimerait devenir. Athalia aimait bien ces histoires, mais elles étaient bien loin de la réalité. La vraie vie ne ressemblait malheureusement pas à ça. À moins d'avoir beaucoup de chance, et encore. À moins de ne pas vivre dans le désert de Sonora.

Ici, la force de caractère et celle des poings aidaient seulement à survivre, et c'était le meilleur moyen d'être heureux. Vivre, n'était-ce pas le plus important ? La seule chose dont on devrait se satisfaire ?

Athalia appartenait à ces gens-là, qui devaient se battre pour vivre, et ça ne changerait pas. Parce que c'était fait ainsi, parce que la culture établie durant des siècles ne pouvait pas être brisée en quelques jours. Athalia avait appris à profiter de certaines choses, aussi futiles soient-elles, et elle s'en contentait bien. Mais qui sait, peut-être un héros mythique, courageux, viendraient tout changer ? En tout cas, ce jour-là attendait encore.

Lorsque son estomac commença à gargouiller, elle s'arrêta, s'adossa à un mur, la tête baissée, la capuche qui dépassait de son sweat noir rabattue, et attendit le meilleur moment pour se glisser discrètement derrière un étalage de pain. Elle en attrapa deux et fila sans attendre. Mais le marchand avait dû la surprendre en se retournant, car elle entendit crier derrière elle :

- Eh ! Rends-moi ça ! Au voleur !

Elle entendit les bruits de pas du vendeur et elle détala dans les rues. Elle vérifia que sa capuche dissimulait bien sa tête, car les passants se retournaient sur son passage, et celui du lourdaud à ses trousses. Mais personne ne pouvait la coincer à San Pedro. Elle enchaîna virages et petits passages, sauta par-dessus un mur, et se retrouva bientôt loin et hors de portée du marchand. Allongée sur le toit d'un garage, elle regardait le commerçant essoufflé et découragé regagner son échoppe en grognant. Satisfaite, elle s'assit sur les tuiles, enleva sa capuche, et resta un moment assise, les genoux repliés contre elle, à savourer les rayons du soleil qui effleuraient ses joues. Elle prit une des miches et commença à la croquer avidement.

La vie reprenait son cours. Mais beaucoup de choses avaient changé. Elle ne vivait plus seule avec Eduardo, désormais. Sa vision du monde qui l'entourait n'était plus la même. Il était bien plus grand que ce qu'elle avait autrefois imaginé. Tous ces villages… mais surtout tous ces gens, ces visages différents, souriants. Ces personnes qui vivaient paisiblement, en famille, entre amis, solidaires, joyeux.

Et ce cadavre. Ce mercenaire qu'elle avait tué. Après tout, il était comme elle. Peut-être qu'un jour, un autre contemplerait son corps gisant au sol dans une mare de sang, l'arme du crime dans la main. Peut-être se dirait-il lui aussi que ça avait été facile, que ce n'était qu'une personne en moins. Et peut-être continuerait-il son chemin, la laissant là, abandonnée, seule, morte, jusqu'à ce qu'un jour, il soit le prochain.

Le vent venait faire claquer ses cheveux blond foncé contre son visage. Il était heureux de la revoir ici, et elle partageait sa joie. Elle laissa échapper un petit rire, presque imperceptible, mais qui voulait dire tant de choses.

Elle sentit le vent jouer quelques instants encore dans ses cheveux, et après avoir tournoyé autour d'elle, il repartit voltiger vers le soleil, emportant avec lui son rire, et laissant un souffle chaud se répandre dans tout San Pedro de Sonora.

Fin

Sommaire

Chapitre 1 3
Chapitre 2 13
Chapitre 3 27
Chapitre 4 41
Chapitre 5 59
Chapitre 6 73
Chapitre 7 91
Chapitre 8 103
Chapitre 9 119
Chapitre 10 131
Chapitre 11 141
Chapitre 12 149
Chapitre 13 161
Chapitre 14 173
Chapitre 15 193
Chapitre 16 213
Chapitre 17 235
Chapitre 18 245
Chapitre 19 259
Chapitre 20 279